魔法少女育成計画
JOKERS
遠藤浅蜊
Endou Asari
illustration
マルイノ

ピュアエレメンツ

プリンセス・テンペスト
風の力を使って敵と戦うよ
プリンセス・デリュージ
水の力を使って敵と戦うよ
プリンセス・インフェルノ
火の力を使って敵と戦うよ
プリンセス・クェイク
土の力を使って敵と戦うよ
プリズムチェリー
鏡に映し出すものを自由に変えられるよ

袋井魔梨華
頭にいろんな魔法の
花を咲かせるよ
スノーホワイト
困っている人の心の
声が聞こえるよ
スタイラー美々
魔法のコーディネートで
身だしなみを整えるよ
レディ・プロウド
自分の血を好きな液体に
変えられるよ
スタンチッカ
魔法の大道芸で
みんなをびっくりさせるよ
アンブレン
なんでも受け止める魔法の傘を使うよ

ウッタカッタ
不思議なシャボン玉を
作ることができるよ
グリムハート
礼儀知らずは
相手にしないよ
シャッフリン
マークや数字によって
能力が変わるよ
フィルルゥ
魔法の針と糸で
なんでも縫いつけるよ
カフリア
誰が一番早く死ぬのかわかるよ

スノーホワイト

グリムハート
シャッフリン

プリズムチェリー

魔法少女育成計画

JOKERS

Presented by
遠藤浅蜊
Endou Asari

illustration
マルイノ

このラノ文庫

CONTENTS

イラスト：マルイノ
デザイン：AFTERGLOW

Go ahead!!

魔法少女募集中

魔法少女をご存じですか？

神様からとっておきの魔法と素晴らしい身体能力を授《さず》かり、ご町内の揉《も》め事から宇宙の危機まで解決してまわる不思議で可愛らしい女の子達のことです。彼女達は元々ごく普通の人間（たまに例外もあります）ですが、秘密の呪文を唱《とな》えてポーズを決めることで正義の味方、みんなのアイドル、最強ヒロイン、魔法少女に変身するのです。

今まで夢と魔法の世界は重く固い扉に閉ざされていました。魔法少女になるためには、一万人に一人の才能と、それに運が必要でした。それら諸々《もろもろ》が無ければ、魔法少女に変身することはできなかったのです。これはとても悲しく寂しいことです。

ですがご安心ください。技術というのはいつだって日進月歩、魔法少女という存在は、全く新しいテクノロジーによって次のステージへと導かれました。才能の有無に関係なく、やる気と勇気と愛があれば、誰でも魔法少女になることができるようになったのです。

「才能が無いから魔法少女になんてなれない」「年齢的に無理がある」「関係者との出会

いがなかったから」そんな理由で魔法少女の道を諦《あきら》めてはいませんでしたか？　私達はそんな方々を応援しています。魔法少女になるための協力、なってからのアフターケア、一から十までお任せください。万全のサポート体制で二十四時間受け付けています。

なお、あらゆるサービスは完全無料で行っています。途中で課金が発生することもありません。ご安心ください。

魔法の世界への扉は開きかけています。後はあなたが少しの勇気を出せばいいだけです。

プロローグ

人小路《ひとこうじ》邸が襲撃を受けた時には午前一時を少し回っていた。

離《はなれ》の屋敷は、一家一町内という広大な敷地の片隅に末娘の庚江《かのえ》が命じて建てさせた。思いつきで屋敷を建てるだけの財力があり、敷地の中にもう一軒家を建てるだけの土地もあり、末娘の好きにやらせる鷹揚《おうよう》さがある。そして止められる人間はどこにもいない。

魚山護《ととやままもり》は、庚江の傍《かたわ》らで苦々しい思いを抱きながら屋敷が作り上げられていくのを見ていた。深山の奥から太い山桜を幾本も切ってくるのはいかにも金持ちがやりそうな自然破壊に思えたし、磨《みが》き上げた白大理石と黒大理石を使い、床に市松《いちまつ》模様を描くなどという贅沢《ぜいたく》なやり方には「もっと良いお金の使い方をすべきだろうに」と反感を覚えた。

どんな使い方が良い使い方なのか。具体的な意見を持っているわけではないが、人小路家の、庚江の散財は、見ていて大変癪《しゃく》に障《さわ》る。「労働者が資本家を妬《ねた》んだところで境遇が変わるわけでもあるまいに」という庚江の言いぐさも含めて非常に腹立たしい。

　連日多数の職人が出入りし、職人以外も出入りした。流暢《りゅうちょう》な日本語を話す自称ドイツ人なのにどう見てもアジア系の家具屋、右目を眼帯で覆った黒スーツの美術商、我が物顔で邸内を走る装甲車両、その他様々な人々が出入りし、着工から一年の時間を経て屋敷は完成した。こぢんまりとして見えるのは本宅と比べるからで、単体で見れば贅《ぜい》の限りを尽くした王侯貴族《おうこうきぞく》の邸宅としか思えない。

　だがそれでも庚江は満足せず、護に命じて離の防衛設備を改造させた。

　魚山護は魔法少女「シャドウゲール」に変身することができる。黒いナースに巨大なレンチとハサミを持たせた、というスタイルの「シャドウゲール」は「機械類を改造することができる」という魔法を持ち、その魔法は庚江によって繰り返し利用されてきた。

　身長の倍ほどもあるスピーカーをいじったこともあったし、謎のゴーグルを改造したこともあった。元となる物と使い方がわかるのはまだいい方で、使用用途不明の物体を理解不能な性能にチューンしたこともある。魔法を行使する際に、対象についての知識が必ずしも必要では無いとはいえ、ここまでいい加減でいいものだろうか。

　それらがどんな使い方をされたのかは知らなかったが、どうせろくなことには利用していないだろう。善悪でいえば庚江は悪人で、法や社会規範などの上に自分の判断を置き、護はその片棒を担《かつ》がされている。幼い頃から高校三年生に進級した現在まで、その関係は変わらない。

庚江は一見可愛らしく、変身後の魔法少女「プフレ」も車椅子という小道具から病弱とか蒲柳《ほりゅう》の質《しつ》とか深層の令嬢とかそういうイメージがあり、その本質を知らない被害者達はちょっと優しく微笑まれただけで勘違いをしてしまう。

護は庚江の人間性を嫌というほど知っていて、何度も何度も損害を被ってきた。だが逆らうことはできない。魚山家は代々人小路家に仕えてきた家柄であり、人小路家第一の両親は護の反逆を許さない。家を飛び出したとしてもすぐに追手がかかる。過去に何度か実体験として思い知らされている。

なので、内心では嫌だ嫌だと思いながら、護は庚江の命に応じてきっちりと仕事をする。防犯装置なんてと思いながら、さらに時折《ときおり》口に出してぼやきながら作業を終え、どうせこんなことをしても役に立つことはないんだろうとため息を吐《つ》いた。

それから半年も経たずに離が襲われた。

実際襲われる立場になってみて初めて防備の有難味《ありがたみ》がわかる。

安全な地下室で震えている、ということができるのもシェルターに守ってもらっているからだ。「反物質爆弾の直撃を受けても内部は異界化しているため影響が及ぶことはない」というシャドウゲール製シェルターは、魔法少女が束《たば》になって襲ってきても住人を守ってくれる堅牢《けんろう》な城となる。

ここまで安全を求めてどうするんだろう、核戦争でも起こすつもりなのか、と鼻で笑ってきた護でも、いざ役に立ってくれる状況がくれば掌をくるりと返して感謝する。

心の中で手を合わせ、ふぅと息を吐いて椅子に深くかけ直した。

リノリウムの床に白い天井、薄いグレーの壁紙というシンプルな部屋の中は、寝具やテーブル、上階を監視するためのモニター等、最低限の設備しかない。

隣の席に目をやると庚江が……魔法少女「プフレ」が壁一面に配置されたモニターを見詰めていた。シャドウゲールもつられてそちらに目を向ける。

母屋は静まり返っていた。賊の侵入に気付いた様子がない。離の中では角材や釘バットを手に持ち、フルフェイスのヘルメットで顔を隠した複数人の凶漢がなにかを探すかのように絨毯《じゅうたん》を剥《は》ぎ取ったり壁掛け時計をずらしたりしながら徘徊《はいかい》している。

もし逃げ遅れていたりしたらと思うとぞっとするし、母屋の方を襲われていたらと思うと背筋が凍る。

普段、自分達が当たり前に暮らしている日常空間の中で、非日常的な存在が蠢《うごめ》いている。違和感と嫌悪感を覚え、目を逸《そ》らし、隣の魔法少女に話しかけようとしたが、プフレの表情が実に楽しそうなのを見て殴ってやりたくなった。

「あの人達、お嬢のお知り合いですか？」

「そんなわけないだろう」

「だったらなんでそんなに楽しそうなんですか」

プフレは応えずに微笑んでいる。シャドウゲールはもう一度モニターに目をやった。武装した侵入者がなにかを探している、以上のことはわからない。プフレがわからないことをいうのは毎度のことなのでいちいち取り合わない方がいい。とりあえず現状を解決に向かわせるのが先決だろう。

「あの人達、魔法少女の類《たぐい》じゃありませんよね？」

「そうだね」

「普通の人間だったら警備会社が来れば大丈夫ですよね？」

「警備会社は来ないだろうね」

「……はい？」

「真っ当な防犯システムは全て沈黙させられている。警備会社に連絡がいくことはない」

「えっ……だって、魔法少女じゃないんですよね？　普通の人間なんですよね？」

「見たまえ」

白く長い指がモニターを指し示した。

「動きがおかしいだろう」

暴漢達の内、一人の動きを追っていく。注視していると、足元がふらつき、フルフェイスを被った頭が重そうに揺れ、長い角材を床に引きずっていた。動作の一つ一つが妙に緩慢で、人をしてこのような暴力に向かわせる原動力となるべき怒りや、早く仕事を終わらせねば警察なり警備なりが来てしまうといった焦りらしきものが一切見えない。確かにおかしい。

「こんなにふわふわした連中が警報装置を遮断《しゃだん》してから押しこむなどという玄人《くろうと》らしい手順を踏むわけがない。まず確実に誰かが糸を引いてやらせているのだろうね。おそらくは魔法によって操《あやつ》られている」

魔法。魔法少女。

危険性は武装した人間より遥かに高い。自分の身の安全だけを心配していた心の中に、ふっと家族や友人の顔が入りこんでくる。

「母屋《おもや》の方は大丈夫でしょうか」

「扉を絶対に開くなと連絡を入れておいた。向こうの防衛だって立派なものだ。対魔法少女用のシステムを『魔法の国』から仕入れて君にいじってもらったからね。籠《こ》もっているだけなら安心していい」

庚江は嘘《うそ》吐きで気まぐれで悪魔的というか護にとっては悪魔そのものだが、身内を大切にするという一点ではブレが無い。彼女が安心していいというのなら、それはきっと心配の必要が無いのだろう。

護は安堵《あんど》の息を吐き、もう一度モニターを見た。庚江曰《いわ》く「何者かに操られている」暴漢達は、飽きもせずにひっくり返したり剥がしたりを繰り返している。

「なにしてるんですかね……あれは」

「我々を探しているのだろうね」

「いつまでああやってるんですか」

「我々が見つかるまでだろう」

プフレが楽し気に返してくるのも手伝い、徐々に腹が立ってきた。プフレだけでなく、操られている暴徒にも操っている何者かにも茶化《ちゃか》されているような気がする。

このままでは埒《らち》が明かない。しかしプフレとシャドウゲールは、魔法少女の中では決して腕力に自信があるほうではない。カメラの向こうの暴漢くらいは難無く退治できるだろうが、何者かが糸を引いているのだとしたら無暗に表に出ていくのは避けたいところだ。

もっと心労と危険が少なく確実なものがいい。友人の身に無駄な害悪を及ぼすこともなく、安心して賊《ぞく》を取り押さえられるプランだ。機動隊が暴徒を鎮圧《ちんあつ》するような方法をイメージし、シャドウゲールはプフレに話しかけた。

「お嬢、魔法の国でけっこう偉い人になったって自慢してたじゃないですか」

「自慢したことはない。事実を話して聞かせたことはあったね」

「直通ホットラインとかそういうの無いんですか？」

プフレは一拍置き、

「ある」

「じゃあ使いましょうよ。魔法少女に襲われてます助けてくださいって外に助けを求めましょうよ。それでおまわりさん的な魔法少女の人達を派遣してもらえばいいじゃないですか。それともそっちも沈黙してるんですか」

プフレは目を眇《すが》め、モニターから視線を外し、下を向き、上を向き、椅子から立ち上がった。人間工学をとことん追求した結果、サイバーパンクのようなデザインになってしまった腰掛けが、プフレの太腿《ふともも》に押されて後ろに下がった。

プフレは天井を見上げたまま話し始めた。

「さっき確かめてみたが、そちらの回線は無事だ。なんらかの細工《さいく》が施《ほどこ》された形跡《けいせき》はなかった」

「だったら」

「おかしいと思わないか？」

「なにかおかしな部分がありましたか？」

「彼らをここに送り込んできたのが『魔法の国』関係者であることは、ほぼ間違いない。だったらその人物は、私が何者であるかも知っているはずだ」

「それは……」

「よほどの愚か者でなければ、ホットラインについても想像できていてしかるべきだ。襲撃者氏は警備会社に通報されないようわざわざ工作をするほどには知恵がまわるのに、『魔法の国』への連絡については全く無頓着というのが面白いね。どちらが怖いなんて、考えるまでもなかろうに」

――いわれてみれば……。

警備会社には知られたくない。でも「魔法の国」には知られてもいい。そんな話があるだろうか。

「襲撃者氏は『魔法の国』に連絡を取られても問題ないと考えている。というより『魔法の国』に連絡を取って欲しいのではないか。ここまで中途半端なやり口を使い、本気で襲撃を成功させようという意思も見えず、いつ失敗してもいいように自分の身を隠して一般人を利用している。狙いは透《す》けるね」

「なんで『魔法の国』に連絡して欲しいんでしょうか?」

「私が襲撃されたとなれば犯人を見つけなければならない。どんな些細《ささい》な物であっても犯人に関する手がかりを見逃してはならない、というお題目の元、ここにも捜査の手が入ることになるだろう」

「そりゃそうでしょう。犯人見つけてもらわないと安心して眠ることもできません」

「家宅捜査だけで済めばいいが、心当たりがないか、尋問を受けることになるかもしれない」

「なにを困ることがあるんですか」

「いろんな魔法の持ち主がいるんだよ、監査部門には。私はやっていることの証拠をそのへんに残しておくような真似はしないが、頭の中まで覗かれるとなると、言い逃《のが》れは難しそうだ」

シャドウゲールは椅子の肘掛に手をかけ半分ほど尻を浮かせた。椅子の動いた音が妙に大きく室内に響く。プフレは天井に向けていた視線をシャドウゲールに向けた。表情は変わらずに楽し気だ。

「狙い通りに別件捜査をさせてやる理由は無い。わかるね?」

酷《ひど》い眩暈《めまい》で立ち上がれない。浮かせていた尻を椅子に下ろし、小さく嘆息して額《ひたい》に手を当てた。プフレはそれなりに高い地位にあるはずだ。

離ができて以来、魔法関係者としか思えない胡乱《うろん》な来客が頻繁《ひんぱん》に訪れ、客は一様に「上にいる者への態度」を見せていた。

そのプフレが別件捜査で探られる。痛くもない腹を、などという生易《なまやさ》しい事態では絶対にないだろう。「魔法の国」はいい加減な放任主義だったはずだ。いったいなにをしでかせばこんな事態になってしまうというのだろうか。

「護。今失礼なことを考えていただろう」

「失礼もなにも……なんでこんなことになったんですか」

「護に勘違いから失望されたり軽蔑《けいべつ》されたりといったことになっては堪《たま》らないから訂正しておこう。私は『魔法の国』から追われているわけではない。もし『魔法の国』が本気で私を追い落としたいというのなら、このように回りくどい真似はしない」

「それは……そうかもしれませんが」

「あくまでごく一部に私をよく思わない連中がいるというだけのことだよ。当然私にだって頼りになる後ろ盾《だて》はいる。とりあえずの急場をしのぐことさえできれば、助け船もやってこようさ。なにも心配することはない」

「じゃあ……どうします？」

「ラピス・ラズリーヌを呼ぶ。連絡時の防諜《ぼうちょう》設定は緊急レベルにするように。護が丹誠込めて作ってくれた防諜システムなら『魔法の国』にだって探知できないから安心だ……なにせ作った本人が原理もコードも一切理解していないからね」

ラズリーヌ。その名前を聞いて、シャドウゲールの胸がちくりと痛んだ。もちろんプフレがいうのは、かつて一緒に戦った魔法少女、二代目ラピス・ラズリーヌのことではない。彼女はもうこの世にはいない。

「ここから彼女に連絡を入れたということが絶対に漏れてはならない。ラズリーヌにはゲートを使用して直接来てもらう」

「だからなんでラズリーヌさんに来てもらうんですかって」

「記憶を総浚《そうざら》いで持っていってもらう」

　今プフレが話しているのは、三代目ラピス・ラズリーヌのことだ。魔法少女「ラピス・ラズリーヌ」は、他者の記憶を青い球に封じこめてしまう魔法を使う。

「物体の記憶、人間の記憶、見られては困るあらゆる記憶を浚ってもらう。これで捜査の手が入っても問題ない。当分の間捜査の名目で監視がついたりするかもしれないが、我々は文字通りなにも知らない」

「なるほど……確かにそれがいいかもしれませんね」

　プフレの企んでいたなんらかの悪事は頓挫《とんざ》することになるが、かえってその方がいい。捜査は空振りし、プフレの悪事は無かったことになるという二重の意味で良い手といえる。

　シャドウゲールは二度三度頷《うなず》き、プフレは唇の端を微かに曲げた。

「護はまた失礼なことを考えただろう」

「他人の心を読むようなことはやめてくださいよ」

「ラズリーヌには記憶を浚い取ってもらうだけではない。適当な人物を選択し、記憶の中から必要な情報を与える。私にまるで関係ない人物であることが条件だ」

「は？　見られて困る記憶だから持っていてもらうんでしょう？　そんなことをしたら意味が無いじゃないですか」

「ラズリーヌに仕事をしてもらったその後で」

プフレはシャドウゲールの問いに答えることなく、にこりと笑みを浮かべた。

「『魔法の国』に連絡をしようか」

第一章　プリズムの向こう側

☆プリズムチェリー

加賀美《かがみ》桜《さくら》はどこにでもいるごく平凡な少女だった。

他人と比べて足が速いわけではないが、とりたてて遅いわけでもない。聞き惚《ほ》れるほど良い声で歌うこともなく、滅茶苦茶に音程を外してしまうこともない。勉強で置いていかれることがなくとも先導することもない。とびきり可愛らしいわけではないが、目をそむけたくなるような不細工でもない。会話の中心にいることはまずないが、仲間外れにされて一人寂しく俯《うつむ》いているようなこともない。

誰にとっても、自分自身こそが「人生」という物語における主人公だ。主人公なのだから主人公に相応《ふさわ》しい資質を持っていると思うのが人情というものだ。小学生くらいまでは誰しもが自分自身になにかしらの期待を抱いている。

桜は友人から「桜ってさ、だいたい全部真ん中くらいだよね」と指摘されるまで自分が平凡だとは思わなかった。

努力をすれば今より良い成績をとることができる。努力するのがちょっと面倒でかったるいから少しだけ怠《なま》けているのが現状で、自分はきっと「やればできる子」だ。そう思っていた。

スイミングスクール、算盤《そろばん》教室、書道教室、そういった習い事でも特別な才能を見せることはなく、バスケットボールやバレーボールでも平均的で、美術や感想文で賞を貰うわけでもなく、ほどほどに風邪をひいたせいで皆勤賞も貰えず、二個の虫歯によって良い歯の賞状も貰えなかった。

色々なことに手を出し、特別な能力を持っているわけではないことを知って、手を引く。この手順を繰り返す。

特別な努力をせず、だが落伍《らくご》もせず、平均を維持して成長し、中学生になった。

そこで、ようやくチャンスが巡ってきた。頭の良さ、運動神経、そういったわかりやすく数値に出しやすい基準ではない、桜にとっては未知の物差しで測《はか》られることになった。

魔法少女試験。「魔法の才能を持つ者にしか視認できないインクによって描かれた案内状」を学校前で手渡され、いったいなにがあるのだろうと好奇心に従って行ってみた先、真夜中の公民館で、加賀美桜は魔法少女「プリズムチェリー」になった。

大きなさくらんぼの装飾を全体に配し、キラキラと光を反射する煌《きら》びやかなコスチューム。透き通るような白さで輝くブーツ、可愛らしいさくらんぼ型の髪留め。それに顔形まで桜とは別人に変身している。今の桜を……プリズムチェリーを見て「可愛くも不細工でもない」と評価する人間はきっといない。とびきり可愛い女の子だと皆が振り返るはずだ。

その時実施された魔法少女試験は、参加者が一名しかいなかったため、桜は自動的に魔法少女になった。これからアニメや漫画のように愉快で楽しくてスリリングで素敵な毎日が幕を開く。桜はそんな期待に胸を膨《ふく》らませた。


しかしそんな毎日はやってこなかった。

プリズムチェリーはどこにでもいるごく平凡な魔法少女だった。

腕っ節が強い、足が速い、そういった身体能力の優秀さは人間と比べた場合のことで、魔法少女の中では格別に強いわけではなく、かといって弱いわけでもない。

一度だけ担当官にお願いをして「戦闘技術を磨くための魔法少女の集まり」を見学しに行ったことがあったが、もしあの中に混ざれば、体重と同じ重さのミンチ肉にされてしまうと確信した。自分はすごく強い魔法少女なのではないかという夢想は、それ以降捨て去った。

見た目の美しさや衣装の華やかさも、魔法少女の集団の中にあっては埋没《まいぼつ》してしまう。ただ一輪の花が、地平線まで花で埋まった野原の中で自己主張しようとしても無理がある。

魔法についても同じだ。他の魔法少女と比べ、飛び抜けて便利だったり強力だったり特殊だったりするわけではない。

「鏡に映し出す映像を自由に変える」魔法は、とても地味だ。華が無い。戯《たわむ》れに鏡の中のゴミを金塊にしてみたところで、現実のゴミはなんら変化することなくそこに有り続ける。

鏡に映し出された像を好きなようにいじって楽しかったのは、魔法少女になってせいぜい二ヶ月くらいまでで、そこからは飽きてしまい、特に魔法を使うこともなくなった。桜が飽きっぽいのではなく、魔法に面白味が無いせいだ、と思った。

魔法少女だからといって、選ばれた勇者というわけではない。町の人達が日々のちょっとした問題を解決するための手助けをする。魔法少女はそのためにいる。

魔王が攻め入ってくることもなく、母親から「桜、あんたも魔法少女になったのね。二代目を継ぐとしたらあんたしかいない……薄々思ってはいたのよ」と話しかけられることもなく、魔法の国から王子様がやってくることもなく、プリズムチェリーは淡々とした魔法少女生活を送り、ゴミを拾ったり、落書きを消したり、放置自転車を運んだり、泣いている子をあやしたりしながら、気付けば中学生二年生になっていた。

中学生二年生にもなれば、人は将来のことを考えるようになる。「魔法の国」からサラリーをもらって活動する、所謂《いわゆる》職業魔法少女は一部の限られたエリートでしかなく、プリズムチェリーの担当官はどことということもなく遠方に目を向けながら「羨ましい話だよね……」と呟いていた。

加賀美桜は何者かになりたかった。

それは漠然としたイメージの成功者だ。

プロスポーツ選手だったり、売れっ子漫画家だったり、名探偵だったり、辣腕《らつわん》弁護士だったり、神の手を持つ外科医だったり、世界中にファンを持つ音楽家だったり、世界を救う選ばれた魔法少女だったりする。

名声や富を勝ち取り、名を残す。主人公である自分にならできる、かつてはそう思っていた。

現実は違った。魔法少女になってさえ「選ばれた人達」は遠く離れた場所にいた。

大半の魔法少女は、魔法少女活動を趣味の範囲に留《とど》め、別の生業《なりわい》で口に糊《のり》して生きている。生活保護で生きる者、魔法少女の力を悪用する犯罪者、山奥で獣と共に暮らす隠者か妖精のような存在、そうした生き方を選ぶ魔法少女もいるらしいが、担当官は「最近は取締が厳しくなったからね……ちょっと無茶をすると資格剥奪《はくだつ》されちゃうんだよ。私の同期でも一人ね……」とやはり遠方に目を向けながら呟いていた。

桜は魔法少女になってさえ成功者にはなれそうになかった。桜は主人公ではなかったのか？　違う。桜は主人公だった。

桜以外の人達も例外なく主人公だった。

世の中には主人公ばかりがひしめき合っていた。自分こそが宇宙の中心で、自分の誕生が宇宙の始まり、自分の死が宇宙の終わり、などということはない。桜が生まれる前から世界はあったし、桜が死んだ後も続いていく。桜だけが特別なわけではない。

そのことに気がつき、愕然《がくぜん》とした。

世の中には主人公が溢《あふ》れ、大半の主人公は目指すなにかになることなどできず志半《こころざしなか》ばで妥協をする。このままいけば桜もきっとそうなる。

ただ忘れられていくその他大勢になる。生まれて初めて焦りがこみ上げた。

なんでも良かった。なにかが欲しかった。

飢餓感が募《つの》るのに手の中にはなにも無い。丘の上に打ち上げられた魚のようだった。呼吸をしようとしても口が動くばかりで息が吸えない。勉強を頑張ればいいのか。それとも他になにかあるのか。どうすればいいのか。せっかく魔法少女になったのに、なにも変わらない。絶望がより深くなっただけだ。

桜は以前よりふさぎこむようになった。

そんなある日、桜は学校でクラスメイトから肩を叩かれた。

振り返ると同じクラスの青木奈美《あおきなみ》がいた。名前は知っているし、挨拶をしたり用があれば話をする程度の間柄で、人となりまで詳しくしっているわけではない。

桜とは所属しているグループが違う。向こうは華やかでこちらは地味。スポーツや勉強で活躍するのはいつだって向こう、こちらは教室の隅でひそひそと噂話に興じるくらいでクラスの中心からは程遠い。接点は、ほぼ、無い。

息がかかるほど奈美の顔が近くにあり、思わずのけぞろうとしたところに肩をぎゅっと掴まれて口を寄せられた。

「加賀美さんさ、魔法少女だよね。この前スーパーマルダンの屋上で変身してたでしょ」

ぎょっとして見返すと、爽やかな笑みで返された。

「私も魔法少女なんだ」

加賀美桜は平凡な少女だ。

プリズムチェリーは平凡な魔法少女だ。

だが非凡な出会いもある。青木奈美は平凡から大きく外れた少女で、彼女が変身する魔法少女「プリンセス・デリュージ」もまた平凡とは程遠い魔法少女だった。

☆ファル

「スノーホワイト。そろそろ起きないとお昼ごはんぽん」

丸まった布団《ふとん》の塊は沈黙し、ファルの注意にも返事はない。

「お母さんに呼ばれても起きられないなんてことがないように気をつけるぽん」

やはり返事はない。元より返事に期待して声をかけたわけではなかった。ファルは魔法の端末の中に戻って作業を再開した。今日中に終わらせなければ報告書が上がらない。

文書を纏《まと》めながらもファルはスノーホワイトのことを考える。まだ戻ってこない。もう少し時間がかかるのか、それとももっと時間を要するのか。だがいつかは必ず戻ってくる。

ファルはスノーホワイトの芯の強さを知っている。


スノーホワイトという魔法少女は「魔法少女狩り」という異名を持つ。この物騒な呼び名は、魔法少女名として正式に登録されているわけではない。本当の意味での二つ名だった。

魔法少女候補に殺し合いの試験を強《し》いていた魔法少女「森の音楽家クラムベリー」最後の試験から生還し、その後もクラムベリーのシンパが開催していた違法試験を取り締まり、何人も摘発してきた。

魔王塾の卒業生であるフレイム・フレイミィ、余罪の覚書だけで図書館が作れるほどだったと噂されたピティ・フレデリカ、そういった有名人を筆頭に数多くの魔法少女を捕え、いつしか監査部門から誘いを受け、独自の捜査権を持つに至った。正式に所属しているわけではないが、外部職員の扱いで権限は正職と変わらない。

アウトローだった彼女に好き放題やらせていることが「魔法の国」の面子《メンツ》を傷つけるが故《ゆえ》の姑息《こそく》的措置だったのか。彼女のやりようを気に入っている変わり者が上層部にいたのか。使い勝手の悪くない道具程度に思われているのか。「魔法の国」の名誉住人という立場に利用価値があったのか。それはファルにもわからない。

これまでにスノーホワイトが摘発した魔法少女犯罪は合計二十七。なんて多いと驚く者もいれば、とるに足らないと鼻で笑う者もいる。

だいたいのケースにおいて犯人は素直にお縄《なわ》になったが、犯罪の発覚即ち身の破滅となる場合、徹底的に抵抗する者もいる。そうなるとスノーホワイトも身体を張って拘束しなければならない。マスコットキャラクターであるファルはその様子を映像として保存し、各所に流す。もちろん独断でやっているわけではなく、スノーホワイトの希望だ。

スノーホワイトの派手な立ち回りが喧伝《けんでん》されることにより、犯罪の抑止力《よくしりょく》になり、悪事摘発のための協力者を集めることになる。

もちろん一方で悪人に疎《うと》まれ、凶行の標的となる可能性もあるが、それも承知の上だ。スノーホワイトは自ら望んで標識となり、広告塔となり、囮《おとり》となった。スノーホワイトは自分自身を使って意志を貫く。

我が身を贄《にえ》にして思いを実現させようという行為は悪魔と契約するに等しく、本来ならマスコットキャラクターとして止めなければならない。だがファルには止められなかった。スノーホワイトの友人である魔法少女「リップル」と一緒に説き聞かせてもスノーホワイトは苛烈《かれつ》なやり方を改めなかった。

どんな手段で止めようとしても、結局スノーホワイトは我《が》を押し通し、説得が聞き入れられることはない。ならば協力してなるだけ安全なルートを提示した方がいい。リップルと密《ひそ》かに相談し、そう決めた。我が身を使い潰しながら前に進むような真似はさせない。自分の持つあらゆる能力を用いて彼女を守る。

その決意も今となっては意味を失っていた。数ヶ月前、リップルは事件に巻きこまれて生死不明となり、懸命な捜索活動も虚《むな》しく行方はようとして知れない。彼女は研修を受けるため出張した先で事件に巻きこまれた。

なぜ研修を志願したのかといえば、出世しようとしていたからだ。どうして出世しようとしていたのかといえば、少しでも風通しの良い場所からスノーホワイトの支援をしたかったからだ。

スノーホワイトはリップルの動機を知り、狂ったようにリップルを探し、死体さえ見つからず、それから数日間は人間としての活動を除き口を開こうとしなくなった。悪党魔法少女達を見つけ出そうとしなくなり、それどころか「魔法少女狩り」と呼ばれるようになってからも欠かせぬ日課としていた人助けさえしなくなった。

ファルは励《はげ》まし、宥《なだ》め、慰《なぐさ》め、全く心に届いた気はせず、それでも繰り返した。スノーホワイトが魔法少女として活動しない間に滞《とどこお》っている通常業務をこなし、無力感に苛《さいな》まれながらもスノーホワイトの役に立とうと働いた。

スノーホワイトはリップルを失い、その責任が自分にあると考え、自分を責めている。リップルは自分がやりたいから動いていただけだ。スノーホワイトが責任を感じる必要はない。

リップルはスノーホワイトのために動き、命を落とした。スノーホワイトは大切なものを守るため力を手に入れ、しかし大切なものは掌から零《こぼ》れていった。リップルを喪失したことによってスノーホワイト自身も大きく傷ついた。

だがここで終わりはしない、ファルはそう信じている。リップルは紆余曲折を経てスノーホワイトの活動を望むようになり、積極的に協力しようとしていた。スノーホワイトはリップルの思いを知っている。無駄にしていいものではないとわかっている。

それに、リップルが巻きこまれた事件に絡んで魔法少女「ピティ・フレデリカ」が脱走しているという情報が、監査部門からもたらされていた。

リップルがいなくなっても腐った魔法少女がいなくなるわけではない。悪党を罰するための魔法少女が必要だ。

スノーホワイトは必ず再び立ち上がる。マスコットキャラクターとしては平和な生き方をしてもらいたくもあるが、スノーホワイトが選ぶ生き方を否定はしない。彼女はリップルの死を受け入れ、布団を投げ捨て、魔法少女狩りとしてもう一度再スタートする。

今のファルにできることは、そうなった時の下地を作っておくことだ。いつ魔法少女狩りが活動を再開してもいいように準備をしておく。

スノーホワイトの活動が知られるに従い、彼女の端末には匿名《とくめい》のメールが送られてくるようになった。どこそこのなんとかいう魔法少女がこれこれこういう悪いことをしています、という内容の告発メールだ。

当初は大部分がイタズラだったが、それでもファルは一通一通しっかり裏をとっていった。ファルはかつてのマスター「キーク」によって改造を施《ほどこ》されており、通常の電子妖精の枠を超えた高い性能を持っていた。

ファルの能力を使えば、匿名性は無いに等しく、容易く送信者を特定することができた。イタズラメールの愉快犯や、他人の足を引っ張るため嫌がらせとしてあること無いことを吹きこもうとしてきた魔法少女達には相応の罰を与えた。そして数少ない「本当の犯罪告発」に対してはとことん真摯に取り組み、必要があれば暴力を行使してでも検挙する。

イタズラメールへの制裁が知れ渡るようになると、イタズラは潮が引くように減っていき、スノーホワイトをからかおうとしたりする命知らずはいなくなった。イタズラ者は「魔法少女狩り」に生半可《なまはんか》な気持ちで近寄ればこうなる、という見せしめになってくれた。

またファルは、メールを待つだけでなく、広げた情報網から入ってくる情報の取捨選択と分析を行う。

スノーホワイトは言葉少なで、ファルに対しても多くを語ろうとはしない。彼女に仕えるマスコットキャラクターとしては、命じられた以上のことを自分で考えやらなければならない。

スノーホワイトが休止している間もファルは間断《かんだん》なく働き続ける。電子妖精に休息は不要だ。どれだけこき使われようと文句が出ないのが電子妖精最大のメリットとさえいう魔法使いもいるという。

ファルも文句をいうつもりはない。ましてやスノーホワイトに安全に仕事をしてもらうために自発的に働いているのだから当然だ。

書類作りと報告を終わらせ、必要なデータを保存、次はメールチェックに入ろうとソフトを立ち上げ、メールを一件受信していることに気づいて作業を中断した。

送信者――リップル。メールは魔法少女「リップル」の端末から送られていた。

ファルを前に、送信者を偽装してメールすることなどできない。魔法の端末をねぐらにする電脳のエキスパート、その中でも特別誂《あつら》えのマスコットキャラクターがファルだ。

そのつぶらな目を誤魔化すことはできない。

ファルは仮想空間の中で翼を二度三度とはためかせ、リンプンを撒《ま》いた。

リップルが生きていたのか。それならばなぜ顔を見せないのか。いったいどんな事情があるというのか。それとも彼女の魔法の端末を用いて何者かがメールを送っているだけか。もしそうだとしたら狙いはなにか。

肝心の本文はどうなっているのか。ファルはしばし考えを纏めようとし、やはり纏まらないのだということを再確認してからメールを開封した。

K県S市に人造魔法少女の研究所有り。調査を乞う。

なお、このメールの内容は余人には伝えないこと。この指示に従わない場合、相手も含めて記憶が消去されるよう魔法処置が施されている。

——なんだこれ？

人造魔法少女？　研究？　だいたいリップルのリの字も出てこない。スノーホワイトにリップルの魔法の端末からメールを送るという行為には明確な作為がある。なのに、リップルについては触れていない。しかも記憶が消去されるよう魔法がかけてある？　そんな処置はできない、とはいわない。メールに魔法を付与することはキークもやっていた。

試しに軽く解析をかけてみようとしたが弾かれた。ファルの能力をもってしても解析は難しそうだ。

結局、誰がなんのために送ってきたメールなのか全くわからない。わからないが、スノーホワイトには報告しておく必要がある。布団を引き剝がしてから送られてきたメールについて報告し、久しぶりに話し合おう。

☆プリズムチェリー

スーパーマルダン屋上での変身はイレギュラーだった。

プリズムチェリーが任されている担当区域はS市全体ではなく、マルダンのある地区、殿江町《とのえまち》は外れている。本来はそこで変身をする必要などない。あの日は近くの城跡で花火大会をやっていた。スーパーマルダンの屋上から眺めるとてもよく見える。

魔法少女に変身してから屋上に登り、そこで変身を解除する。夜目の利く魔法少女の目を通して見るよりも人間の目で見た方が花火は美しい。花火が終われば、もう一度変身をして屋上から駆け下りる。

担当区域外での魔法少女活動は基本的に禁じられていたが、バレて上から睨《にら》まれてもまあいいかと割り切っていた。

プリズムチェリーは元々一生懸命魔法少女活動をしていたわけではない。自分自身が魔法少女としても平凡であると気づいた時から活動意欲を失い、本来の仕事である人助けも三日に一度、四日に一度、五日に一度と頻度《ひんど》を減らし、今では一週間に一度夜回りするのが精々だ。

「加賀美さんさ、魔法少女だよね。この前スーパーマルダンの屋上で変身してたでしょ」

クラスメイトの青木奈美から話しかけられた時は心底ぎょっとした。魔法少女になった時、一般人に正体を知られたら変身する力と魔法少女に関する一切の記憶を奪われる、と説明を受けた。上から睨まれるとかそういう問題ではない。たとえ不真面目な魔法少女だとしても、いざ魔法の力を奪われるとなれば慌てふためく。

「私も魔法少女なんだ」

だからこう続いた時はほっとした。同業者になら魔法少女であることを知られてもなに一つ困ることはない。

そもそも夜半から深夜にかけてスーパーマルダンの屋上を見ることができる人間などいるわけがない。魔法少女でなければ鳥かオバケか宇宙人だ。不必要な心配をしていたことを少しだけ恥ずかしく思いながら、桜は声のトーンを下げて「青木さんも魔法少女だったんだね」と返した。

同じクラスとはいえ、顔を合わせれば挨拶をする程度の仲でしかない。向こうは派手めのグループ、こちらは地味めのグループとしてきちんと教室内で住み分けができていた。そのため一緒に遊んだり深く話したりすることはないまま、一学期も半ばを過ぎてしまっている。

奈美と桜は素早くメールアドレスを交換し、今晩十二時半にスーパーマルダンの屋上で待ち合わせようと約束した。

友達の方に歩き去っていく奈美の背中がなんとなく頼もしい。魔法少女の知り合いというのは多くない。それが同級生で魔法少女なんて人がいたとは、なんて偶然だろう。興奮して鼓動も速まっている。友人に「青木さんとなんの話してたの？」と聞かれ、「昨日のドラマの話だよ」と適当に答えておいた。

授業が始まり、鼓動は徐々に鎮《しず》まっていき、頭が冷え、心が落ち着くにつれ、一つの疑問が浮かんできた。

この辺《あた》り一帯はプリズムチェリーの担当区域だ。マルダンは外れているが、あの辺に新しい魔法少女が配属されたなんて話は聞いていない。なのに、なぜ青木奈美という魔法少女がマルダンの屋上を目にしたのだろう。

一度気になってしまうと他の事が手につかなくなる。昼休みの間に屋上で魔法の端末を取り出し、地域リーダーに「マルダン近辺に担当魔法少女がいたりするのか」と質問のメールを送った。返事は昼休み中に届き、「そんな人はいない」とあった。

ならばなぜ奈美は魔法少女としてあそこにいた?

桜は首を捻《ひね》ったが、結局本人に聞いてみるのが一番早いだろうという考えに至り、深夜十二時半にスーパーマルダンの屋上へ向かった。
○に団の字を入れたマルダンマークの看板の向こうには魔法少女がいた。
鱗《うろこ》状になったストッキングで右脚のみを覆い、同じく鱗状の肩当を左肩に、頭には大きな紫色の宝石が埋まったティアラ、身長を超える長さの三又槍《みつまたやり》を構えた姿は海の王女様といった風情だ。どこからどう見ても魔法少女以外ではありえない。

「青木……さん?」

「やめてよ、青木さんなんて。私はね」

右脚を上げ、三又槍を斜めに構えた。表情は所謂キメ顔で僅《わず》かに顎《あご》を引きプリズムチェリーをしっかと見据えた。その迫力に思わず後ずさり、屋上の金網に背が当たる。

「青き奔流《ほんりゅう》! プリンセス・デリュージ!」

ああ、決めポーズと名乗りだったんだな、と気付いたのはそれから十秒ほど経過した後だった。青木奈美……魔法少女「プリンセス・デリュージ」は姿勢を崩し表情を緩めた。

「そちらはなにさん?」

「あ、私はプリズムチェリー」

決めポーズも決め台詞《ぜりふ》も考えてないわけではなかったが、人前で堂々と演じてみせるだけの勇気は無い。

「プリズムチェリー！　可愛い名前だね！」

褒められれば嬉しくなる。はにかみを自覚しながら「プリンセス・デリュージっていうのも格好いいよね」と返しておいた。実際、プリンセスという名前はしっくりくる。

「プリズムチェリーはどこの研究所の魔法少女なの？」

「……え？」

はにかみは消えた。不可解なことをいわれた、というのは理解できる。ただそれがどう不可解なのかを問い返すことに躊躇《ちゅうちょ》し、恐らくは間の抜けた表情で見返していたのだろう。プリンセス・デリュージは小首を傾《かし》げた。

「ええっと……プリズムチェリーは魔法少女なんだよね？」

「そうだけど……」

「どこの研究所の魔法少女なの？　私はこの町の研究所しか知らないんだけど」

「あの……研究所って……なんのこと？」

「えっ？」

「えっ？」

プリズムチェリーは魔法少女が所属する研究所というものを知らない。プリンセス・デリュージは魔法少女とは研究所に所属するものだと思っている。

地域リーダーは「この地域にプリズムチェリー以外の魔法少女はいない」と請け合った。嘘をいうような人ではないし、嘘をいう意味もない。プリンセス・デリュージは見た目普通の魔法少女にしか見えない。武器はごついが、この程度の武装をした魔法少女を見たことがないわけでもない。なのに常識がズレている。研究所という聞いたこともないなにかに所属し、それが当然だと思っているようだ。

普通ではない魔法少女。ドクンと心臓が脈打った。

プリズムチェリーは、ここで地域リーダーに連絡をすることもできた。プリンセス・デリュージのいっていることは魔法少女の常識から外れている。いったいなにがどうなっているのかを確認するためにも上に話を持っていく。報告、連絡、相談のホウ・レン・ソウを怠《おこた》るなというのは試験の時から口を酸っぱくしていわれていた。

「仲間に会ってもらおうと思ってたんだけど……大丈夫だよね？」

「仲間？　仲間がいるの？」

「そりゃいるよ。プリズムチェリーにはいないの？」

「私は、上司みたいな人がいるくらいだよ」

「へえ！　すごいね、会社みたい」

　ここでプリズムチェリーは教えに反した行いを選んだ。

「私も会いたいな。プリンセス・デリュージの仲間の人に」

「そう？　だよね、とってもいい子ばっかりだから」

「ずっと一人で魔法少女やってたからさ。仲間に憧れてるんだ」

「ずっと一人かー。そりゃ苦労もあったよねえ」

　なんとか相手に話を合わせていいくるめようとしている。不慣れで不恰好《ぶかっこう》に見えるだろう。でも必死だ。ひょっとしたらこの会話の先に、ずっと求め続けていた「特別」があるのかもしれない。そう思えば誰だって必死にもなる。

「じゃあ一緒に行こうか」

　内心でガッツポーズし、大きく頷いた。


　マルダンの屋上から、担当地域を大きく外れた殿江町の西側へ。ビルの屋上から屋上へ、デリュージの後を追って跳び伝いながら走っていく。町はずれの廃工場へ案内された時は少しだけ期待が萎《しぼ》んだが、ボロボロの扉を開いて地下へと案内された時は萎んでいた期待がはちきれそうに膨らんだ。

　そこは研究所というよりむしろ「秘密基地」と呼ぶのが相応しかった。梯子を下りると、さらに金属製のピカピカな大扉があり、デリュージはそれをあっさりと開けた。

「本当はパスワードで開閉するんだけど、面倒くさくて設定してないんだ。そもそもパスワードの設定をするのがけっこう面倒らしくて」

少しだけ言い訳っぽくはにかんでからデリュージは先に進み、その背中を追っていったプリズムチェリーは「特別」に出会った。

☆ファル

「反応は一。半径百メートル圏内に魔法少女はあんただけぽん、スノーホワイト」

「範囲を広げることは？」

「二百まではできるぽん。それ以上広げたかったら簡易型の端末じゃ無理ぽん」

「じゃあ二百まで広げて」

「オーライぽん」

夕方。暮色がビルの向こうから滲《にじ》み出ている時間帯。この町にあるらしいという人造魔法少女の研究所は未だ見つからない。

マスコットキャラクターは特定の魔法少女、「魔法の国」にとって特に有益な活動をしている魔法少女のサポートをするために存在している。マスコットキャラクターを従えているということは魔法少女にとって一種のステータスでもある。

もっとも、我々は個人であり、勲章でもトロフィーでもないと主張するマスコットキャラクターも多い。マスコットキャラクターは、魔法少女が道を誤った時に正す役割も持ち、ただ盲目的に従っているだけでは役を果たしているといえないのだ、と。

マスコットの中でも電脳妖精タイプは、そこまで立派な自我が無く、トロフィーのように扱われても文句をいわない。そもそも無条件で魔法少女を愛し、魔法少女のために身を粉《こ》にして働くように作られているからだ。

ファルは自分自身を省《かえり》みる時、常になにかを感じている。それは劣等感なのかもしれない。裏返しの優越感である可能性さえある。もっと違う別のなにかなのかもしれず、しかし言語化することは自身にもできなかった。

ファルの出自は特殊だ。欠陥商品として廃棄処分を待つばかりだったファルは、電脳空間で神のように振る舞っていた魔法少女「キーク」に拾われ、その力によって改造され、歪《ゆが》められた。

キークに対して感謝はしていない。並の電脳妖精「FAシリーズ」と比べてどれだけハイスペックになったとしても、それが良いとはどうしても思えないし、キークが優しさや慈しみをもってファルを改造したわけがない。

キークは歪んでいた。自分が正しいと信じ、自分以外は間違っていると決めつけた。それ故に魔法少女狩りから狩られることになった。いつかどこかで破滅するしかなかった。

失敗するべくして失敗した。

感謝はせず、同情もせず、それでもキークのことを思うと悲しくなる。現在の主であるスノーホワイトのことを思えばさらに複雑さが増す。スノーホワイトのことが嫌いだったらもっと単純に思ったり考えたりしていただろう。かつての主人の仇だと憎しみを込めて罵ってやるくらいはしたかもしれない。だがファルはスノーホワイトのことを嫌ってはいなかった。

電脳妖精が持つ感情めいたものはプログラムによって生み出された作り事だ。最初からそんな機能が無ければもっと楽だったろうにと自虐的な気持ちでファルは考え、この自虐的な気持ちもプログラムで作られた結果のだと思うとまったくもって製作者を恨みたくなる。好きも嫌いも悲しいも嬉しいも全ては計算づく、解の保証がないアルゴリズムだ。人工知能が感情の真似ごとを持ってもろくなことにならないなんて、先人がフィクションの中で散々に主張してきただろうに。

「二百メートルに広げたぽん。依然反応変わらず」

「了解」

姫河《ひめかわ》小雪《こゆき》は周囲への警戒を怠らず、かつ、警戒しているとは微塵《みじん》も思わせない足取りで商店街を歩いていた。彼女は淡々としている。戦いの中で喜びや悲しみを見せたりはせず、戦いの前段階でも渇望《かつぼう》を見せない。無暗に感情表現が豊かだったキークとは対照的で、キ

ークと比較している自分に気がつき暗澹《あんたん》とした。

スノーホワイト側からファルをどう思っているか聞いたことはない。スノーホワイトはそのようなことを話そうとしないし、ファルの方からは怖くて聞けたものではない。クラムベリーの試験に大きくかかわっていた電脳妖精「ファヴ」はFAシリーズだったので、同じFAシリーズであるファルのことも良く思っていないのではないか、と思ってはいる。クラムベリーの試験を通過した者の中には、FAシリーズを見ただけで吐き気を催したりフラッシュバックを起こしたりといった者もいるのだ。

スノーホワイトがファルを使っているのは便利だからだろう。電脳空間においては「魔法の国」でさえ手出しできなかったあのキークが改造した、特別誂えのマスコットキャラクターだ。作られた目的を思えば優越感を抱けるはずもなかったが、他には無い機能を持ち、それを自由に扱うためのスペックは他の追随《ついずい》を許さない。

半径二百メートル以内の魔法少女存在を監視し、スノーホワイトと変身機構を共用することで急なアクシデントにもナノ秒単位で対応する。さらにスノーホワイトの家族親族友人知人思いつく限りの人間が所持する携帯端末にプログラムを潜ませ、有事の際にはキークが使用していた電脳世界の空きスペースに引きずり入れる。これによって魔法少女の身内を盾にとらんとする悪党に対しても容赦の無い攻撃を実行することができる。正しい魔法少女を至上としてアニメや漫画を研究し続け、「魔法少女の敵」についても一家言を持っていたキークならではの機能といえるだろう。

魔法少女狩りの異名は悪党を震え上がらせ、それだけ苛烈な攻撃の的にされるということでもある。アニメや漫画を参考にして生み出された他愛ないコンセプトの機能が、今のスノーホワイトにとってはなにより必要だったのかもしれない。

「学生が増えてきたぽん。動体が多過ぎて動作が鈍《にぶ》っているぽん。半径縮めていいぽん？」

「精度を下げて半径はそのままで」

全ての機能が並の魔法の端末どころか管理者用の端末にさえ無い。ハイスペックを通り越してオーバーテクノロジーだ。

ファルは自分が有能であることを知っている。そしてスノーホワイトもそれを理解していることを知っている。

「精度下げても大丈夫ぽん？」

「必要最低限で」

ここS市は県庁所在地に次いで県内で二番目に大きい都市だ。スノーホワイトの出身地であるN市に比べ、サイズは小さいものの人口密度が高い。夕方の繁華街ともなれば、都心と変わるところがないくらい人が多い。当然担当している魔法少女もいるはずだったが、スノーホワイトは話を通さず密《ひそ》やかにやってきている。

「……小雪？」

「え？」

地元の高校生だろうか。学生服を着た少女がスノーホワイトに話しかけてきた。知り合いがいるということは想定していなかったのだろう。スノーホワイトは……変身前の状態である姫河小雪は若干《じゃっかん》戸惑った様子で少女に応えた。

「朱里《あかり》ちゃん？」

「やっぱり小雪だ。ひっさびさだねえ」

ファルはアプリケーションを再確認した。もし魔法少女であれば、変身前であったとしても反応がある。範囲内の魔法少女は依然一から変化無し。小雪に話しかけた少女は魔法少女ではない。

小柄な小雪より頭半分くらい背が高く、肩甲骨《けんこうこつ》あたりまで伸ばした髪を明るい茶色に染めている。学生鞄は平たく、つけている小物は派手派手しい。あまり小雪と仲が良さそうなタイプにも見えなかったが、両者とも朗《ほが》らかに笑っていた。

二人は小学生時代に同級生だったらしく、引っ越してからどうしたとか高校ではどうこうとか他愛のないおしゃべりに興じている。

こうしていれば魔法少女狩りのスノーホワイトも年齢相応の少女にしか見えない。内心では決して油断することなく周囲に気を配っているのだとしても、そんなことはおくびにも出さず幼き日々の思い出を語り合っている。

スノーホワイトの友人である魔法少女「リップル」が傍《そば》にいた頃は、魔法少女に変身した後でも笑顔を見せることはあった。ファルに対しては絶対に見せることがないような顔で笑ったりつついたりくすぐったりして、無機質な遣《や》り取りしかしていなかったファルには羨ましく、それに妬ましくもあったものだ。

リップルはB市で起こった事件に巻きこまれて行方不明となった。あの時のことは思い出したくもない。スノーホワイトはB市に赴《おもむ》きひたすらリップルを探し続けた。病院や現場を駆けずり回り、ボロボロになった生き残りの魔法少女から顛末《てんまつ》を聞きながらきつく握り締めた拳を膝の上で震わせていた。ファルもあらゆる機能を用いてリップルの痕跡を探したが、ついに探し出すことはできなかった。

そんなところに今回のメールだ。リップルの魔法の端末から送信されていると知った時、スノーホワイトの表情の変化を久しぶりに見ることができた。

ファルでは変えることができなかった。リップルなら表情を変えさせるだけでなく行動を起こさせることができる。

「それじゃまたね」

「うん。メールちょうだいよ。よっちゃんとスミにもよろしくいっといて」

少女は勢いよく右手を振りながら雑踏の中に消えていき、にこにこと笑顔を浮かべていた小雪はふっと表情を消し、ポケットの中の魔法の端末に指を伸ばした。

「ファル。反応は？」

「変わらず。特に無しぽん」

「……本当に？」

「嘘吐くわけないぽん。なにかあったぽん？」

スノーホワイトは目を細めて少女が消えていった雑踏に目を向けた。

「いや、別に。それより今晩は帰らないから」

「ぽん？」

「なにか掴むまではここに留まる」

この街で人造魔法少女が研究されている——イタズラとしか思えない内容のメールだ。だがリップルの魔法の端末から送信されたメールが、ただのイタズラであるわけがない。

☆プリンセス・インフェルノ

緊急アラームが鳴り響き、雑談がぴたりと止まった。全員が注視する中、メインモニターには「新たなディスラプターが出現」と表示された。

プリズムチェリーが唾液《だえき》を嚥下《えんげ》する音がここまで聞こえてきた。緊張感は高まったが、心地良いくらいだ。続けて「数は三体」「ソルジャークラスが二体とナイトクラスが一体」「場所は鷹床山《たかとこやま》」地図のデータを端末に読み取らせ、一斉に立ち上がった。

「急ぐよ！」

「いわれなくても！」

「私が一番に行くからね！」

「一度に出たら入口でつかえちゃうでしょ」

隔壁が次々に開いていき、順番もなにもあったものではないまま通路を走った。一体感がないように見える。しかしこれでも纏まりはできた方だ。最初の頃はもっと酷かった。全員武器を携《たずさ》えたままで走ろうとしたため、デリュージの矛先《ほこさき》でクェイクが尻尾を傷つけ、テンペストは自分の指を切り激しく出血して泣いた。

今はもう手慣れたものだ。

訓練場を抜け、ホールからエレベーターに入って地上を目指す。

埃《ほこり》を巻き上げてエレベーターが地上に出、横開きのドアが開くのを今か今かと待っていたプリンセス・テンペストが文字通り飛び出した。

彼女は「ピュアエレメンツ」の中で唯一飛行能力を持っている。いの一番に突っ込んでいく彼女を見る度、正直、ちょっと羨ましくなる。だが負けてはいられない。

クェイク、デリュージ、インフェルノ、プリズムチェリーとそれに続いて駆けていく。

廃工場の裏口から隣のビルまで勢いを殺さず走り、ビル壁を駆け上って屋上へ、そこから隣のビルへ、さらに隣へ、次は電柱の頭、とテンポよく移動していく。基本的に人間の目に留《と》まってはならない、ということになっていたが、今は緊急事態だ。それに魔法少女の移動速度に視覚だけでもついていけるという人間はまずいない。

足を曲げ、伸ばし、膝に力を溜めて、解放する。走る、跳ぶ、という行為の楽しさは、プリンセス・インフェルノ——緋山朱里《ひやまあかり》自身が誰よりもよく知っていた。

一時期は、もう二度と全力で駆け回るなんてことができないと思っていた。「見てるか医者の野郎！　あたしはこんなにも元気に走ってるぞ！」と心の中で叫び、いや医者の野郎というほど酷い目に合わされたわけではなく、むしろお世話になっていただろうと窘《たしな》める気持ちが頭をもたげ「お医者さん、あたしはこんなにも元気に走っています」と柔らかい表現に改めた。

後ろからついてくる足音を肩越しに見るとプリズムチェリーが必死の形相で走っていた。デリュージが脇についてしっかりとサポートしているようだ。あれならプリズムチェリーもついてこれるだろう。

五人で出動するようになって最初の一、二回は、ピュアエレメンツのスピードについてこれなかったプリズムチェリーが、出動途中にはぐれてしまうという可哀想な事態に陥った。一応世界の危機を救うべき緊急事態であるため、速度を落として合わせてあげるというわけにはいかない。

損保ビルの屋上で鉄柵を掴んで急旋回をする。衝撃に耐えられず鉄柵が歪み、根本がひび割れコンクリートの欠片《かけら》が下界へと落ちていった。後で修理の手配を申請しておこう。

ビル街を抜け、線路を渡り、路地を走って高架上へと跳んだ。

まだ路線が通っていないため、電車に轢《ひ》かれることも電車を蹴り飛ばすこともなく、一直線に高架上を走った夜の間は工事も中断している。ビルを跳んだりするよりも遥かに速く移動できる。

ティアラを飾る宝石《プリンセスジュエル》から伝わるナビゲーションに従い、高架の下へ降りる。その後も足を緩めず山道と獣道、崖から崖、クライミングまでして目的地へと到着した。

「いた！」

テンペストが指差す先では、ヘドロのような塊が沢の端でうねっている。人間大が二つ、クマくらいありそうなものが一つ。

報告通り、ソルジャー級が二体とナイト級が一体、計三体のディスラプターが実体化しようとしている。

「間に合ったね」

「テンペスト、先に行っちゃダメだよ」

「だってみんなが遅いんだもん」

「ほら、ちゃんと揃って。足場悪いから気を付けないと」

「もうちょっと寄って寄って。うっかり転んだらめっちゃカッコ悪いじゃん」

「……準備できた？」

全員が頷いたのを確認してからクェイクが右手親指を上に向けた。

「青き奔流！　プリンセス・デリュージ！」

「赤き劫火《ごうか》！　プリンセス・インフェルノ！」

「白き旋風！　プリンセス・テンペスト！」

「黒き大地！　プリンセス・クェイク！」

プリンセス・クェイクのプリンセス・ジュエルは、正確には黄色い色に輝いていたが、一人だけ「黄色の～」では格好がつかないため、全員で話し合った結果、衣装が全体的に黒色を多用しているため「黒き大地」でいこう、ということになった。

「輝く曙光《しょこう》！　プリズムチェリー！」

プリズムチェリーは「○き××」ではなく「輝く曙光」だ。「○き××」でしっくりくるものがなく、プリズムチェリー本人は「元々のメンバーでない私に名乗りはいりません」と遠慮していたが、一人だけなにも無いのは可哀想だし、それに光属性のプリズムチェリーは五人目のメンバーとして実にぴったりくる。六人目がいるならきっと闇属性になるだろう。その時はクェイクの「黒き～」も含めて再考すべきかもしれないし、現在のプリズムチェリーを中心にした集合ポーズも変えなければならない。

全員の名乗りが終わったのと時を同じくしてディスラプターが実体化を終えた。ソルジャー級二体は、全身がドブ川のように汚らしい黒一色、蝙蝠《こうもり》に似た羽を背中に生やし、鋭い鉤爪《かぎつめ》、乱杭歯《らんぐいば》、獣のような顔、長い尻尾という悪魔じみた容貌《ようぼう》に変化している。ナイト級の方は、牡山羊の頭部に屈強な成人男性の上半身、そして牡山羊の下半身という、こちらはこちらでやはり悪魔のようだ。腕の太さがテンペストの腰ほどもある。全体がのっぺりとしていて、ヘドロで作った立像のようにも見えた。

悪魔に似ている、というより、ディスラプターを目撃した、もしくは交戦した昔の人間達が悪魔として記録していたのだ。異世界からの侵略者であるディスラプターは文明の誕生以前より地球に尖兵《せんぺい》を送りこんでいた。連中の脅威を目の当たりにした古代の人達が、神話という形で子孫へメッセージを送ったとしても不思議ではない。

四人を魔法少女にしてくれた先生からは、そんなことも教わった。普通に生きていれば絶対に知ることがない歴史の真実だ。歴史の授業は……というか授業全般が苦手だったが、こういうワクワクするのは好きだった。

現在、ここS市では、かつてないほどディスラプターが盛んに活動している。事態を重く見た日本政府はS市に対ディスラプター部隊の活動拠点を設置することを決定した、ということらしい。あんな基地を地下に作るなんて政府の力が無ければできない仕事だ。最初に聞いた時は鼻で笑ったが、今なら大いに納得できる。

「五人揃って！　ピュアエレメンツ！」

声が綺麗に揃った。左手をプリンセス・ジュエルに当て、祈る。掲げた右手で実体化した偃月刀《えんげつとう》を引っつかみ、吠《ほ》え猛《たけ》るディスラプターへ向かった。

「チェリー・フラッシュ！」

背後から強烈な閃光《せんこう》が放たれる。プリズムチェリーが手鏡の中に閃光を映し出したのだ。闇の住人であるディスラプターは光を嫌う。深夜人気《ひとけ》のない場所に出現する理由がそこにあった。

人間でさえ目が眩《くら》む強烈な光に晒《さら》され、三体のディスラプターは苦悶《くもん》の鳴き声を上げ、身を丸めて腕で顔を覆った。こうなればもう詰みだ。

ハンマーが振り下ろされ、偃月刀がぶん回され、ブーメランが旋回し、三叉槍が繰り出され、一秒も経たずに三体のディスラプターは黒くドロドロした塊に戻って地面に溶けた。

テンペストが「やった！」と叫び、デリュージとプリズムチェリーがハイタッチをする。これで今日も世界の平和を守ることができた。確かな満足感が胸に満ちていく。

「よーし、それじゃ、思ったより早く終わったから、帰ってもうちょっと戦闘訓練ね」

「えー！　今日はこれで終わりにしようよお」

「テンペストはサボることばっか考えてんね。もうちょっと頑張らなきゃダメじゃん？」

「インフェルノだってサボるでしょ。インフェルノのお母さんが『うちの子は本当に勉強が嫌いでテスト前なのに遊んでばっかり』っていってるの聞いたもん」

「いやちょっと！　お母さん出すのは反則だから！」

深夜の沢に、少女達の笑い声とカエルの鳴き声が響いた。

☆プリズムチェリー

ハンマーが叩きつけられ、大きく背を反らせて紙一重で回避した少女が三又槍を繰り出し、槍の穂先が偃月刀に弾き返され、三人の少女が一斉に飛び退《すさ》って刃のブーメランが空を切った。ブーメランが戻るよりも早く偃月刀が翻《ひるがえ》り、しかしブーメランの少女はトンボを切って軽々と回避し、空中でしっかとブーメランを掴んだ。

実戦さながらというよりは殺し合いそのものにしか見えない。ブーメランは指を乗せただけで切れてしまいそうで、ギラギラと刃物特有の輝きを見せている。ハンマーは真四角の巨大な金属塊に鋭いトゲが二本、それに長い柄が伸びているという攻撃性全開のデザインで、あれに殴られたら踏み潰されたカエルのようになるだろう。偃月刀と三又槍は重量とリーチと鋭さの全てを兼ね備えている。

普通なら当たれば死ぬ。人間より頑丈な魔法少女だろうと死ぬ。少々の頑丈さでどうにかなる範囲の外にある。

以前興味本位で魔王塾の戦闘訓練を見学した時は、「ここに参加したら絶対に殺される」と確信したものだ。

だが魔王塾の戦闘訓練でさえ、刃物や鈍器をぶんぶんと振り回すようなことはなかった。殺したり殺されたりしないための最低限度の配慮があった。

初めてこの戦闘訓練を見た時は慌てたものだ。大上段から振り下ろされた偃月刀が、見事に少女の脳天を直撃し、慌てるを通り越して気を失いかけた。

プリズムチェリーはモニター左端の汚れに気付いて親指を当て擦《こす》り取った。今はモニターの汚れに気がつくくらいに心の余裕がある。戦っている四人の表情はいたって楽し気で、自分もあそこに混ざって戦えるくらいの技量や力があればと思わなくもない。

三十メートル四方の部屋の内部では、四人の魔法少女が入り乱れ、目まぐるしく攻守が変わっている。一時的な協力関係や咄嗟《とっさ》の裏切り、敵を目隠しにしての不意討ちや武器に対する攻撃等、瞬《まばた》きする暇もない。

そうこうする間にブーメランを避けようとしたハンマー使いの少女が背後から繰り出された三叉槍を避け切ることができず、脊髄《せきずい》の中央部分に直撃を受け、ぽよん、と気の抜けるような音が鳴った。

ブザーが鳴り、長方形の入口を塞《ふさ》いでいた扉が上方向へスライドした。模擬戦は誰かが攻撃を受けることで終了する。

　モニターの中では四人の少女が「ここが良かった」「ここはもう少し工夫できる」等とお互いの動きについて評し合いながらドヤドヤと部屋を後にし、プリズムチェリーはモニター脇のセーフモードスイッチをオフにした。白かった部屋にさっと影が差して全体が灰色になり、入口の扉が下方向へスライドして口を閉ざす。

　サーバーを確認し、ドリンクがいっぱいに詰まっていることを確かめる。モニター横の戸棚下から三段目を開き、人数分の錠剤を取り出して机の上に並べた。

　まるでマネージャーのようだ。この施設に招かれた当初は、こうなるなんて思ってもいなかった。

「ああ、もう、あと少しだったのに」

「派手に動き過ぎるんだよ、テンペストは」

「だってみんなが邪魔するんだもん」

「そりゃ邪魔するに決まってんじゃん」

「アクロバティックなのは見栄《みば》えいいけど実戦でやるにはちょっとね」

　プリンセス・デリュージを先頭に、モニタールームに入ってきた四人の魔法少女。

　ブーメランを投げるプリンセス・テンペスト。

　偃月刀を振るうプリンセス・インフェルノ。

ハンマーをぶん回すプリンセス・クェイク。

四人揃ってピュアエレメンツ。初対面の時は一人一人の決め台詞と揃いの決めポーズでもって出迎えられた。各人各様の武器を持っており、コスチュームも不揃いだ。クェイクは爬虫類《はちゅうるい》のような太い尻尾を持ち、デリュージの服には鱗が並び、テンペストは大きな月桂樹とでもいうべき輪を背負い、インフェルノは髪先がちろちろと燃えている。

そのようにてんでバラバラなのだが、部分部分に統一感がある。色違いの大きな宝石を埋めたティアラ。地水火風といった魔法の属性。プリズムチェリーとは比較にならない高い戦闘能力。

なにより雰囲気が似ている。

「おお、薬用意してくれたんだ。やるじゃんチェリーありがと」

「愛してるチェリー」

「おいおい……悪いがチェリーへの愛じゃ負けないよ?」

「よし、クェイク。ちょっと表出ようか」

皆が笑った。プリズムチェリーも笑った。

訓練で散々身体を動かしても四人は楽しそうに笑う。つられて笑う、というよりは一緒に笑いたくなる。そういう笑い方だ。

下らない冗談やつまらない洒落でも腹の底から笑えてしまう。まるで仲の良い四姉妹のようだが、血は繋がっていない。

町外れの工場跡地の地下にある研究所で、ピュアエレメンツの四人は魔法少女になったという。彼女達は日々この基地に集い、訓練をしている。

そして、魔法少女全般が同じように訓練をして一人前になるのだと思っている。魔法少女は、異世界からの侵略者であるディスラプターと戦うために存在している、と思っている。変身に必要な魔法の力を維持するため、一日一回特別な錠剤を摂取している。

プリズムチェリーもピュアエレメンツも、互いに自分を「魔法少女」と認識していたが、双方の認識には大きなズレがあった。プリズムチェリーはどう転んでもいいようにできるだけ話を合わせたが、それでも驚きを隠せないことは一度や二度ではなかった。

プリズムチェリーの知識が間違っているのか。彼女達の知識が間違っているのか。それとも双方ともに間違っているのか。

なにが間違いだったのだとしても、ディスラプターなる怪物が存在し、ピュアエレメンツ達と一週間から二週間に一度くらいの割合で戦っていることは、紛《まご》う事無き事実だった。ディスラプターは本物の怪物だ。ヘドロのようにドロドロで猛獣のように牙を剥く。人間を害する喜びに全身を打ち震わせて襲いかかってくる。

その身体能力は魔法少女に匹敵し、腕を振るうだけで太い樹木を薙ぎ払い、機敏な動きはついていくだけでもやっとだ。

こんな怪物を送りこんでくる異世界とはいったいなんなのか。どうしてこの世界は狙われているのか。考えれば考えるほど恐ろしくなり、恐ろしくなれば恐ろしくなるほど自分が関わっている事の大きさが身に沁みる。

プレッシャーも大きかったが、それは必要とされていることの喜びの大きさにそのままつながっていた。

こんなにも普通ではないことに関われたことが嬉しく、楽しい。出会った当初はそう思っていた。普通ではないことがまず第一にあり、秘密を持つという喜びがあった。

今は少し違っている。

「インフェルノだけ服が下着っぽいよね。ガーターとか」

「え？　マジで？　なにそれテンペストってあたしのコスチュームをそういう目で見てたん？　そんなこといったらデリュージだって」

「デリュージは水着だもん」

「ちょっとなんで私も巻きこまれるの」

「表面積の話なら変わんないじゃん」

「なんかさ……チェリーが全然私は関係ないみたいな顔してるけどさ」

「いや、だって関係ないじゃない」

「スカート透けてる人が関係ないといってますがどう思いますかインフェルノさん？」

「エロティックランキング暫定《ざんてい》一位はほぼ決まったんじゃないでしょうかクェイクさん」

「でもさ、そんなことといったらテンペストなんて下ふんど……」

「違うもん！　こういうデザインなだけだもん！」

今まで魔法少女活動は一人で行ってきた。見つからないよう気をつけて、誰からも褒められることなく、誰からも認められることなく、こっそりと困った人を探して夜の街を徘徊していた。愚痴をいう相手もいない、一緒に笑う相手もいない、一人ぼっちで誰にも話せない。それが「普通」だった。

今は違う。インフェルノの冗談に笑い、デリュージと学校で目配せし、クェイクからおすすめの漫画を貸してもらい、テンペストの初恋について相談にのる。「特別」だから楽しいんじゃない。気の合う仲間と一緒にいるのが楽しい。

ピュアエレメンツはおそらく「魔法の国」から認められた魔法少女ではない。担当官でさえ存在を認識していない魔法少女がいるわけもないし、プリズムチェリーが彼女達のことを知ったのだって偶然に偶然が重なってのことだ。ルールを破って担当区域から離れて行動しなければ、今、彼女達と一緒にいることもなかった。

もし「魔法の国」が彼女達の存在を知ればどうするだろう。問答無用で攻撃することはないと思うが、あまり良い反応はしないかもしれない。研究所の設備を見ても、ピュアエレメンツのバックに大きな組織があることは確実で、そこと「魔法の国」が険悪な関係になるかもしれない。

もしそうなったら自分が間に立って交渉役を務めようと心に決めていた。人と話すことが得意というわけではないが、ピュアエレメンツと「魔法の国」の橋渡し役になれるのは、「魔法の国」に認可された魔法少女であり、ピュアエレメンツと行動をともにしている自分しかいないと思っていた。

これは恩返しだ。プリズムチェリーは、一人では絶対に手に入れられなかった楽しさを彼女達から分けてもらった。彼女達が困ったことになれば、今度はこちらが助ける番だ。まずは彼女達の責任者——彼女達は「先生」と呼んでいた——に話を聞こう、そう思ってから随分経つが、未だにその人物は姿を見せない。

四人によれば、こんなに長く現れないことは今までなかったらしい。インフェルノは「先生もなにかあって忙しいんじゃね、たぶん」といっていた。

☆プリンセス・デリュージ——青木奈美

プリンセス・デリュージは明るく楽しい魔法少女だ。

クェイクやインフェルノやテンペストは、変身前から明るく楽しい女の子だと思っているのではないだろうか。同じクラスのプリズムチェリーさえそう思っているだろう。実際は違っている。青木奈美は暗く陰湿な中学生で、プリンセス・デリュージに変身できるようになってから初めて人生を楽しいものだと思ったのだ。

就学してからずっと、青木奈美はクラスの中心的なグループに所属していた。ポジションをキープするために努力もしている。明るく爽やかであろうとしている。

実際明るく爽やかな子なのかどうか、と自分で考えた時、否定的な結論以外が出たことはない。明るく爽やかでいれば敵を作り難いという自己保身を最優先した考え方は暗くじめついている。

近所のおばさんから「いってらっしゃい」と声をかけられ、笑顔で「いってきます」と返す時にも「きちんとした笑顔を作らなければ」とか「声をしっかり出して」とか「身だしなみに問題はないか」とか、そういったことばかりを考えている。なんの衒《てら》いも無く、ごく自然に挨拶をしたのは小学校低学年にまで遡《さかのぼ》らないといけないだろう。

小学生の時、クラスでいじめがあった。仲間外れを作って陰口《かげぐち》をたたく、程度のもので殴ったり蹴ったりといった暴力性は無い。

だがやられた方にしてみれば、殴ったり蹴られたりするのも無視されるのも大して変わらなかったのではないか。日に日に元気を失くしていく「除《の》け者」に対し、表向きには無視しながらも裏では嘲笑《あざわら》う。聞こえよがしに笑い声を立てたり、「汚い」「気持ち悪い」といったネガティブな言葉を囁き合う。

原因はごく些細なことだったのだろう。具体的になんだったのかは思い出せない。小学生にとっては重要なことだったのかもしれないが、中学生になってみれば思い出すこともできないようなつまらないことだ。大人になれば鼻で笑うようなことだろう。

あくまでもきっかけだった。女子内の権力者がちょっとカチンとくるような、そういう理由で「あの子ちょっと調子こいてるよね」みたいな話があって、そこからどんどんと大きくなり、気がつけば一人対他全員の構図が出来上がっていた。女子の団結力は高まり、捌《は》け口を手に入れかえって雰囲気が明るくなった。

全部見せかけのものだ。楽しくもなんともなかった。「除け者」の子と奈美は近所に住んでいて幼稚園から一緒だった。悪い子でないのは知っていた。

悲しそうに、辛そうにしているのを見たくなかった。彼女の母親から「いってらっしゃい」と声をかけられ「いってきます」と笑顔で返すのが苦しかった。

なのに奈美はなにもしなかった。周囲に合わせて嘲笑い、陰口で盛り上がり、彼女の挨拶にも応じずそっぽを向いた。

こんなことをすべきではない。本当はもっと他にしなければならないことがある。彼女の味方になってあげられるのは奈美だけだ。そんな鬱々《うつうつ》とした思いから生じるストレスさえも他人を見下すことで発散する。

ストレスを溜め、発散し、それが原因となりストレスが溜まるという永久機関がぐるぐると回転を続ける。

クラス替えという制度の無い学校だったことが災《わざわ》いし、卒業するまでそれは続いた。「除け者」の子は友達付き合いという面倒事に使うはずだった時間の全てを勉強に費やしたのか、中学受験を経て私立中学に進学していった。

奈美達は彼女だけがいないお別れ会で「がり勉」「点取り虫」といった古臭い悪口で盛り上がり、区域ごとにいくつかの公立中学へ別れて進学した。

中学が別といっても引っ越したわけではない。登下校の折、彼女や彼女の母の顔を見ることがある。彼女の母親は小学生の頃から変わらず明るく「いってらっしゃい」と声をかけてくれる。つまり彼女は学校であったことを両親に話さなかったのだろう。

彼女が声をかけてくれることはないし、奈美の方から声をかけることもない。すれ違っても目を合わせることさえなく、通行人Aさん、Bさん以上の関係性はない。

明るく爽やかで通っている青木奈美が、その時だけは暗くてじめっとしている。間違っても目が合ったりしないよう足元に視線を落とし、口を噤《つぐ》んで足早に歩く。

中学校にあがってからも小学校時代に学んだことを実践した。敵を作ってはならない。

身だしなみに気を遣う。友達はなるだけ多く。話題についていく。明るく、爽やかに。

小学生の時よりも汲《きゅう》々《きゅう》と生きていた。汲々としていないように見せるため、大らかで楽しく生きているように見てもらうため、より汲々としていた。「除け者」の子は小学校の時よりも楽しくやっているようだった。

休日、友達と一緒に出掛けたりするのを嫌でも目にすることがある。いじめられるようになってからは絶対に見せなかった、見せる機会の無かった、楽しそうな笑顔で傍らの子となにかを話しながら自転車を漕ぎ出していく。

あの子もまた嫌われないように生きているのだろうか。小学校時代にいじめられたことを教訓として、二度とあんなことにならないよう、他人に合わせて生きているのだろうか。ひょっとしたら奈美がそう思いたいだけなのかもしれない。自分だけが肩身を狭くして生きているのが嫌なだけなのかもしれない。あの子はきっとそんなに面倒臭いことは考えていない。奈美よりもよっぽど自由に生きている。

奈美は不自由だ。部活の選択も他人に合わせ、教室の移動の時も一人では絶対に行かず、トイレでさえ生理的な欲求より友人達の都合を優先する。不自由な目に合いたくないから、不自由に生きている。つかず離れずで他人との距離を測り、測ってなんていませんよ、という笑顔を浮かべる。

明るく、爽やかで、それでいて暗く、じめついた日々を送る中で、ある日奈美のスマートフォンに一通のメールが届いた。学習に使わない学習机に向かって漫然とメールチェックをしていた奈美は、その内容を読んで椅子から転がり落ちそうな衝撃を受けた。

魔法少女を募集しています。メールにはそんなことが記されていた。

泣きたくなった。奈美のメールアドレスを知っているのは友人しかいないはずだ。つまりこのメールは友人から奈美に送られたということになる。

最悪だ。今、奈美は友人からイタズラメールでからかわれている。

なにが悪かったのかを思い返し、そんなことには思い当らず、しかし小学校の時もごく些細なきっかけでいじめが始まった。このイタズラメールを送ったのは誰かわからないが、まだこれがイタズラで終わるならいい。それ以上に発展してしまわなければ、発展する前に鎮火《ちんか》してしまえばいいのだ。

ノリの悪い者は嫌われる。イタズラに引っかかってしまうくらいが可愛げがあるだろう。そうなれば相手の正体も割れるし、こちらから空気を変えるよう試みることもできる。

奈美はメールの指示に従ってサイトに飛び、メールフォームに必要な内容を打ちこんで送信ボタンを押した。どうにかなってくれと祈り、布団に飛びこんだ。

翌日は気が気ではなかった。校内であっても油断はしないが、いつも以上に気が疲れる。誰があんなイタズラメールを送ったのか、心の中で犯人捜しをしている。かなり凝ったやり口だ。恐らくはサイトを借りて、メールフォームまで設置していた。

笑ったり、ふざけたりしながらも、誰一人として信じることができない。奈美にとっての学校とは常にそんな場所だったが、今日は特にそれが顕著だ。いじめられないための最も簡単な方法は、自分がいじめる側に回ること。いじりもいじめと変わらない。

憂鬱な思いを胸に抱いたまま帰宅し、母から奈美宛の封書を手渡されて驚いた。封書の中身は例の魔法少女募集メールに関わるものだった。

昨日の今日でもうこれだ。凝っているというより、向こうのやる気が満ち溢れている。どうしてそこまで奈美を貶《おとし》めたいのか理解できない。

今日の学校でもそれらしい兆候は無かった。からかってやろう、馬鹿にしてやろう、笑ってやろう、そういった結束の元に背後で手を握り合っていれば、なにかしら透けて見えるものだ。奈美はそういった雰囲気を感じ取る術《すべ》に長《た》けていた。空気を読んでさえいれば、いじめられることはない。

自室で封筒を開く。口がテープで固く閉じていたためハサミで開けた。中にはA４サイズのコピー用紙をそのまま使用していると思しき紙が数枚入っていた。申請書類のようなもの、正体を知られてはならないといった注意書き、今週日曜日午後三時に市立図書館の第二会議室で説明会をしますよというお知らせ、それらがかっちりとした明朝体で記されている。

これにどこまで付き合えばいいのだろう。笑いものになるということは、嫌とか辛いとかいう以前に面倒臭い。

☆プリンセス・インフェルノ——緋山朱里

小学校三年生の時、皆で裏山に秘密基地を作った。それまでの秘密基地は上級生から譲り渡されたおさがりで、骨組みはしっかりしていたし、ビニールシートもきちんと張られていたものの、やはり払下げ的な感は否めず、どうせなら自分達で作ろうと一念発起し、設計図を元にして材料を持ち寄り、仲良しグループ六人で一ヶ月かけて製作した。

製作指揮を担当していた緋山朱里は、高校に進学した今でもたまに跡地を訪れる。今となっては楢木《ならのき》に絡みついた残骸程度しか残っていなかったが、作り上げた時は「やり遂げた！」という達成感が底からこみ上げ全員とハイタッチをし、強く叩き過ぎて一人泣かせてしまった。太い楢木を支柱にして秘密基地を作るという斬新な設計は、従来の秘密基地ではありえなかった「二階建て」様式を実現させるに至ったのだ。

風雨に晒《さら》され続け、今はもう残骸だ。往時の威容《いよう》を想像するのも難しい。

上から下までじっくりと眺め、未だ縛りつけられているロープの頑丈さに感心し、幹の裏に回りこんで全員分の名前が彫ってあるのを確認し、その内一組に相合傘がかけてあるのを見て頬を緩めた。

そういえばこいつら、中学生に入ってから付き合い始めた、なんてことを風の噂で聞いたような気がする。あの時はからかったりからかわれたりするだけの仲でしかなかったのに、時が経つのはいつだって早い。

今の子供達は秘密基地を作ったりはしない。子供会で世話をする妹の友人達は、秘密基地作りについて楽しそうに聞いてくれるが、自分達でやろうとは思わないらしい。冒険譚とか御伽噺と変わらないのかもしれない。楽しそうに聞いてくれるだけまだマシなのだろう。その内老人の長話程度にあしらわれるようになるかもしれない。

朱里は慰めるように幹をぽんぽんと叩いて楢木に背を向けた。

茂みを抜け、木の根を跨ぎ、藪をかき分け、途中で枝に留まっていた大カマキリを発見して思わず手に取り、虫かごでも持って来れば良かったかなと軽く後悔してから離してやった。神社の横手から出て、ソックスについた草を叩き落とし、スマートフォンの時刻表示を見るともうすぐだ。

——魔法少女、か。

たちの悪いイタズラだ。だが行かねばならない。首謀者を殴るか蹴るかくらいはしてやりたい。イタズラではなく、もっと性質の悪い犯罪だったりしたら強く殴るか蹴るかしてやらねばならない。手に持ったバンブーバッグの中には、スタンガン、スリングショット、防犯アラーム、警棒、かんしゃく玉、対熊用唐辛子スプレーが入っている。途中でおまわりさんに捕まれば補導必至の重武装だ。

　武装の数々はずしりと重く、その重さは頼もしさを伝えてくれた。武器を持ち敵地に臨《のぞ》む、こうしたやり方こそが朱里に相応しい。自分でそう思うし、他人に聞いてもきっとそういうだろう。緋山朱里にセンチメンタルは必要ない。

　世間は怪我によって引退を余儀なくされたスポーツ選手に対し感傷的な思いを抱く。そしてスポーツ選手本人にも感傷的であることを強要している、そんなふしがある。

　小学校、中学校と陸上部に所属し、グラウンドを走り抜けてきた朱里は、高校一年生で文字通り躓《つまづ》いた。派手に倒れた朱里の膝関節は、曲がってはいけない方向に変形し、完治したように見えても元の通り自由に走ることはできなくなった。

　部活はやめた。部活中心だった人間関係は一気にしぼんだ。昼に弁当を食べる面子も変わった。休み時間一緒にトイレに行く面子もだ。

　それはそれでまあいいか、と勝手に割り切っていたが、世間は不躾《ぶしつけ》で同情的な視線を容赦なく浴びせてくる。体育館へ急がなければならないのに誰も走ろうとはしなかったり、陸上のことになると言葉を濁したり、部活の勧誘を誰よりも一生懸命やっているクラスメイトが朱里だけは誘わなかったりする。

　そうなれば朱里だって感化されなくもない。こうして小学校時代に皆で拵《こしら》えた秘密基地を見にきて懐かしさに包まれたりしたくもなる。

もっとも秘密基地は残骸と化していたため懐かしさよりがっかり感の方が遥かに勝っていた。そういうものなのだろう。

性《しょう》に合わないことをしようとするからしようもない目に合う。朱里が朱里であることは依然変わらないのだから、朱里らしく生きるのが一番、元気とやる気が一番だ。

山鳥の声を背に受けて山を下り、麓《ふもと》の駅を目指した。駅舎内のトイレで睫《まつげ》を整え何度か瞬きをしてみせる。悪くない、どころかかなり良い仕上がりだ。ヒーローとして参上するのだから格好良くしておかなければならない。

特に睫は大事だ。大切な目を守ってくれるし、男は皆睫に弱い。睫の優劣で女子内の地位が決まるといっても過言ではないだろう。という説をぶち上げたら友人に笑われた。だがわりと真剣にそう考えている。世間でも芸能界でも学校でも、ちやほやされる女性は全員優れた睫を持っている。

そこから電車で二駅分を移動し、歩いて十分、市立図書館に到着した。本を読む生活は送ってこなかったため、これまで利用したことはない。

生まれる前からある建物だったはずだが、意外と新しい。西欧風の石畳、観葉植物の鉢は現代美術のような奇妙な形、と中々凝っている。

自動ドアからホールに入り、案内板を見て右手の通路へ。人の入りはそこそこといったところか。やはり普通の人は本を読むものなのだろうか。

第二会議室の前で足を止めた。耳を欹《そばだ》てても部屋の中から物音は聞こえてこない。中に人がいるかどうかもわからない。

魔法少女というわけのわからない目的で呼び出された場所としてはお堅い印象を受けた。ドアを三度ノックすると十数秒置いて「どうぞ」と声がかかった。若い。同年代だ。魔法少女、だろうか。嘘に決まっていると思って来たのにドキドキしている。

「失礼しまーっす」

声が少し上ずったかもしれない。そっとドアを開けて中に入ると並んで机、それに椅子、ホワイトボード、壁時計、入口で見たものと同じ観葉植物、現代美術風の鉢、薄型テレビ、それに三人の女の子がいた。

とりあえず、まずは挨拶からだ。挨拶はコミュニケーションの基本であり王道だ。右手を手刀の形で顔の横に挙げた。

「どもーっす」

「こんにちは」

爽やかな感じの子は中学生くらいだろう。なにかを気にして周囲を窺《うかが》っている。

「……どうも」

あまり爽やかでない子は朱里よりも年上だ。高校生という感じではない。もっと大人っぽいからたぶん大学生だろうか。

最後の一人は飛び抜けて小さい。だいたい小学校の低学年くらいで――

「あれ？　あかねえちゃん？」

「えっ……めいちゃんじゃん。なにしてんのこんなとこで」

小学二年生の末妹の友人だ。妹の交友関係全てを把握しているわけではないが、同じ町内の子供会で顔を合わせるためよく知っている。名前は東恩納《ひがしおんな》鳴《めい》、通称「めいちゃん」。悪ガキ揃いの子供会では比較的――あくまでも他に比べればという意味での比較的だが――良い子だった。祭の後片付け、廃品回収、除雪、児童図書館の当番、そういった悪ガキどもが嫌がる仕事も渋々引き受けてくれる。

「なにしてんのって、そっちこそなにしてんのさ」

椅子から立ち上がり、そそくさと近寄ってきた。爽やかな中学生と爽やかではない大学生の二人が怪訝《けげん》そうにこちらを見ている。鳴は爪先立ちで背伸びをし、朱里の耳元に口を寄せた。二本に纏めて縛った髪の先で首元をくすぐられ笑いそうになってしまう。

「ここ、魔法少女になる人が来るんだよ」

小声で囁かれたため、こちらも小声で返す。

「知ってるよ」

「じゃあなんで来たの？」

「そりゃあんた、魔法少女になるため来たに決まってんじゃん」

「あかねえちゃん、そういうのは全部嘘っていってたもん」

「いってたっけ？　そんなこと？」

「口裂け女も人面犬も全部気のせいか嘘八百、サンタクロースは親だってこの前の児童読書会でいってたよね。それで大人から怒られてたの知ってるもん」

いわれてみれば、そんなことがあったような、無かったような、気がする。

「まあ正直なとこ魔法少女になれるとは思っちゃいない」

「やっぱり。さっきも聞いたけど、じゃあなんで来たの？」

「悪いやつが青少年騙《だま》してたらコトじゃん？　そういう怪しいイベント商法っていうの？あったりするんでしょ？　じゃあ殴ったり蹴ったりする役が必要じゃん？」

「またそうやって疑ってばっかり」

「疑うのが普通よ、普通。めいちゃん騙されやすいって咲菜《さくな》ちゃんも心配してたよ」

「騙されないもん。あかねえちゃんみたいに夢を失くしたりしてないだけだもん」

「そりゃそうよ。疑うのが大人の仕事じゃん？」

「高校生はまだ子供だってお母さんがいってたもん」

「ちゃんとここに来ることお母さんに話してあんの？」

「いえるわけないもん。全部秘密にしなくちゃ魔法少女になれないってあったのに」

朱里はまだいくつか話したいことがあったが、鳴はそこで話を切り上げ、憤然とした肩をいからせ元いた席に戻って大きな音を立てて着席した。どうやら怒らせてしまったらしい。何事にも雑で適当な末妹とは違い、よくいえば繊細、悪くいえば面倒臭い。まさか小学二年生と争うわけにもいかず、かといってうまくあしらうような技術は持たない。

爽やかな中学生と爽やかではない大学生がこちらを見る目に不審さが増したような気がした。とりあえず宥めておこうか、と鳴の方に手を伸ばしかけたところでドアが開いた。

「皆さんお集まりいただけたようですね」

どんなヤツが黒幕なのか。いろんな犯人像を想像していたが、全部見事に外れた。上品そうなご婦人だ。五十代か六十代か。薄手のジャケットは仕立てが良い。胸元に薔薇の刺繍が施され、妙に生々しくそれだけが浮いている。

「その薔薇、綺麗ですね」

小学生は物怖《ものお》じをしない。小学生全般には通じないかもしれないが、少なくとも朱里の住んでいる町内ではしない。鳴の唐突な発言に、女性は微笑んだ。

「魔除けのようなものですね」

「魔除け？」

「薔薇の花を怖がる怖い人っていうのがたまにいるんですよ」

初老の女性はぐるっと机を回り、窓側を通ってブラインドを下ろしながら移動し、ホワイトボードの前に立った。手に持った茶封筒を机の上に置き、小学生、中学生、高校生、大学生の四人を順繰りに見た。優しそうだが、目に力がある。そうだ、この睫は強い。

「それではこれから魔法少女になるための手順を学びましょう」

☆プリンセス・テンペスト――東恩納鳴

大失敗だ。とんでもない大失敗だ。

――まさかここにあかねえちゃんが来てるなんて……！

一番来てはいけない人が来てしまった。親よりも来て欲しくなかった。

絶対に魔法少女になってやる、そのためならなんだってやる、どんな苦しい訓練にだって耐えてみせるし、試練なんてどんと来いだ。だが、そこに緋山朱里がいてはダメだ。

東恩納鳴は小学二年生だ。身長は平均、体重は平均より少し落ちる。

緋山朱里は高校一年生だ。鳴からは見上げるほど背が高いし、胸と尻にも肉がみっしりついていて、それでいてすらりとスタイルが良く、髪を鮮やかな赤色に染めていて化粧もしている。コンビニでバイトをして給料を貰っている。大人となにも変わらない。子供会では常に先頭に立って皆を先導している。イタズラしてばかりの乱暴な男子も朱里の前ではおとなしくなる。女子からも尊敬されている。鳴も朱里のことを密かに尊敬していた。

できれば敵に回したくない。だが、それでも、鳴は朱里を越えなければならない。

朱里は常に皆の中心にいて、鳴はそのすぐそばにいた。だからこそ、朱里へ向けられた想いがよく見えた。

去年の夏、父親の仕事の都合で引っ越してきた南田翔《みなみだしょう》、現在中学二年生。馬鹿でがさつなここら一帯の男子とは一風違う。どこか愁《うれ》いを帯びた面差し、下級生に見せる優しさ、品の良い笑顔、全てが今までこの町内には無かったものだ。「僕」という一人称を使い、それがとてもしっくりくるという男子はこの辺では他にいない。

誰が好きとか彼が好きとか陰で囁き合いながらキャーキャーいう女子はむしろ高学年から中学生にかけて多かったが、鳴は既にそれらを飛び級し、恋心を誰にも話さず胸に秘めるというより大人っぽいやり方をとっていた。

翔のことは越してきた当初特に注目していたわけではない。随分と毛色の変わった人が来たな、くらいにしか思っていなかった。

意識し始めたきっかけは去年の秋遠足だった。

ついついテンションが上がり過ぎて山道で走り、走り、走り、挙句《あげく》に滑って落ちた。大怪我にはならなかった。それは良かった。でも足は痛かったし肘の擦り傷からはじわじわと血が出る。服は土で汚れて帽子はウルシの藪に飛んでいった。

崖上一メートルから心配そうに見下ろす友人達は自分も落っこちることを恐れて手出しできず、心細くて泣きそうになっていたところへ駆けつけてくれたのが翔だった。

普段の貧弱そうなイメージに反し、近くの子供達に大人を呼ぶように命じたり、鳴を安心させようと呼びかけたりする声はとっても力強く、緩やかな側から回って鳴を抱き上げてくれた時の、あの腕の感触は忘れることができないでいる。

お姫様だっこのスタイルで抱きかかえられ、翔の表情を下から盗み見た時、心臓はバクバクと動き続け、もう少しで止まってしまったかもしれない。下から見上げて見えていたのは顎ばかりだったが、それでも鼓動はおさまってくれなかった。

翔を意識するようになってすぐに気がついた。翔は朱里のことを気にしている。なにかあれば朱里の方を見ているし、ちょっとしたことですぐ手伝いにいく。朱里が物事の中心にいるから、というだけではない。朱里が手伝いとして子供会に来た時、翔はいつもより明るく笑うようになる。積極性も増し、冗談をいうようにもなる。

周囲は皆子供で、雑だったりガサツだったり大雑把《おおざっぱ》だったりするから翔の変化には気付かない。翔を見ている鳴だけが気付いている。

緋山朱里、高校一年生。南田翔、中学二年生。東恩納鳴、小学二年生。

ハンディキャップマッチだ。高校一年生のお姉さんに憧れている中学二年生男子が、どうして小学二年生から愛の告白を受け入れてくれるだろう。朱里の通う高校は共学で、翔なら余裕で入学可能だ。下手をすれば再来年、朱里三年生、翔一年生で同じ学校に通うことになってしまう。そうなればもう鳴小学四年生に勝ち目は無い。

こんなに憐《あわ》れな小学二年生が他にいるだろうかと枕を涙で濡らしていた鳴の元に「魔法少女になりませんか」という勧誘メールが着た時、これが最後のチャンスになるだろうと確信した。

小学二年生は中学二年生と釣り合わない。だが魔法少女であればどうか。鳴は魔法少女についてはかなり詳しい。月曜の朝ともなれば、クラスメイトの昨日放送されたキューティーヒーラーについて話し合う。

魔法少女は変身後に姿かたちが全く変化することがある。コスチュームやバトン、コンパクト、タンバリン、そういった小道具で飾り立てるだけでなく、小さな女の子が中学生や高校生くらいのお姉さんに変身するのだ。当然見た目は可愛らしい。

今回勧誘された魔法少女が、そうした魔法少女である場合、鳴は幸せを掴み取る権利を手に入れる。即《すなわ》ち翔に告白し、あわよくばお付き合いすることができるのだ。

本来は世界の平和や皆の笑顔を守るために頑張らなければならないということは知っている。知った上で、本当の目的を伏せたまま魔法少女になろうと考えた。世の中、多くの魔法少女がいるなら不純な動機で魔法少女になる者もきっといるはずだ。魔法少女になってからの行いが正しいのならば、理由がなんであっても正しい魔法少女に違いない。

ところが、この場に朱里まで来てしまった。同じ土俵では勝てないから魔法少女になって解決してやろうとしていたのに、朱里まで魔法少女になってしまってはダメだ。

「そしてこれはとても大切なことです。皆さんご存知の通り、魔法少女は決して自分が魔法少女であることを知られてはいけません。これを守れないと――」

先生役である女の人の説明をノートに書き留めながら鳴は自分の心を落ち着けた。ちらりと朱里の方を見ると、つまらなさそうな顔で話を聞いている。実際耳に入っていそうにない。ノートも鉛筆も出していない。

こんな不真面目な態度で魔法少女が務まるわけがない。もし魔法少女になったとしても、すぐクビになる。そうに決まってる。

もし、もしなにかの間違いでクビにならなかったとしても、真面目な鳴と不真面目な朱里だったら、きっと鳴の方が立派な魔法少女になるし、そうなれば翔も鳴のことを見てくれる。

朱里以外の二人を見ると、話は聞いているようだがメモをとってはいなかった。これは鳴の単独勝利に終わってしまうかもしれない。特に重要といわれた項目に蛍光ペンでアンダーラインを引いておく。きゅっと擦れる音が耳に心地よい。

「それではこれをどうぞ」

茶封筒から出して配られた物は、小さな手鏡と宝石が四つずつだった。

宝石、というには少し大きすぎるから模造品かもしれない。卵のような形でつるりと丸く、縦の長さは五センチから七センチくらいはある。宝石の色はそれぞれが違っていて、朱里は赤、中学生くらいの子は青、大学生くらいの子は黄、鳴が受け取ったのは白だった。色が深く、濃い。ガラス玉ではなさそうだ。

手鏡の方はプラスチックのとってがついた十センチくらいの物で、税抜百円という値札が張られていた。百円ショップかどこかで買ってきたものなのだろう。

「鏡の方は魔法のアイテムでもなんでもありません。これは皆さんが変身した後の姿を確認してもらうために用意した物です。宝石の方は魔法のアイテムです。こちらは皆さんにお預けしますが、失くしてしまえばそれできりです。絶対に失くしてしまわないように注意してくださいね」

随分と気が利いている。

「それではご起立をお願いします。宝石を右手に持って額に当ててください。そう、そのように。きちんと保持して落とさないように気をつけて。そのまま目を閉じてください。魔法少女のことを想ってください。どんな形でも構いませんから。よろしい、ではそのまま『プリンセスモード・オン』と口にしてください。囁いていただいても叫んでいただいても、どちらでもかまいませんよ。この部屋はしっかりと防音が効いています」

叫ぶ、それとも囁く。瞼《まぶた》に塞がれ黒一色な視界の中でちょっぴり迷った。

キューティーヒーラーはどうだったろう。だいたい叫んでいた。でも敵勢力であるダークエデンを裏切って仲間になったキューティーブレイドは囁いていたような気がする。そうした正統派っぽくない変身も含めてキューティーブレイドは人気があった。

だけど今回は別に敵勢力を裏切ってとかそういうダークヒーロー的なイベントがあったわけではない。つまり、鳴はあくまでも正統派の魔法少女として行動すべきだ。

「プリンセスモード・オン！」

叫んだ。なにかが変わったような気がする。なにも変わっていないような気もする。いや、違う。確かに変わっている。なにかを背負っているようだ。

「それではゆっくりと目を開けて鏡で確認をしてください」

ゆっくりと、という言葉に従うだけの余裕は失っていた。今の自分がどうなっているのかをとにかく一刻も早く知りたかった。むしゃぶりつくようにして鏡を手にとり、自分の姿を映し見る。そこには美しい少女がいた。

瞳が大きく、ぱっちりとしている。色は薄い抹茶色。目鼻立ちが恐ろしく整っていた。二つに縛った髪は羽のように後ろへ跳ね、そこに金色の宝石を散らしている。髪の色は淡い茶色で宝石の嵌《は》めこまれたティアラを頭に乗せていた。宝石は変身する時に使った物と同じだ。炎のように揺らめく光を纏って薄らと輝いている。

鏡を動かして全身を見た。グラビアアイドルが着ている水着のように露出度が高く、特に下半身を覆う布は褌《ふんどし》のようで落ち着かない。背中には葉で形作られた大きな輪を背負い、蛍光灯の光をギラギラと反射する大きな刃を腰に提《さ》げている。今までとは目の高さが

違う。高い場所から世界を見ている。手足もすらっと伸びている。外見年齢は十代前半くらい。

「よっしゃあ！」

ガッツポーズとともに叫んだ。外見そのままで衣装だけが変わるケチなタイプの魔法少女ではなかった。外見からなにから全てが変化するタイプの魔法少女だ。この見た目なら翔に似合う。美少女で、年齢もぴったりで、文句があるわけもない。

「おめでとうございます」

「はい！　ありがとうございます！」

小さく拍手する女の人に何度も頭を下げた。これで夢が叶《かな》う、かもしれない。ようやくスタートラインに立つことができた。今日は始まりの日だ。

周囲に目をやると、大きなハンマーを担いだ尻尾の生えている少女、三又の槍を持った全体が青い少女、なんか大きな武器を構えた髪の先が燃えている少女、三人が三人ともぼうっとしていた。目を見開き、口をぽかんと開け、お互いを見ている。魔法少女になるとわかって来ているくせに、いったいなにを驚いているのだろう。やっぱり鳴こそが一番スーパーな魔法少女だ。これならきっと翔の心もゲットできる。

女の人は、ぱん、ぱん、と二度手を叩いて拍手を締めた。

「それではこれから貴女方の仕事について説明をさせていただきます」

☆プリンセス・クェイク——茶藤千子

本当に魔法少女になってしまうとは思ってもいなかった。だったらなんで来たのかと問われれば、魔法少女なんて馬鹿馬鹿しいメールで人を呼び出した連中がいったいなにを話してくれるのか、どんな目的なのか、聞くだけ聞いてやろうと思っていたというのが理由だ。正確には二番目の理由だ。

新興宗教でも情報商材でもネズミ講でも人格改造セミナーでも、ブログを一日分埋めてくれる程度の話のタネになってくれればそれでよかった。

場所は市立図書館の会議室だという。まさかこんな場所で拉致もされまい。いざとなれば逃げることはできる。そこまでの危険はなさそうだし、それに暇だった。

魔法少女という惹句《じゃっく》で人を集めるなんて聞いたこともない話で、短文投稿サイトとブログでいい感じに料理すれば、ニュースサイトの片隅くらいに掲載されるかもしれない。そうなれば、けっこうなアクセスになる。あわよくばアフィリエイトで小銭を稼ぎたい。

詐欺師を笑いものにしてやるつもりで参加したのに、まさかの本物だった。これではネタにしてみようがないではないか。

鏡の中には馬鹿でかいハンマーを担いでいる美少女がいる。肉体労働もしたことがなさそうな生白い細腕で、どうして自重の三倍以上もありそうなハンマーを担いでいられるのか。ハンマーを床に下ろしてみると、ずしん、と振動が走り、リノリウムの床がみしっと嫌な音をたてた。張りぼてではない。本物のハンマーだ。

他人を害する以外に利用方法が無いであろう物騒な刃物を腰に提げた少女がきゃっきゃと喜んでいる。この異常事態でよくもそこまで喜べるものだ。大人なら慌てたり呆然としたりするのが普通だろう。

変身前の彼女は確か小学校低学年くらいだった。絶対にありえない事態でも素直に受け入れてしまえる、子供は凄いと改めて思う。

千子《ちこ》がここにきた一番の理由が、要するにそれだった。もし詐欺師に騙されようとしている子供がいたら、絶対に助けてあげなければならないと思っていた。子供が不幸になるのは見たくないし聞きたくない。

茶藤《さとう》千子には子供時代と呼べるものが無かった。子供というものは無条件で愛される。可愛いとか、愛くるしいとか、そのように表現される。悪ガキとか悪たれとか、そういう呼び方にさえも可愛らしさを潜ませている。子供にとって可愛いことは必要条件であり、可愛いといわれたことがない千子は子供ではなかったことになる。

見た目は父親譲《ゆず》り、黙っているだけで「むすっとしている」「どうして怒っているの？」「怖い」「ごめんなさい」等々の求めていたなかった反応が返ってくる。心無い悪童が千子につけたあだ名は「ゴリラ」「ジャイ子」「ハードパンチャー」等々、悪口に直結しているものばかりで、もし繊細な心の持ち主だったら大変に傷ついていただろう。大して繊細ではなかった千子にしても内へこもるようになり、可愛さとは対極の方向へ加速していった。

自分以外の子供達が、どうして子供らしいと愛されるのか、それが気になった。観察し、分析し、研究し、子供についての思いを深めていった。

妬みはしなかった。自分が持たないものへの憧れはあったが、同時に敬意もあった。子供の、特に少女の性質、心の動き、造形、その他に強く惹かれた。

小学校を見下ろせる児童公園のベンチに座り、プールで水をかけ合う少女達を眺めるのは最近持った趣味だ。大学生のなにが素晴らしいといって、時間の融通が利くということ素晴らしい点はない。柔らかな脂肪の下で躍動する少女達の柔らかな筋肉、全体を形作る丸い曲線、日焼けの跡、自分には無かった青春、輝かんばかりの笑顔、短い指、それらを堪能し、視力二・〇に産んでくれた両親に感謝をしながら家に帰ってからスケッチに勤しむ。

子供達の姿を描いたスケッチブックは押し入れの中に山と積み上げられており、もしなにかの拍子に警察に踏みこまれることがあれば、千子の人生はその場で終了となるだろう。うっかり事故死でもして両親がアパートの片づけにでも来たら、などと考えると背筋が寒くなる。

学校の先生、幼稚園の保育士、そういった具体的な職業を目指していたわけではない。元々子供に好かれる性質ではなく、研究に研究を重ねたところで、実地で力を出せるわけではない。先生や保育士になれば、お菓子で気を惹《ひ》くといった手段さえ用いることができなくなってしまう。

他人に知られれば糾弾《きゅうだん》され、ひょっとすると隔離くらいされてしまう世間体の悪い趣味だということを忘れず、あくまでも密やかに、子供を怖がらせることなく、静かで奥ゆかしい学術的かつ個人的な研究としてひっそりと続けていく。

幸いにして千子の性別は女だ。最近は不審者に対してのマークがきつくなっているとはいえ、メインで取り締まられているのはあくまでも男の不審者。官憲や学校側、それに世間一般からのマークは緩い。

公園からプールを見下ろしていても咎《とが》められたりはしない。それ以外の愛好活動でも同じだ。密やかに、子供に近寄らず、傷つけず、続けていくだけならいくらでもやりようはあった。

――なのに……。

自分が、美少女に、なっている。遠くから愛するだけで満足という、昭和なら純愛、平成ならストーキングと呼ばれる愛し方で充分に満足だったのに、ゼロ距離以下の場所……

自分と同一軸状に、子供がいて、驚いている。

自分の見目については不潔でさえなければそれでいいと割り切り、服は量販店、髪は自分でカット、化粧は無し、装飾品の類をつけることもなく、そのストイック過ぎる姿勢はオタク仲間の中にあってさえ浮いていた。

可愛らしい自分を想像したこともなかった。だが、今ここにいる自分は、客観的に見て間違いなく可愛らしい。

中身は茶藤千子だ。一度として子供だった頃が無いまま大人になってしまっただけの大学生だ。鏡の中の少女には尻尾が生えていた。意識してみると、びくりと動き、ぱしんと床を叩く。本物の尻尾だ。ただし尻ではなく背中に繋がっている。

これが魔法か。現実が非現実に浸食されている。

最初は恐怖と驚愕だった。次に顔を出したのは喜びで、最後は悲しみが待っていた。背中はどうなっている、髪は、口の中は、尻尾の裏は、のめりこむようにして鏡の中の自分を見ていたら、唐突に幸せな時間が終わり、元々の茶藤千子に戻ってしまった。見飽きた自分の姿を一生懸命観察する滑稽な大学生が一人いる。

周囲を見回すと、全てが元に戻っていた。小学生が不満げに唇を尖らせ、中学生と高校生は顔を見合わせている。初老の女性は二度、掌を叩いて注目を集めた。

「今はまだ変身もすぐ解けてしまいます。これから徐々に慣らしていけば、変身時間も長くなりますし、色々な力も使えるようになるでしょう。とりあえずこれから場所を移動して秘密基地へご案内しようと思いますが、魔法少女になりたくない、という方はお申し出ください。記憶を消して普段通りの生活に戻っていただきます」

高校生が「秘密基地」と呟いて「魔法少女、やります！」と手を挙げ、小学生は自分がやるのは当然とばかりに傲然と頷き、中学生も真剣な面持ちで「私もやります」と宣言した。当然、千子にもやらない選択肢は無かった。

少女として、少女達に混ざって活動できる。こんな幸福があっていいものだろうか。

幕間

7753《ななこ》さんにとって、現在の上司である魔法少女「プフレ」は理解し難い人物である。有能な人物であることは疑いようもない。彼女が人事部門のトップに就いてから虚礼や無駄な慣例は改められ、効率と能力が重んじられるようになり、必要な書類は五分の一にまで減じた。

スピード出世を果たした、その後の改革も上手くいっている、というだけでなく、彼女の指示によって死地を潜《くぐ》り抜けた経験を持つ7753にとっては命の恩人のようなものでもある。

そう、有能ではあるのだ。だが理解はし難《がた》い。

7753は自分が凡人であると自覚している。凡人に天才は理解しにくいものだという一般論も知っているし、そういうものなんだろうと納得することもできる。だから命じられた仕事があれば、釈然とせずともきちんとこなす。

現在、人事部門はてんやわんやだ。トップであるプフレが何者かに自宅を襲われた。本人はなんとか難を逃れたが、家具や家屋にいくらかの被害を受け、なによりも犯人が捕まっていない。現在は監査部門が調査しているとのことでプフレ本人に顔を合わせることさえできず、人事部門の主だった魔法少女は全員取り調べを受けて動きが取れなくなっている。クラムベリーの事件が発覚した時でさえここまでの大事《おおごと》ではなかったはずだ。

なにかとても大変なことが起きている。そんな中、7753に郵便が送られてきた。差出人の名前に見覚えはないが、これについては知っている。この人物から郵便が配達された時は、このように動けという指示を受けていた。

ある場所へ出向き、そこである人物に会って話をする。その人物が何者かさえ聞かされていない。最近はいつも一緒にいる魔法少女「テプセケメイ」も連れていかないように厳命されているため、かなりの重要人物であることは確かなはずだ。テプセケメイの自由奔放な振る舞いは偉い人と話をするのに向いていない。今、彼女は7753宅で本を読んでいる。

以前、魔法少女は戦場へ出るにあたり必ず変身しておくべし、と教わり、なるほどそれは真実だと思い知らされた。今回向かう場所は戦場ではないが、しかし現在が人事部門にとっての緊急事態であることは動かせない現実だ。どこに行くとしても油断はしないほうがいいだろう。

7753は魔法少女に変身し、学ラン風コスチュームの上から薄手のスプリングコートを着用、ゴーグルはポケットに入れ、学帽の代わりにニットキャップで頭部を覆った。冬はコートを着ればよかった。春はスプリングコートがある。夏はどうすればいいんだろうな。今度マナさんに聞いておこう。そんなことを考えながら特急から新幹線に乗り継いで県境を四つ超えた。大きな駅からいくつもの小さな駅を通り過ぎ、そこからバスに乗って移動する。

都内とはいえ、外れも外れ。山が連なり民家もまばらだ。こんな場所もあるんだな、と意外に感じながら7753は古い民宿を訪れた。渋茶色に変色した外壁と修繕の跡がそこかしこに見える屋根瓦《がわら》が歴史を感じさせてくれる。

観光シーズンとは外れる季節にやってきた若い——下手をすると幼いくらいの——来訪者に若干訝《いぶか》し気《げ》な視線を向けながら案内してくれた老婆に礼をいい、部屋に入るとそこには先客がいた。

「その節は大変お世話になりました。お久しぶりです」

時間が止まった。そんな感覚があり、置時計の秒針がやたらと大きな音を響かせ動いたことで錯覚だったのだと気がついた。

先客は魔法少女だった。7753とは面識があった。

7753はポケットからゴーグルを取り出して装着し、同時に身構え、半歩退いたことで襖《ふすま》にぶつかり戸を外した。

「なんで……なんでお前がこんな所にいる！」

「それはあなた、呼ばれたからいるんですよ」

魔法少女は茶托《ちゃたく》に湯呑を置き、星型の飾りがチャラリと軽い金属音を立てて揺れた。足元まで届く長い髪をスカートと一緒に畳の上へ広げ、ごくリラックスした様子で座布団の上に正座している。純和風の部屋の様子とギャップ著しく景観を損なっていた。

ピティ・フレデリカ。収監されていた魔法少女刑務所から脱走した凶悪犯。彼女とその仲間達が行った凶行によって町一つが滅びかねない打撃を受けた。７７５３の知り合いも、見ず知らずの人達も、数多くが傷つき、また、殺された。

「そう身構えないでください。大きな声を出したら何事が起きたと思われてしまいます」

緊張する７７５３に全く構うことなく、フレデリカは立ち上がり、７７５３とすれ違って襖を桟《さん》に嵌め、元いた座布団に座って右掌を上にして差し出した。

「どうぞ。お座りください」

７７５３は大きく口を開けて息を吐いた。テプセケメイを連れてくるなといいつけられた理由が理解できた。民宿の中で大暴れでもされたら大変だ。

「……ゴーグル、いいですか？」

「私に拒否する権利なんてありませんよ」

トートバックを畳に放り投げ、胡坐の姿勢で座布団にどんと尻を乗せ、茶托を挟んで向かい合った。フレデリカはにこやかな表情を崩すことなくポットから急須に湯を注ぎ「どうぞ」と湯呑に茶を入れ差し出した。

絶対に油断をしてはならない相手だ。７７５３は湯呑に手を出すことなくゴーグルで相手を見た。最後にフレデリカを見たのは作戦決行直前だった。ウェディンとテプセケメイ、それに仕方なく手を組んだフレデリカの三人が暗殺者「レイン・ポゥ」を捕獲するという手筈だった。

現実に起こったことは犯人の捕獲などという平和的なことではなく、レイン・ポゥ、ウェディンが共倒れで死亡し、電車が魔法の結界に引っかかったことでレールから脱線して横転し、多数の死者を出す大惨事となった。

その場にいたはずのテプセケメイはレイン・ポゥの虹に囚われ、外の様子を知ることができない状態だったため、後で聞いてもなにが起こったのか全く把握していなかった。事件後の調査ではフレデリカの死体はみつからなかったため、「恐らくは逃げたのだろう」と推測されたものの、レイン・ポゥを追っていてなにが起こったかは結局謎のままとなっていた。

そのフレデリカが、今、７７５３の目の前で安物の緑茶を啜《すす》っている。

「私としてもですね。なんの後ろ盾もないまま世間に放り出されて生きていく、というのもやりにくいといいますか生きづらいといいますか」

ずずっと茶を啜った。

「外交部門は私の首に懸賞金をかけてもおかしくはないくらいに恨《うら》み骨髄《こつずい》でしょう。監査部門にはお目こぼしを願いましたが、それもマナ班長の独断です。脱獄犯と馴れ合ってもらえるとは到底思えません。人事なら、私が元いた部門です」

「人事が、拾ったんですか、あなたを」

「拾ったといいますか、こちらから売りこんだといいますか」

「ですが……」

いつの間にか敬語を使用していたことに気がつき、７７５３は慌てて茶を啜った。喉が渇く。時計の秒針はいよいよ大きな音を響かせている。

上司に命じられてここに来た。フレデリカ本人が呼び出された、といっているのだからそういうことなのだろう。フレデリカは人事部門に使われている。表向きの人材ではない。脱走した元囚人を堂々と使えるわけがない。裏仕事をさせるためだ。

上司は優れた魔法少女だと思う。それでもフレデリカを使うことには反発しか感じない。毒とて正しい使い方をすれば云々というのは魔法少女が使うべき建前ではない。毒は毒なのだからどんな理由があっても使わないというのが正しいあり方ではないか。

煩悶しながら、７７５３はゴーグルを通して「ピティ・フレデリカ」を確認し続けた。数値は以前に見た物から変化していない。続いて彼女の魔法に変化が無いかチェックし、そこである項目を見て息を呑んだ。

ピティ・フレデリカは魔法の影響下にある。7753、マナ、テプセケメイに対して敵対的な行動を取ってはならない。同三名に対しては嘘を吐いてはならない。同三名を自身の魔法の対象としない。

――ウェディンの「約束」がまだ生きている。

プキンとレイン・ポゥという二人の魔法少女に対抗するため、7753達はフレデリカの助力を必要とした。フレデリカもまた魔法を使用するために水晶玉を必要とし、奪い取られたそれを返してもらうために7753達との協力を申し出た。

協力者に後ろから攻撃されては意味が無い。フレデリカが裏切るか裏切らないかは彼女の胸三寸で決まる。フレデリカの気まぐれに期待するのは御免だ。そう考えた7753達は魔法少女「ウェディン」の「誓った約束を絶対に強制させる」という魔法を使用してフレデリカに裏切らないよう釘を刺し、その代わりに事が解決してから犯罪者として追いたてないということを約束した。

7753は茶を啜った。ウェディンのことを思い出すと胸が軋《きし》んだ。彼女は大切なものを守りたいと立ち上がり、そして、死んだ。事件の後、姿をくらましたフレデリカを殴り、罵声《ばせい》を浴びせてやりたい衝動に駆られるが、それが理不尽であることもわかっている。約束をした以上、フレデリカがウェディンを害することはできなかった、はずだ。それならばウェディンの死はフレデリカのせいではない。

なぜ自分がここに派遣されたかを理解した。プフレはフレデリカを使役するに当たってウェディンの魔法を利用しようとしている。絶対に嘘を吐かず、敵対的な行動を取らず、魔法の対象にすることとさえできない7753という魔法少女がいれば、と。

7753はもう一度、毒について考えた。

フレデリカという汚れた毒を使うのは魔法少女としてあるまじきこと、と偉そうに思っていた。だがフレデリカを利用しようとしたのは7753も同じだ。ウェディンの約束という枷をつけ、働かせた。あの時はフレデリカの力さえ使わなければならなかった。町が一つこの世から消滅してしまうかどうかの瀬戸際だと思っていたからだ。

緊急時だから仕方ないと自分を納得させ、フレデリカを使った。では今はどうなのだろうか。今は緊急時ではないのか。プフレは、人事部門は、それだけ追い詰められているのではないか。領袖は自宅を襲撃され、現在は動くことができないでいる。

自分達はフレデリカを使う際、事後の自由を許した。フレデリカが自由になるということは、この世にどれだけの害悪が振り撒かれるかわからない。あの時以上の悲劇が起きてしまうかもしれないのに、そうせざるを得なかった。

それに比べれば掌の中で管理しようというプフレのやりようは真っ当だ。

7753は茶托から視線を上にしフレデリカを見た。未だにこやかに微笑んでいた。

「落ち着かれましたか?」

「……ええ」

「ではご用件を」

何度か息を吸い、深く吐く。繰り返すことで心臓の鼓動はリズムを取り戻す。魔法少女というものは単純に出来ている。誰よりも魔法少女を見てきた7753はよく知っていた。今は抑える。フレデリカは放置しておいてはいけない。どれだけ邪悪な魔法少女だったとしても、野に放つよりは手元に置いておく方がまだマシだ。

足を組み換え正座で座り直し、トートバックを引き寄せ中から茶封筒を取り出した。一息吐いてから茶托の上に封筒を滑らせてフレデリカの前へと送る。

「ここに書かれた指示の通りにやってもらいたい、とのことです」

「了解しました。では遺漏なく」

7753は封筒の中身を知らない。教えられていないことは知るべきではないことだ。フレデリカを用いる以上、恐らくは汚い仕事――それを考えるだけでも気が滅入った。そこまでしなければならないほどに人事部門は追い詰められている。

「約束をしてください」

「なんでしょう」

「私達を絶対に裏切らないでください」

「もちろんです」

「罪なき人を傷つけないでください」

「可能な限り気を配りましょう」

７７５３はこの日で一番深く息を吐き、頭を下げた。

「……それではよろしくお願いします」

第二章　みんな集まれ

☆フィルルゥ

魔法少女「フィルルゥ」は、魔法の端末を手に固まっていた。画面に映っているのは差出人不明の一通のメールだった。

「魔法の国」のテクノロジーを使用しない、人造魔法少女を作りだそうという計画があるらしい。

「魔法の国」上層部は事態を重く見ており、詳細な情報を入手してきた者、あるいは人造魔法少女を捕獲した者に対し、賞金を出すことを計画している。

貴君が他者に先んじて動けば、賞金獲得や上層部へのコネクション獲得のチャンスが高まると思われる。

幸運を祈る。なお、このメールの内容については決して他言せぬよう。話した場合、あなたと相手との記憶を消去する魔法を施している。

友人より

四人として投獄していた魔法少女を一時的に解放し、汚れ仕事をさせていたというスキャンダルは、深刻な問題として波及し、魔法少女刑務所という制度そのものが見直されることになった。その結果、汚職に手を染めていたわけでもない魔法少女「フィルルゥ」も失職した。

制度そのものが変わるという話は聞いた。単に封印をして蓋をするだけではなく、中の四人が学習し反省をできる真の意味で人道的なシステムにし、その上でセキュリティーのレベルを上昇させ、複数の看守による相互監視体制を確立、結界にも新技術を導入してあらゆる事態に備える全く新しい更生施設を作り出すという話だった。

新しくするといっても、今まであった刑務所がすぐに無くなるわけではない。閉じこめておかなければならない犯罪者を他所《よそ》へ移すにも時間がかかるだろう。そう思っていたが、今回の「魔法の国」は動きがやたら早かった。事件発覚から一ヶ月弱で移行期間に入り、数人の強力な術者による厳重な警戒態勢下で移動がなされ、旧刑務所は閉鎖された。閉鎖式典のようなものもなく、ごくあっさりと「これでおしまい」になり、フィルルゥはここでようやく気がついた。場所もスケジュールもなにもかも新しい更生施設について聞かされていない。

慌てて上に問い合わせてみると「現在は待機状態である」ということだった。待機状態とはいったいどういうことなのか。詳しく聞いてみても煮え切らない。曖昧な表現と善処、努力といった言い回しばかりに終始し、待機中の給料についてのみ「出ない」と断言した。さらに「求職活動については禁止しない」と付け加えられたことにより、フィルルゥは自分という存在が新しいシステムには組みこまれていないことを知った。

フィルルゥは途方に暮れた。これまであまり人付き合いがいいほうではなかったが、再就職を目指し、今更ながら魔法少女の人脈を作るべく、色々な集まりに顔を出すようになった。

お茶会にゲーム会。カラオケやキャンプ。「魔法の国」と繋がりがありそうな同輩や先輩、あるいは後輩魔法少女と会い、とにかく顔を売った。うざいと思われるギリギリまで、いやむしろうざいと思われまくっていたかもしれないが、ひたすらに自分を売り込み、仕事の口を探した。

成果はなかなか出なかった。元刑務所職員の魔法少女に声がかかることはなかった。半月もしないうちに再就職の口が見つかるなんて、そんなのは虫がよすぎる話だ。それは理解しているが、通帳の残高を思い出すと、ため息が自然と溢れ出す。頻繁に会合に顔を出し、人脈を作るのにも先立つ物が必要なのだ。

その日も飲み会に出席し、帰ってきた時は午後九時を回っていた。

いつも通りＤＶＤの視聴を終え、それではネットに接続しようと魔法の端末を立ち上げた時、メールの着信を受けていたことに気がついた。会合のお誘いではないし、元上司やかつての同僚からでもない。さっきまで会っていた友人からのメールでもなく、「魔法の国」のアドレスとも違う。魔法少女としてのアドレスに来ているのだから関係者であることは間違いなく、ひょっとしたら仕事に関係することかもしれない。期待に胸を膨らませてメールを開くと、そこにはいくつかの事柄が記されていた。

フィルルゥは文面を眺め、二度目はしっかりと熟読し、三度目は胸を押さえながら読み通した。イタズラか。イタズラでなければなんだというのか。

☆スタイラー美々

圧倒的な戦闘能力と数々の輝かしい武功《ぶこう》で名を知られた魔法少女「魔王パム」に惹かれて集まった魔法少女達により形成されたサークル活動は通称「魔王塾」と呼ばれ、強さを求めるストイックな求道者集団として良くも悪くも恐れられていた。

愛好していた魔法少女創作物が戦いを主軸としていたり、本人の性情が血生臭かったり、悪を滅するために生きているような正義感の持ち主だったり、これまでの人生でずっと体育会系の生き方を通してきたりといった理由から、戦いの中に生き甲斐を見出す者や強さを求めて高みを目指す魔法少女がいる。そういった暴力愛好家が誘蛾灯《ゆうがとう》に吸い寄せられる昆虫のように飲みこまれていき、魔王塾は非公式的な集まりながら一大勢力として台頭するようになった。

クラムベリーの事件が発覚し、魔王パムが失脚するまでは「魔王のお眼鏡にかなって卒業を果たせば、給料取りの魔法少女になること確実だ」とまでいわれていたのだ。

そんな魔王塾関係者に「魔王塾で一番強い魔法少女は誰か？」と聞けば、大抵は魔王パムの名前が返ってくる。それは魔王パムが殉職《じゅんしょく》した後も変わらない。なかには自分の名前を挙げる根拠なき自信家もいるが、パーセンテージを左右しない程度の少数派だ。

「魔王塾で一番嫌いな魔法少女は誰か？」と聞けば、七割が袋井魔梨華《ふくろいまりか》の名前を挙げる。二割は「袋井魔梨華は魔王塾を放逐《ほうちく》された身で魔王塾関係者などではない」といったことを苦々しげに話す。つまり関係者の九割が袋井魔梨華の名前を出す。

魔法少女志願者に殺し合いを強いていた森の音楽家クラムベリー、クラムベリーのエピゴーネンとして殺し合いの試験を開催したフレイム・フレイミィといったバリバリの犯罪者を差し置いて名前を挙げられるというのも凄い話だが、袋井魔梨華はそんな扱いを受けるに相応しい人物だった。魔法少女「スタイラー美々《みみ》」はそう思っている。

エピソードには事欠かない。中でも最新のエピソードはとびきりに酷く、その場に居合わせた魔法少女の九割は「あいつだから仕方ない」と諦念《ていねん》のため息を吐き、残り一割は復讐と制裁をすべく付け狙っているという。

今から一ヶ月前のことだった。都内某ホテルの宴会場に、派手な色彩の衣装を身に纏った煌《きら》びやかな少女達が集まっていた。

一見すると厳《おごそ》かなセレモニーに相応しくない服装だが、魔法少女にとってのコスチュームは礼服も兼ねている。魔法少女として生き、魔法少女として死んでいった魔王パムを偲《しの》ぶ会には相応しい服装だったろう。

既に進行は粗方《あらかた》終えている。お偉いさんはそそくさと宴会場を後にし、外交部門の関係者はこの世の終わりのような顔で帰っていき、大半の魔法少女達も散り、魔王塾で魔王パムに指導された魔法少女達が後に残って故人の思い出を語り合っていた。

顔色無く項垂《うなだ》れる者、唇を強く噛み締める者、杯を手にして啜り泣く者、もそもそと食事する者、それとは別に厳しい表情で囁き合う者もいた。

「魔王塾もこれで終わり、か」

「寂しいものだな」

「外交部門も発言力を落としたろう」

「自業自得だ。やつらが殺したも同然ではないか。外交部門が魔王の力をセーブさせるような仕事をさせねばこんなことにはならなかった」

「文明圏から離れた場所で戦わせろ……とまではいわないが、せめて大気圏外だったらここまで戦力を縛られることもなかっただろうに……」

「愚かなことだ。本当に愚かしい。魔王も断ってしまえばよかったものを」

「外交部門にとっても魔王にとってもそれが一番良かったろうにな……」

「魔王がいなくなれば外交部門の春も終わりだ」

「次は魔法少女狩りを擁する監査が我が世の春か」

「いや、監査も今回の件でエースを失っている。下剋上《げこくじょう》羽菜《はな》という魔法少女とは一度だけ手合わせをしたことがあったが、相当な使い手だった」

「魔王が命を落とすほどの惨事だ、エースも無事ではいられなかろうさ」

「より凶悪な魔法少女犯罪にも対処できるようにと新たな部署が設立されるという話も聞くぞ。監査は監視や捜査、摘発を得意としていても戦争ができるわけではない」

「ならば人事か。今のトップは相当なやり手と聞いている」

　窓を濡らす雨の音と背後で囁き合う魔法少女達の声を聞きながら、美々はぼんやりとテーブルを眺めていた。

　色とりどりの花を敷き詰めたテーブルの上に四角く平たい板が立てられていた。魔王パムの武勲がずらずらと並べ立てられ「偉大なる魔法少女ここに眠る」で締められている。確かに偉大な魔法少女だった。果てしなく強い魔法少女だった。しかしもう二度と目覚めることはない。

テーブル横の台車には魔王の胸像が据えられていた。業績を書き連ねた顕彰碑《けんしょうひ》とともにどこかへ設置するのだそうだが、魔法少女の胸像はまるでガレージキットかフィギュアのようであり、なのに造りがやたらと重厚でちぐはぐだ。

感傷的な気持ちを振り払うようにウーロン茶を一口飲んだ。美々は魔王塾に所属していたわけではない。彼女の「美しく身だしなみを整える」魔法は戦いに適さず、揉め事や厄介事を避けたがる性格も戦士として相応しくなかった。

魔王パムの生前は魔王塾の専属スタイリスト兼理髪師として務め、魔王パムの死後は無残に破壊された遺体を美しい姿に復元する死化粧師として働いた。

魔王塾の仕事は恐らくこれが最後になるだろう。魔王パムという支柱がポキリと折れ、外交部門という後ろ盾が力を失った今、魔王塾を支えるものは何一つとして存在しない。そもそも「戦闘能力に優れる魔法少女を一箇所に集めるのは危険ではないか」という意見を外交部門が威光をかさに着て、黙らせていたという話も聞く。パワーバランスが変化したことによる見せしめとしてはちょうどいい、そう考える者もきっといるだろう。

大口の顧客を失うことになるが、それで生活に困るわけではない。スタイラー美々の魔法を必要とする魔法少女はいくらでもいる。

魔法少女のコスチュームや髪型は、基本的に変化することがない。面倒がなくていいやとする者もいるが、変化の無さに飽きる者や寂しさを覚える者もいる。

魔法少女の大半は若い女性だ。自分を飾り立てたい年頃だ。

変化を良しとせず同じ格好でいなさいといわれてもブーイングで応える。だが人間の技術ではいじったヘアスタイルを固定させることさえ難しく、服飾を追加しても魔法少女の動きにはついていけずに瞬く間にボロボロになる。

そこでスタイラー美々の出番となる。

美々の魔法なら魔法少女の望むままにファッションを変化させ、メイクによって顔立ちさえ変えてしまう。全国各地から美々の魔法を求めて魔法少女が集まり、寄付金——報酬とすると問題が生じるかもしれないので名目は寄付金にしておいた——を置き、満足して帰っていく。

魔王塾が無くなってもこのライフサイクルは変化しない。この「偲ぶ会」が終わった後にも予約が入っている。時間までに家に帰らなければならない。

そんなことを考えていると前の方で誰かが高い声を上げた。ふっと前に目をやり、美々は眉をしかめた。啜り泣いていた魔法少女が尻餅をついている。囁いていた者も泣いていた者も俯いていた者も、全ての視線が一人の魔法少女に集中していた。

赤から緑へのグラデーションがかかった髪はまるで植物の葉のようだ。それよりなにより頭の天辺に咲いた巨大な向日葵が厳粛なセレモニーをぶち壊しにし、どこか挑戦的な笑顔も含めてその場にあるもの全てを馬鹿にしていた。

花売り少女・袋井魔梨華。魔王塾から放逐された折、「花売り少女」という二つ名を剥奪されたため、現在はただの袋井魔梨華。彼女が啜り泣いていた魔法少女を蹴倒したのだろう。事態を目にしていなかった美々でも容易に予想できた。

魔王塾生たちの注目が集まる中、魔梨華はゆっくりと会場中の魔法少女を見回し、声を張り上げた。

「馬鹿が集まるのも今日限りなんだろ？　せっかくだ、相手しろよ！」

叫ぶと同時に近場の魔法少女に飛びかかっていく。二人はもつれ合い、床に倒れこみ、美々の位置からは姿が見えなくなったが、そのかわりに派手な破壊音が響き渡った。

美々は即座に後ろへ駆け出し、堅い物が砕ける音、悲鳴、怒号、「誰がその馬鹿を呼んだ」という誰かの声、「そいつを取り押さえろ」「いや殺せ」という声、「かかってこいボケども」という袋井魔梨華の声等々を背に受けながら全力で宴会場を後にした。

美々はその後の顛末《てんまつ》を知ろうとはしなかった。こういうことにはなるだけ拘わらない方がいい。風の噂で元魔王塾生の大半が某ホテルへの出入り禁止を命じられたという話が聞こえてきたが、聞かなかったことにした。

スタイラー美々は平穏無事をなにより好む。冒険は危険と隣り合わせだ。危険だけの存在なんて論外の外だ。仕事での付き合いならともかく、それ以外で関わる必要はなく、袋井魔梨華に至っては仕事だろうと関わるべきではない。

なのに、なぜか、仕事場のドアを荒々しくノックして蹴り開けた魔法少女は、頭頂部から美しい百合の花を咲かせていた。

「面白いメールが来たんだ。魔王塾の連中はヘタレばっかりで連れていってもつまんないだろうからさ。美々ならこういうの好きだったろ。一緒に行こう、な」

「嫌です」

「準備いいか?」

「だから嫌です。仕事がありますから行けません」

「ちょっと理由は話せないんだけどさ、強いのがいるらしいんだよ」

「だから私は行きませ」

襟元を掴まれ恐ろしい勢いで引きずられたため、その後の言葉は全て悲鳴になってかき消された。

☆レディ・プロウド

外交部門は瀬戸際に立たされている。魔王パムを失ったということはそれくらいの痛手だった。残った魔法少女の中で誰も魔王パムの代わりはできない。

戦争もまた外交手段の一方法であるように、外交を制するのは武力を持つ側だ。どれだけ小賢《こざか》しく立ち回ろうとしても強者がこうと決めれば弱者に抗《あらが》う方法は無い。

魔王パムというとびきりの武力を失ったことは、外交部門が今まで通りのやり方で押し通すことができなくなったということでもある。単に力が弱まったのではない。本来しなければならないはずの仕事ができなくなってしまった。外交部門の存在意義に関わってくる。まさに危急存亡の秋といっていいだろう。

外交部門内における魔王パムの影響力は神にも等しかった。尊敬や崇拝を通り越して信仰している者さえいた。魔王塾出身者でなければ出世は難しいとされ、魔王塾卒業生は派閥を作って身内で権益を回していた。クラムベリーの事件が発覚し、魔王パムが失脚した後でさえ閥が力を失うことはなかった。

魔王パムが殉職し、外交部門の基盤が揺らいでいる。ピンチであると同時にチャンスが転がっている。今なら反主流派が力を手に入れ主流派になることができる、かもしれない。

外交部門所属の魔法少女「レディ・プロウド」には野心があった。魔王塾出身でないというだけで冷や飯を食わされてきたという実感は、肌から沁《し》みて毛穴へ浸透するくらいにあった。魔王パムという巨大な要石《かなめいし》が取り払われた今こそ、上に立つことができる。

サブリーダーとして魔王パムに従い現地に出向き一仕事終えた帰り道、一人の魔法少女が「今回はリーダーが良かったね」といった。聞こえよがしにいったわけではない。ついつい本音が漏れてしまった、そんな一言だったのだろう。

レディ・プロウドと目が合うと気の毒なくらいにうろたえて口に手を当てていた。そう、前回のリーダーはレディ・プロウドが務めていた。自分では上手くやっていたと思っていたが、そうではなかった。少なくともその魔法少女にとってはそうだったのだろう。

恥辱で胸の奥が燃え上がった。自分自身が他の誰よりもよく知っていたからだ。レディ・プロウドがどれだけ上手く事を運ぼうとも魔王パムには絶対にかなわない。魔王パムはそこにいるだけで周囲の空気を一変させる。敵も味方も感化される。

レディ・プロウドがリーダーを務めた時、部下達は、カツアゲが得意なチンピラ程度の働きを見せる。

魔王パムがリーダーを務めた時、部下達は、厳しい特殊訓練を経て非人間的な肉体と精神を手に入れた精鋭兵士程度の働きを見せる。

魔王パムは強く、ひたすら強く、強さが全ての外交部門で神になった。だが、そんな魔王パムでさえも殺された。死者は生者に勝てない。生前どれだけ強かろうと死んでしまえば誰も恐れてはくれない。恐れられなければ人を動かすことはできない。

他人の死を喜ぶ己におぞましさを覚え、それでもチャンスを活かしたかった。ここで動かなければ一生浮き上がることはできず、そして外交部門も時間をかけて朽ちていく。アンブレンと共に画面を見ながら驚きの声を上げた。人造魔法少女を作ろうとしている研究所があるというメール。差出人は匿名で、ただ「外交部門のさらなる発展を願う者です」とだけ書かれていた。

見る者が見れば、ただの悪戯と断じただろう。レディ・プロウドも同じだった。鼻で笑い、削除し、ゴミ箱に入れ、十五分ほどなんとなく考えてからゴミ箱を開いて元に戻した。なにか感じるものがあった。そのままにしておくことができなかった。悩み、検討し、悪戯なら悪戯で騙されてもいい、そう思って有給を消費してS市に出かけた。

メールによれば、それは「魔法の国」の力を必要とせず魔法少女を生み出すという新しい技術だという。ただ摘発するだけではちょっとした手柄で終わってしまうし、そもそも外交部門が手を出すべき事案ではない。畑違いもいいところだ。

だが摘発せずに、その技術を懐《ふところ》へ入れることができれば話は違ってくる。人造魔法少女とやらはどれだけ役に立つのか。一般の魔法少女相手に立ち回れる程度には強いのか。任意の固有魔法を付与できるのか。生産性はどれほどなのか。倫理的な問題はクリアされているのか。

もしも使うに値する性能を有しているのなら、人造魔法少女の技術を手に入れた外交部門は昔日の力を取り戻すだろう。そのトップで指揮するのはレディ・プロウドだ。

小さく鼻を鳴らした。大気中に漂う粒子の中から「血の匂い」を捜し出す。重く、生臭く、塩気が混ざり、自己主張が強い。しばし鼻を動かし、五分で捕まえた。

レディ・プロウドは蝙蝠の被膜を思わせる大きなマントを羽織り、ニンニクを象《かたど》った髪飾りをつけ、犬歯が異常に長く鋭く、闇の中にいると目が爛々《らんらん》と光り、ヨーロッパの貴族を思わせるノーブルな顔立ちをしている。要するに吸血鬼をモチーフとしている。

匂い全般に対して鋭い嗅覚を持っているわけではないが、こと血液に関してだけは別だ。犬や豚、調香師等の嗅覚に特化した相手と張り合うくらいには血の匂いに敏感だ。

S市に入ってすぐ血の匂いを探した。なにかしらのアクシデントがあるとすぐに血が流れるのは人間も魔法少女も変わらない。

メールの文面から察するに、アクシデントは既に発生しているはずだ。闇雲に市内を走り回っても得る物は少ない。最悪地元の魔法少女とかち合う可能性さえある。そうなったとしても良い言い訳など思いつかない。外交部門では言い訳が必要とされることなど無いに等しかった。

S市に入り、少し歩き回ると異常な血液の匂いを感じた。人間の血液ではない。犬や猫でもない。魔法少女に似ているが、もっと獣臭い。

クマや猿やイノシシのような獣にしては魔法的な匂いが混ざっている。魔法少女のような、獣のような、なにかの血液だ。

——人造魔法少女、か？

レンタルビデオ店の屋根から電柱、電線と匂いを辿っていった。魔法少女が移動するコースといわれればしっくりくる。この嗅いだことがない匂いを持つなにかが人造魔法少女だとしたら、手傷を負ったということだろうか。

匂いは濃いが新しいものではない。恐らく一週間以内、二日以上は経過している。だんだんと濃くなっていく匂いの痕跡《こんせき》を辿り、行き着いた先は山の中だった。県下で二番目に大きな都市とはいえ、大都市からすれば田舎もいいところだ。人間が入っていないような山もあるし、林や森だってある。

ここでなにが起こったのかは推測できた。木々がなぎ倒され、地面が抉《えぐ》れている。爆弾でも爆発させたような破壊痕だ。魔法少女ならば、これくらいはやってのけるだろう。匂いの濃い方へ、濃い方へと辿ってきたが、それは間違いだった。つまりここが大元だ。山の中でなんらかの戦闘行為があり、そこでなにかが出血をした。返り血を浴びた、もしくは怪我を負った状態で街中へと移動し、その痕跡をレディ・プロウドが嗅ぎ取った。

来るべきはこちらではない。逆側だ。ここからどこに行ったのか。行った先には、恐らく目的があるだろう。人造魔法少女か、人造魔法少女を倒して回収した何者か。

考えに耽《ふけ》っていたせいで気づくのが遅れた。袖口がくいくいと引かれている。

ああ、そろそろ飽きる頃だったな、と思い、顔を向けると魔法少女「アンブレン」が膨れっ面でこちらを見ていた。

「飽きた」

「そうだろうと思ったよ」

アンブレンはレディ・プロウドのお気に入りだ。こういう表沙汰にはできない仕事にも連れてくることができるくらいに信頼を置いている。ただ、非常に飽きっぽい。

「プロウドがくんくんして歩いてそれ追いかけてくだけだもん。つまんない」

「もうちょっと我慢してもらえると嬉しいんだけど」

外交部門に弱卒はいない、という言葉がある。

黄色いレインコート、内側に青空が描かれた大きな傘、いくつもぶら下げたキャンディー、幼い容姿に舌足らずな話し方というアンブレンであっても例外ではない。血の匂いがぷんぷんと漂う戦場でも彼女になら背中を預けることができる。

これから人造魔法少女やそれを狙う何者かと戦うことになるかもしれないのだ。飽きた、という子供のような理由で離脱されてはたまったものではない。

レディ・プロウドは手の甲でアンブレンの頬に触れた。柔らかい。それに吸い付くようだ。しっとりとしていて手触りがいい。肌が汚い魔法少女は存在しないが、魔法少女の中

にあってもアンブレンの頬はとびきりに触り心地が良かった。

本当は掌で触りたかったが、部下へのスキンシップが過剰だった魔法少女がパワハラで訴えられたという嘘とも真《まこと》ともつかない話を聞いて以来、手の甲で触るようにしている。手の甲でも案外感触は伝わるものだ。

レディ・プロウドは深く息を吐いた。気力が満ちていく。

「前にもいっただろう。私が外交部門のトップになる。そうなれば君がナンバーツーだ」

「ナンバーツー？」

「二番目に偉いんだぞ」

膨らんでいた頬がぽんとへこんだ。名残《なごり》惜しいが、いつまでも不機嫌なままでいてもらっては困る。彼女の仕事はこれからだ。

「だから今は少し我慢をしてほしい。わかるね？」

「うん！　ナンバーツーになるために我慢するよ！」

「大丈夫、そんなに時間はかからない。匂いが消える前に急いで追いかけよう」

レインコートのフードに手を差しこみ、アンブレンの頭を撫でてやった。フードに手を差しこむ、という行為がさらに気力を充実させてくれる。目を細めて喜んでいるアンブレンに「一緒に頑張ろうな」と囁きかけた。

☆スタイラー美々

魔法少女になってもオシャレをしたい、という乙女心はスタイラー美々の糧《かて》になってくれた。そういう魔法少女がお布施や喜捨や寄付金という名目で現金を包んでくれるからこそ食うに困らず生きていくことができた。

だがそういった良くも悪くも女の子的な理由ではなくスタイラー美々の魔法を求める者もいた。魔法少女が敵地に赴く時は、なにがあろうと変身したままでいなければならないというのが魔王パムの持論だった。魔法少女と人間の反応速度は段違いで、魔法少女から不意討ちを受けたと認識してから変身したのでは間に合わずに殺されてしまうからだ。フィクションの中とは違い、変身シーンで待ってくれる行儀の良い敵は滅多にいない。

だが世の中には人間に紛れられない魔法少女もいる。背中から大きな翼が生えていたり、全身がオーラで発光していたり、霊体のために半透明だったり、服装だけでは人間のふりをするのが困難な魔法少女は一定数いて、そこまで極端でなくとも、髪の色があまりにもけばけばしく、かといって魔法少女が使ってしっくりくる染色剤や染め粉もない、そういった魔法少女はスタイラー美々を必要とした。

スタイラー美々の魔法さえあれば、大きな翼を隠したり、半透明な魔法少女に色をつけたり、オーラによる発光を抑えたり、髪の色をごく自然に染め上げたりすることができる。

袋井魔梨華もその一人だ。彼女は頭部の花を小さくして帽子で隠すくらいならできたが、髪の毛をよくよく見れば瑞々しい植物のようで、ちらほらと葉まで生えていた。魔法少女の中では比較的短髪な方とはいえ、髪の毛全体を覆い隠すともなると変装の手段も限られてしまい、かえって目立ってしまうことにもなりかねない。

「やっぱ必要になるよな、美々は」

「必要になりません」

「必要になってるじゃん」

「出掛ける前に予約の一つでも入れてくれれば完璧に変装してあげますよ。私の役目なんてそれで終わりじゃないですか。美容師っていうのはそういうものでしょう。美容師連れて敵地に潜入する兵士なんてどこにいます？　一緒に行くならもっと強い人とどうぞ」

精一杯の恨みがましい顔で睨みつけた。ハハと笑い飛ばされた。効きやしない。

魔梨華はドリンクホルダーに立ててあったペットボトルを手に取り、ぐいと水を飲んだ。同時に新幹線が揺れ、口の端から水が落ちた。

「なんでか知らんけどさ、もな子にもエイミーにも連絡取れんのよ」

「どうしてまた。あの人達大抵暇してるでしょう」

「さあねー。なんか忙しいんじゃないの」

世の中には狂気や理不尽な暴力を有り難がったり面白がったりする連中がいる。美々にいわせれば自我が未発達で幼いからそんなもので喜ぶ。中学校の図書館で一人「世界猟奇殺人大全集」を読んでいたりするようなものだ。

もな子とエイミーの二人の魔法少女はなにかと魔梨華に付き合うことが多かった。それも美々のように嫌々ではなく喜んで、だ。クラムベリーの悪事が露見した時「クラムベリーがそんなことをしていただって⁉　本当に⁉　袋井魔梨華じゃないのか⁉」と驚く者が多かった、とまでいわれる袋井魔梨華の行動に喜々として付き合うとは、それだけで立派な狂気だ。

「もう付き合うのが嫌になったんでしょう。まともになったんですよ、あの人達も」

「もな子とエイミーがそんなタマかよ」

また笑い飛ばされた。そしていちいち笑い声が甲高く大きい。

平日の昼間、しかもグリーン車ということで混雑こそしていなかったが、周囲を窺うと、サラリーマン風の初老の男性が訝し気な視線を向けていて目が合った。にっこりと笑って頭を下げておく。魔法少女は、笑って頭を下げれば大抵の問題が解決する。男も「仕方ないな」という感じの表情を浮かべて笑っていた。冠婚葬祭かなにかで親戚の家にでもいかなければならない姉妹だな、くらいに思っておいてくださいねと願っておく。

そんな美々の気遣いには気付いた様子さえなく魔梨華は上機嫌に笑った。

「あいつらのことだからさ、きっとすんげー面白えなにかがあったと思うんだよな。そっちに誘われて今留守にしてんだよ。でもこっちだってきっと面白えのにな。もったいないことをしてんな、ホントに。その点美々はラッキーだったな」

「ラッキーってなにが」

ラッキーな要素が一つとして存在しない。

「面白いだろ？」

「面白くないです」

「きっと強いやつがいるって予感がするんだよ」

「強いやつなんて会いたくありません」

「そんなこといって」

魔梨華がぐっと身を乗り出し、ペットボトルを握り締めた。ペットボトルの口から押し出された水が迸《ほとばし》り、美々は顔面でそれを受けた。あえて、受けた。避けようとは思わなかった。手で止めたり、顔を背けたりしようとすれば、そこから続く前蹴りを回避することはできないだろう、と判断してのことだ。

顔で水を浴び、それでも目は閉じない。水と同時に下方向から繰り出された魔梨華の踵《かかと》を掌で受けた。力を逃がすため身体ごと浮き、背もたれを掴み、飛び越す形でくるりと半回転し、蹴りの衝撃を殺しつつ後ろの座席に移動した。

「よしよし、やっぱ錆《さ》びついちゃいないな」

なにがおかしいのか腹を抱えて笑っている。

袋井魔梨華は嫌われ者だ。日常生活の中でいきなり蹴りつける者が嫌われない理由などない。美々は驚きに目を見開いている初老の男にぺこりと頭を下げて元いた席に戻った。

魔梨華の隣に座りたくはなかったが、せっかくのグリーン車を無駄にしたくはない。

☆フィルルゥ

現地につけばなんとかなると思っていた。海外に出た時でさえ現地につけばなんとかなった。今まで旅行した時はなんとかならなかったことが一度として無かった。入念な下調べなど必要ない。多少道に迷ったところで目的地が逃げるわけではないのだ。

S市に到着した時は夜十一時を回っていた。既に日はとっぷりと暮れ住宅街の灯りはぽつぽつとしか光っていない。歓楽街の方はまだ賑やかなようだ。一番背の高いビルの屋上からぐるりと周囲を見回して大体の見当をつけた。

魔法少女活動にはルールがあり、そこから生み出されたセオリーがある。

魔法少女は他人の目を気にする。なるだけ見られてはいけないということになっているからだ。そして人助けをする以上、他人がいなければならない。壊れた街灯を直す、落書きを消す、そういった活動であっても人が住み暮らしていなければ意味がないからだ。

他人の目を気にし、なおかつ人がいなければ仕事にならない。真っ当な職業に比べるとかなり特殊な仕事だ。

というわけで魔法少女は高い所を利用することが多い。一番近いのは泥棒とか空き巣だろうか。夜に訪れる者はなく、高い建物があるということは人跡未踏《じんせきみとう》の地ではないということでもある。

一番背の高いビルから周囲を見下ろすとそれらしき建物がちらほらとある。電線を伝ってスーパー銭湯の屋根に飛び移り、銭湯の看板からマンションに移動し、マンションをよじ登って屋上へ、マンションの屋上からビルの屋上、ビジネス専門学校の屋上、信号機、と少しずつ低所へ飛び移り、住宅街へ。

民家の上を駆け抜け、寺、そこからまた高所を目指す。市内全域を時計回りで走り、一周して最も高いビルに戻ってきた。

右手を開き、左手を開く。他人が見れば、なにも見えない。しかしフィルルゥの目には、星明りを反射してキラキラと煌めく糸が見える。糸一本が指一本に縫いつけられ、S市繁華街及び付近の住宅街にある背の高い建物にまで伸びている。

フィルルゥの魔法は縫い物だ。見えない糸をどんな物にでも縫いつけることができる。鋼鉄だろうとコンクリートだろうと特殊合金だろうと人体だろうと魔法少女の肉体だろうと例外なくどんなものにでも縫いつける。針で刺し糸を通すことによるダメージは無い。痛みも無い。おかげで自分の指に糸を縫うというパッと見自傷行為のようなこともできる。

両手を開いたまま耳の近くに持っていった。

フィルルゥの糸は視認できず、力自慢の魔法少女でも引き千切れないくらい頑丈で、そのくせしなやかで感度が高い。

刑務所では糸による拘束の他、糸を使ってブービートラップを製作したり、侵入口になりそうな場所に糸を伸ばすことで警報装置のような真似もしていた。

背の高い場所に糸を縫いつけてきた。そこでなにかが起これば、たとえば生物に許されざる速度で駆けていく者がいたりすれば、その異常をフィルルゥにまで伝達してくれる。合計十の鳴り子を配置したようなものだ。しかも鳴った音はフィルルゥしか気づかない。

——さあ、いつでもこい。


そして三十分が経過した。フィルルゥはじっと待ち続けている。こうした時には焦りが最大の敵だ。罠を張るということは待つということと同じ。焦って動けば台無しになる。

さらに一時間が経過した。まだまだ、余裕だ。刑務所では基本的になにもせず「いつか起きるかもしれない緊急事態」に備えるのが最大の仕事だった。これくらいで音《ね》を上げるほどやわな神経をしていない。待つのには慣れている。

三時間が経過した。東の空が白んでいる。今日のところはなにも無かった。朝になれば魔法少女以外の何者かが屋上に出てくることもあるだろう。フィルルゥは糸を回収するためビルを駆け下りた。

昼の間はホテルの一室で横になってテレビを見たり、持ってきた本を読んだり、ダラダラとして過ごす。こういうメリハリこそが大事なのだとフィルルゥは考える。別にダラダラとするのが好きだからやっているわけではない。

夜に精神集中しなければならないのだから、昼の間は精神を弛緩《しかん》させ夜に備えておくべきだ。昼にやっていた連続ドラマは偶然にも第一回だった。看護士と医者、それに患者の三角関係を扱ったドラマは、なかなか気になる内容だった。

夜。特になにも起こらない。

昼。ドラマを視聴し、魔法の端末でネットに接続して匿名掲示板で感想を書いたりした。

夜。特になにも起こらない。

昼。ダラダラと過ごす。ドラマではヒロインと思っていたメインキャラクターがまさかの事故死。いったいこれからどうなるんだと明日が気になる。

夜。特になにも起こらない。

昼。郵便局へ貯金を下ろしにいく。思っていた以上に減っていた。宿泊は値段で決めたビジネスホテルを利用していたが、このままではあまり良くない。人造魔法少女を捕まえ職に就《つ》いたとして、すぐに給料が入るわけではない。ドラマでは医者の妻が登場。フィルゥも知っている有名な女優だった。彼女はどう本筋に絡むのか。

夜。焦ったら負けと思いつつも焦らずにはいられない。見えない糸以上に金銭が魔法少女を縛り上げる。そもそも普通の魔法少女活動をしているという絶対条件の元に罠を張っていたが、人造魔法少女なる奇怪な存在が普通の魔法少女活動をしているのか。研究所というからには、そこに籠もって研究されているのではないか。ひょっとすると魚のいない水溜まりに釣り糸を垂らしているようなことになっているのではないか。

いや、魚がいないどころではない。そこそこ大きい街なのだから元々担当していた魔法少女がいてもなんらおかしくはない。そんな魔法少女が、仁義を切ることも無しに罠《わな》を張るような侵入者をどう思うか。喧嘩を売っていると思われてもおかしくない。

むしろ喧嘩に発展してもおかしくない。ただの小競り合いで終わるならまだいい。上に報告しておきますなんてことを笑顔でいわれるのが最悪で、こちらへ告げることなく報告されるのが最悪の最悪だ。

といったことが次から次に思い浮かぶ。泣きたくなりながらビルの上でじっと待つ。いよいよイタズラだったのではないかと思い、だが今更引っこみはつかなかった。宿泊費は既にけっこうな額を消費している。

あまりにネガティブなことばかり思い浮かぶので昼ドラのことを考えた。医者の妻はあまり良い描かれ方をしていなかったが、あれはミスリードかもしれない。

☆プリズムチェリー

ともに行動することでピュアエレメンツの行動範囲が大体わかってきた。ピュアエレメンツの行動範囲というか、ディスラプターの出現場所だ。

ディスラプターが現れるのは人気が無い場所のみ、主に鷹床山、それ以外では知念山《ちねんやま》、福録山《ふくろくやま》、とにかく山に現れる。ピュアエレメンツは現場である山にまで走って赴き、ディスラプターを退治後、研究所へ戻ってくる。

次の出撃に備えてディスラプターの傾向を探るべく、今までに出てきた場所や時間等を地図帳にメモしていてふと気がついた。研究所の場所、ディスラプターの出現地点、そして研究所から出撃したピュアエレメンツがディスラプターを迎撃すべく通るルートまで含め、全てがプリズムチェリーの担当区域を外れていた。

なるほど、今まで出会わなかったわけだ。納得すると同時にほっとした。もしプリズムチェリーが単独でディスラプターと出会っていたなら第一犠牲者になってしまう。

「自分の区域以外でも一生懸命困ってる人を探すぞ」などという無駄にやる気にある魔法少女でなくて本当に良かった。

「チェリー、なに見てんの？」

振り返るとクェイクが地図帳を覗きこんでいた。

「ディスラプターの出現場所とか時間とか記録しておこうと思って。後々予測とかできたら素早く出撃できるようになるんじゃないかなって」

「考えてるなあ」

「どしたん？」

インフェルノが漫画を置いてこちらを見た。

「いや、チェリーがね。ディスラプターの出現場所と出現時間の記録つけてんだって」

「いやー、そういうのできないわ。無理だわ、あたしには」

「私もやらないな。ディスラプターをスケッチに残すくらい」

「え、なにそういうことやってんの？　じゃあ見せてよ」

「いや人に見せられるようなもん描いてないからさ」

「そんなこといわないで見せてなよー。あたしが批評してやるよ、批評」

「批評するなんていってる人に見せんのやだよ！」

じゃれ合う二人を横目に、もう一度地図帳に目を落とした。見れば見るほど綺麗に担当区域を外れている。もしディスラプターの出現場所が、担当区域に掠《かす》りでもしていたら、今のプリズムチェリーは存在しなかったかもしれない。

偶然に感謝しながらスマートフォンの時計を見た。もうすぐ薬の時間だ。

「そういえばデリュージとテンペストまだ戻らないの？」

「回収だけだから時間かかんないだろうになにやってんだろうねえ」

「それよりスケッチ、スケッチ」

「だから見せないってば」

☆プリンセス・デリュージ

ディスラプターは倒して終わりというわけではない。倒してから数日から一週間ほどで研究所のアラームが鳴る。これはディスラプターが回収期間に入ったことを知らせる合図だ。ディスラプターは強靭《きょうじん》な生命力と再生能力を有し、放置しておいていい存在ではないが、倒した直後は地面に染みこんでしまって回収できない。その後、程よい時間を置いてディスラプターが再び形を取りつつあるところで回収し、研究所に収める。

回収後のディスラプターは特別な処置を施されることで色々な使用用途があるため、街の安全を守りつつ利益を得るという一石二鳥の重要な作戦だ。

作戦の重要度、それに安全面を考慮してピュアエレメンツの内の二人以上が参加することになっている。当初は全員揃って行くこともあったが、実際になにかが起きたことは一度も無いため、今となってはゲーム等で負けた者二名が行くことになっている。

ゲームの強弱というのはどんな種目でもそれほど変わらず、勝率はある程度固定される。デリュージは時折バレないように注意しながらわざとミスすることで負けるようにしていた。特定の誰かばかりが罰ゲームではチーム内の空気が悪くなる。

今回はデリュージとテンペストが負けた。正確に記録しているわけではないが、テンペストの勝率はかなり低い。本人が小学校低学年であるためボードゲームをするにしてもビデオゲームをするにしても致し方ないところはある。

回収はいつも通り簡単に終わった。後は研究所へ戻るだけだ。

「次はさー。もっと私の好きなゲームしようよ」

雑談に入りながら空中で半回転捻りを見せた。唯一の飛行能力も堂に入ったものだ。デリュージはビルの上を駆けながらそれに応じた。

「テンペストの好きなゲームって？」

「将棋。今さ、クラスで流行ってるんだ。男子がこっそり持ってきた将棋の漫画があって」

「へえ、将棋指せるんだ。どういう戦型が得意なの？」

「端の方で動けなくさせてまとめて挟むのが得意だよ」

「……ん？　挟み将棋？」

「そりゃそうでしょ。崩さないようにとっていくやつは将棋じゃなくてパズルだもん」

「ああ、うん。確かにそうかも……ちょっと待って」

風のように飛んでいくテンペストを制して足を止めた。なにかが聞こえた。ここはビルの屋上で、今は深夜だ。人の声に呼び止められるにしては時間と場所がおかしい。耳を澄ませて周囲を見回した。確かになにかが聞こえた。気のせいにしては妙にはっきりと聞こえた。テンペストが不思議そうな顔で戻ってきた。

「どうしたの？」

「今、なにか声が聞こえなかった？」

「声……」

テンペストは束ねた髪を持ち上げ耳を露出させた。

「いわれてみれば……」

表情が変わった。真剣な顔つきで遠くの方を見ている。デリュージもそちらに目を向けた。連なるビルの向こうになにかが動いている。そして今度こそしっかりと声が聞こえた。

「やっと見つけた」そんな風な声だ。それに足音が続く。どんどん近くなる。デリュージは三叉槍を呼び出した。テンペストもブーメランを呼び出す。

声の主はすぐに現れた。

「やっと……やっと見つけたあ！」

泣きそうな顔をしているのは何故だろう。

頭の上にレースのついた可愛らしいヘッドドレスをのせている。宝石のついたティアラではない。さらに糸玉を二つ転がし、巨大な待ち針が刺さっていた。革紐《かわひも》で前を合わせたトップス、袖は複雑に編み上げられ、薄紫色の髪はもっと複雑な形に編み上げられていた。少女だ。身体も顔立ちも綺麗に整っている。

——魔法少女……なのかな？

プリンセス・ジュエルは無い。しかしそれはプリズムチェリーも同じだ。魔法少女全員に共通している特徴ではないのだろう。可愛らしく、それでいて奇矯《ききょう》な服装、さらに美少女、夜にビルの屋上を猛スピードで走っているとくれば役満だ。

「あなた達、研究所に帰るところ？」

「そうだけど、あなた誰？」

少女は快哉とともにガッツポーズを決めた。いきなり大声を出されて思わず後退った。テンペストも上空に五メートル急浮上し、ゆっくりと相手の様子を窺いながら戻ってきた。

「ええと……なんなの？」

「よし、よし、よっし！　これで！　これでなんとかなる！　ホテル代もぎりセーフ！」

テンペストと顔を見合わせた。なにをいっているのかわからない。少女のいうホテル代と自分達にどう関わり合いがあるというのか全く見えてこなかった。無暗な大声で叫び、喜びを隠そうとせず、その喜びに理由がわからずデリュージは半歩退いた。

「こちらにお出でてでございましたか」

飛び退り、右側の金網を背にした。いきなり声をかけられた。今度は声も音もなく近くにいるということを唐突に教えられた。テンペストが右側、デリュージが左側に武器を向けた。喜んでいた糸玉の少女も驚きの表情で新たな乱入者を見ている。

テンペストのように浮いているのかと思ったが、違う。透明な膜に包まれている。裾にスリットが入った黒のオーバーオール、獣のような角、黒い蝶の羽を背負い、白いラッパにも同じく黒い蝶の飾り、ヘッドホンともカチューシャともつかない紫色で半透明なものを頭につけている。顔立ちは整っていたが、表情はどこかにやついていた。

「研究所云々ということは、人造魔法少女の方でございますよね？」

糸玉の少女が眉根に深く皺を寄せ、オーバーオールの少女がぱちんと指をスナップさせた。少女を包んでいた透明な膜が弾けて消え、金網の上に着地した。オーバーオールの少女は糸玉の少女に向かって微笑んだ。

「フリーの方でございますです？　いやアタシもそうなんでございますが。これは早い者勝ちってことでよろしいですね？　フリーのルールっていうのはそういうものでしょう」

糸玉の少女は声を荒げてそれに応えた。

「早い者勝ちっていうなら私が一番早く見つけたんじゃないですか！」

「一番早く見つけた人が、あんな大声出してればダメよねえ」

三人目だ。三人目の少女は見るからに不吉な装いだった。白い菊の花輪を頭の上に、黒い和服……喪服には椿《つばき》の花を散らしている。背中にはこれまた真っ黒な鳥の、恐らくはカラスの羽を生やし、パタパタと羽ばたきホバリングしている。顔は黒いヴェールで覆い隠され、表情はうかがい知れない。ただ声はどこか楽しそうだった。

全員が魔法少女なのか。そして知り合いというわけではなさそうだ。

「おやおや、まだ増えますですか」

「大声を出して皆を集めておきながら手柄を独占っていうのもおかしな話だと思うけど」

「でも最初に見つけたのは私ですから！」

「新大陸を発見したのはコロンブスではなく見張りの水夫だと主張するようなものよね。法隆寺を建てたのは大工さんとか、そういうのを今世紀最大の発見みたいにして話す人」

「先住民のいた大陸を発見するというのもおかしな話でございます」

「そういう話をしてるわけじゃないでしょう！」

「あら、失敗。誤魔化そうとしていたのに」

「惜しゅうございましたですね」

「誤魔化しなんてききませんよ。私の人生がかかってるんですから」

「じゃあどうする？　どうしたいのかしら？」

「獲物が被った時は強いものが持っていく、というのもフリーランスの流儀でございますかね。いやこの世界全般の流儀でございましょうか」

デリュージとテンペストはビルの端で身を寄せた。怯えて縮こまっているわけではない。これからなにをするのかきちんと確認しておきたかった。

デリュージは小声で「ラグジュアリーモードで」と呟き、テンペストは頷き「よくわかんないけどそうしよう」と応えた。

少女達の問答は段々と険悪さを増している。そして彼女達の目的が見えてきた。理由まではわからないが、彼女達はデリュージとテンペストを目的としている。

「力づくっていうのはお勧めしませんよ。私は強いですから」

「おやおや」

「あらあら」

喪服の少女が両腕を胸の前で構え、オーバーオールの少女がラッパを口元に寄せ、糸玉の少女は右手に縫い針を持った。一触即発の空気が高まる中、テンペストとデリュージは叫んだ。

「ラグジュアリーモード！　オン！」

三人にとってデリュージとテンペストは獲物だったのだろう。敵はあくまでも猟師であり、獲物は優勝賞品、視界の外にいっていた。

テンペストはオーバーオールにブーメランを投げつけ、同時に喪服へ体当たりを敢行した。鳩尾に頭突きを受けた喪服はくぐもった声をあげながら吹き飛ばされ、窓ガラスを割って隣のビルのフロアに叩きこまれた。オーバーオールはへばりつくようにして屋上に伏せ、頭上をブーメランが飛んでいく。だがこちらは本気で当てようとしたわけではない。あくまでも囮で、本命はこちらだ。

デリュージは伏せたオーバーオールへ駆け寄った。相手には起き上がる時間を与えない。ラグジュアリーモードは一日当たりの使用時間が制限され、消耗も激しいが力と速さが通常状態に比べて跳ね上がる。

伏せたままの顎を蹴り上げようとしたが、オーバーオールがラッパから生み出したシャボン玉に止められた。ラッパではなくストローだったようだ。シャボン玉は割れずに攻撃を受けたが、衝撃の全てを受け止めたわけではなかった。

シャボン玉を通してオーバーオールの顔が跳ね上がり、デリュージは背中を石突きで突いて再び屋上に寝かせた。そのまま踏みつけてやろうとしたが、滑るようにスライドしてデリュージは屋上のコンクリートを踏みつけた。

オーバーオールが移動したラインには無数のシャボン玉が敷き詰められている。シャボン玉の上を滑って移動したらしい。

テンペストが喪服を追いかけ割れた窓から飛びこんでいくのが見えた。

後ろ髪が僅かに揺れるのを感じ、デリュージは咄嗟に右手を立て、踵を軸に半回転し、糸玉のハイキックを防いだ。右手に小さく痺れが走る。攻撃が強く、早い。糸玉もそうだが、オーバーオールの反射神経もなかなかのものだった。通常状態なら苦戦は免れなかっただろう。早々にラグジュアリーモードを発動したのは正解だった。

槍の石突きで糸玉の足を払い、糸玉は右手を突き、さらにバク転して宙に浮いた。そのままコンクリート上に降りることなく宙から宙へと飛んで後退していく。

さらにシャボン玉が吹き集められて視界を塞ぎ、デリュージはぶん、と三叉槍を回転させ、シャボン玉を吹き飛ばした。糸玉、オーバーオール、共に一瞬視界を防がれた隙に消えている。

――逃げられたか。

ガラスの割れた窓からテンペストが戻ってきた。ラグジュアリーモードは既に解除されている。表情は不満げだ。

「逃げちゃったよ。つまんないの」

「こっちも逃げられたよ」

力でも速さでも勝っていた。しかし状況判断では向こうに一日の長があったのかもしれない。三人とも魔法少女になったばかりという風ではなかった。勝てない相手には勝負を挑まない、逃げる時はなにも考えず逃げに徹する。

とはいえ何者だったのかわからないのはとても気持ちが落ち着かない。フリーランスといってはいたが、いったいなんのフリーランスだというのか。人造魔法少女とはなんなのか。どうしてデリュージとテンペストを狙っていたのか。

皆に話しておいた方が良さそうだ。

☆プリンセス・インフェルノ

遅れて戻ってきた二人からの報告はインフェルノを悔しがらせた。

「なにその面白そうな展開？　そんなことになるならあたしが回収いけばよかった」

「いっちばん回収嫌がってたくせによくそういうことというよ」

口調こそ憤っているものの、テンペストは誇らしげで楽しそうだった。謎の魔法少女三名に襲われたという展開を楽しんでいる。そりゃ楽しいだろうと思う。ディスラプターを退治し、トレーニングするだけだった日々よりエキサイティングな匂いがする。

クェイクはむしろ心配そうに唇を歪めていた。

「どういうことなんだろう？　私達のこと狙ってたんだよね？」

心配そうなのはデリュージも同じだった。

「うん。獲物っていってたよ。ただ研究所の場所は知らないみたいだった」

「尾行されたりしてないだろうね？」

「かなり高い所から見下ろしたけど誰も追いかけて来てなかったもん。インフェルノは尾行された方が楽しいとか思ってるんでしょ、どうせ」

「やべえ、完璧ばれてんじゃん」

「笑いごとじゃないんだからね」

デリュージ、クェイク、両名とも大変に動揺していたが、プリズムチェリーは輪をかけてショックを受けているようだった。表情を失くして黙りこくったまま口元に手を当てて何事か考えこんでいる。

インフェルノ自身は面白がっていたが、プリズムチェリーが心配するのはもっともだと思う。デリュージとテンペストが悠々と追い払ったとはいえ、プリズムチェリーに彼女達二人ほどの戦闘能力は無く、ラグジュアリーモードも無ければ固有の武器も無い。もし襲われたのがプリズムチェリーなら連中のいう「獲物」として捕まっていたかもしれない。

その辺は皆が考えていたのだろう。

「ちょっと早いけど、とりあえず今日は解散しよう」

クェイクの決定に否を唱える者は誰もおらず、いつもより早い解散と相成った。プリズムチェリーはデリュージに送り届けてもらい、クェイクとは工場前で別れ、テンペストは一応本人の自宅近くまでついていってやった。

余計なお世話くらいはいわれる覚悟だったが、案に反してテンペストは文句もいわず、別れ際にこんなことをいった。

「来月さ、子供会で鷹床山行くよね」

「ああ、もう来月だったっけ。毎年やってるけど年々感覚狭《せば》まっていく気がするわ」

「あかねえちゃんは来る？」

「微妙。ジャストでテスト前だからお母さんに止められると思う」

テンペストは少しだけ俯き、

「そっか。テスト前なら仕方ないよね」

そういって笑った。

☆プリンセス・クェイク

謎の敵から襲撃を受けた、と聞いた時はまず心配した。デリュージとテンペストが体と心に傷をつけられていないか案じ、そんなに強い敵ではなかったから簡単に追い払ってやったんだと自慢げに話すテンペストを見てようやくほっとした。

ほっとすると今度は好奇心が鎌首をもたげた。新しい敵が出現というのは、魔法少女ものアニメだけでなく、あらゆるバトル物に共通するストーリー展開だ。どんな敵が、どんな目的で立ちはだかろうとしているのか。

三人の魔法少女。非常に気になる。

外見は大まかなところを教えてもらった。想像で部分部分を補いながらスケッチに起こし、それを見てさらに修正を加えて感性に近づけていく。果たしてこれで実物と変わらないのか、それとも実物はまた違うのか。

プロフェッショナル的な感じだった、とテンペストはいっていた。少女という本来なら未成熟な姿を持ちながらプロフェッショナル。やはり興味深い。

皆と一緒にピュアエレメンツとして活動するのは得難い貴重な時間だ。だが自室で一人スケッチブックに向かう時間も依然と変わらず貴い時間だった。描きかけのスケッチブックを押し入れから取り出し、描きはじめると蛍光灯が瞬いた。

千子《ちこ》は舌打ちをして電灯を見上げた。二つある蛍光灯の一つが黒く煤けている。残っている方も風前の灯火といった風情でチカチカとついたり消えたりを繰り返していた。ストックは無い。この時間帯に蛍光灯を売っている店も近所には無い。

「プリンセス・モード、オン！」

迷わずプリンセス・クェイクに変身した。これなら電灯が消えてしまっても夜目が利く。

謎の魔法少女と対峙するデリュージとテンペスト。スケッチブックに向かって鉛筆を振るう。背中の尻尾を座布団の下に仕舞いこみ、再びスケッチブックに向かって鉛筆を振るう。デリュージが三叉槍を振るってキラキラと霜が降りる。イマジネーションが刺激される。

鉛筆が尽きるまで描き続け、二本目の鉛筆を削った。スケッチブックはまだ途中までしか埋めていなかったが、真新しいスケッチブックを取り出しそちらに描き始める。

つい口が滑ってスケッチブックに書き留めていることを漏らしてしまった。インフェルノは見せろ見せろとしつこくせがんでくる。あの娘は我儘《わがまま》というわけでないが、我を通す方ではある。変身前のギャルギャルしい見た目から受ける印象に反して意外と物堅く、義理堅く、しかし難しく考えたがらないところがあった。クェイクがなぜ見せたがらないのか、そういった事情を斟酌《しんしゃく》するような機微《きび》に欠ける。

そうした部分も魅力である、と認めた上で見せたくはない。というか見せられない。デイスラプターのスケッチはあくまでもおまけ、メインはプリンセス達のスケッチで、しかも自画像が異常に多い。それだけでなく例の公園から小学校のプールを見下ろして描いたスケッチや、道ですれ違った可愛らしい女の子といった犯罪臭漂うものも混ざっている。見られればリーダーの権威は失墜、それどころかピュアエレメンツを追放されてしまうかもしれない。せっかく手に入れた生き甲斐を奪われたくはなかった。

というわけでインフェルノに見せるためのフェイクのスケッチブックを用意しておかなければならない。なるだけ穏当で、趣味性が薄く、無難なもの。暴走してしまいがちな内なる自分を抑えつけつつ、鉛筆を滑らせていく。

魔法少女を続けていくのも中々大変なものだなあ、と独りごちた。

☆プリンセス・テンペスト

良い事は重なるものだ。

謎の敵という新展開は魔法少女アニメにとって必須ともいうべきものであり、いち早くそういった敵と戦う機会に恵まれたのは僥倖《ぎょうこう》という他ない。ちょっとだけ怖くもあったが、実際に戦ってみればそこまで強い敵ではなかった。

ラグジュアリーモードなら余裕、通常状態でもそこそこやり合えた。いや、通常状態でも勝てたかもしれない。相手が油断していたことを抜きにしてもきっと勝てただろう。

そして良い事は続いた。来月の遠足に朱里《あかり》が来ない。たぶん来れない、くらいにしかいってっていなかったとはいえ、彼女の母親がテスト間近の娘を子供会の手伝いに寄越すわけがない。娘の成績についてしょっちゅうぼやいていることは近所でもよく知られている。

朱里が来ないということは、それ即ち邪魔者がいないということだ。以前から温め続けていた計画をついに実行することができる。

それは魔法少女になってからずっと温め続けていた計画だった。それを主目的として魔法少女になったといっても過言ではない。素晴らしく、そして斬新な計画だ。

まず子供会の遠足当日、鳴《めい》はなんだかんだ理由をつけて休む。そしてこっそりとプリンセス・テンペストに変身し、子供会の後を追う。勿論服を着替えておくことを忘れてはならない。さすがに日常生活、しかも山の中で魔法少女のコスチュームは目立ち過ぎる。

そしてそして、偶然を装い鷹床山で子供会と遭遇し、南田翔《みなみだしょう》と知り合う。緋山《ひやま》朱里がいないのであれば、誰もテンペストを止める者はいない。テンペストの魅力に南田翔もノックアウトされ、遠からずお付き合いすることになるはずだ。

「魔法少女に変身し、服を着替えて意中の人とお知り合いになる」という誰も考えたことのない斬新極まるやり方を考えついた時、世界をとったと確信した。小学二年生が中学生と恋人になることはできなくとも、中学生相応の魔法少女なら中学生と恋人関係になってなにもおかしいことはない。朱里という最大の懸念がいなければ、翔の心は鳴のものだ。デートスポットとして相応しい場所とはいえず、余計なおまけとして子供達と保護者までついてくるが、それでもテンペストの可愛らしさを前にすれば霞むはずだ。

そのためにも色々なことをやってきた。寝る前に辞書を引いてルビを振りながら恋愛指南の本を読みこむ。各種のおまじないを試す。恋が実るという香水を東京のメーカーから取り寄せてふりかける。神様に祈る。仏様にも祈る。

全てが恋の成就のためだ。子供会の度に翔を見てきた。翔はやはり朱里を気にしている。だが鈍感な朱里にはそういう心の機微を察するような繊細さが無い。これはある意味では幸運であり、ある意味では不幸だった。朱里と翔がお付き合いを始めるようなことにはならなかったものの、中途半端な状態で放置されることになったからだ。

その中途半端な状態に終止符を打つ。

家の近くで朱里と別れ、自室の窓からこっそりと帰宅した。寝る前にランドセルの中身をチェック、体操着が準備されているのをチェック、宿題がきちんと終わっているのをチェック、隠し撮りした翔の写真にキス、神様に祈り、仏様に祈り、ベッドの上に寝転んだ。

夢と現の狭間でとりとめのないことが頭に浮かぶ。

鷹床山で翔といい感じになったとして、そこで謎の敵が来襲するという展開があるかもしれない。そうなれば翔を守って敵と戦い、期せずして正体を明かしてしまうことになる。

秘密を共有するという間柄になり、しかも吊り橋効果というやつで恋愛感情が燃え上がってしまったりするかもしれない。いや、するに違いない。

あまりにも幸せ過ぎる。こんなに幸せでいいのだろうか。妬まれたり嫉《そね》まれたりしないものだろうか。鳴は布団の中でまどろみながら、ぼんやりと微笑んだ。

☆プリンセス・デリュージ

プリズムチェリーを護衛し、無事に家まで送り届けた。幸いにも敵の襲撃は無かった。チェリーの家のベランダで別れ、隣の家の屋根に飛び移ってから振り返るとチェリーが小さく手を振っていた。デリュージは手を振り返し、屋根の上へ駆け出した。

走りながらも考えた。考えれば考えるほど気になった。

ピュアエレメンツ初期メンバーは全員ティアラとプリンセス・ジュエルを身に着けている。プリズムチェリーはティアラも無ければプリンセス・ジュエルも無い。今晩戦った三人の魔法少女もティアラとプリンセス・ジュエルを装備していなかった。

プリズムチェリーと初期メンバーとの違いは他にもある。プリズムチェリーは薬を飲まない。他の四人は魔法少女であるためには薬が必要不可欠だ。ハンマーや三叉槍といった固有の武器も持っていない。縫い針、鏡、シャボン玉のストローといったアイテムを武器としてカウントするとしても、喪服の魔法少女だけは完全に手ぶらだった。考えれば考えるほど、自分達と違うように思える。三人の魔法少女は、どちらかというとプリズムチェリーに近いのではないか、そんな気がしてならない。

プリズムチェリーと出会ったのは偶然だと思う。声をかけたのはデリュージの側だ。クラスメイトの加賀美桜《かがみさくら》が魔法少女に変身しているのを目撃し、学校で声をかけた。クラスの中に魔法少女の仲間がいたらきっと楽しい、そう考えた。偽ることなく、隠すことなく、ありのままの自分で接することができるクラスメイトが一人いる。そう思うだけでわくわくした。ただそれだけで深く考えようとはしなかった。

プリンセス・デリュージは、屋根の上から跳び、ビルの壁に取りついて駆け上がった。考えは広がるばかりで纏まろうとしてくれない。

三人の魔法少女に襲われたと報告した時、インフェルノは自分も戦いたかったのにと悔しそうだった。クェイクは怪我はないかと心配そうだった。プリズムチェリーは表情を失くして震えていた。インフェルノはどんな敵だったのかを訊き、クェイクは本当に魔法少女だったのかと確認し、プリズムチェリーはなにも話さず震えていた。

今思えば、他の二人に比べて反応が浮いている。敵が襲ってきたとはいえ、テンペストとデリュージは問題なく撃退した。テンペストは戦果を誇り、インフェルノに自慢していた。恐怖をもたらす敵、という印象を与えはしなかったはずだ。

プリズムチェリーは他に比べて戦闘能力で劣る。とはいえ、ディスラプターという殺意を持った敵と戦う時も恐れたり怯えたりはしない。勇気を持って立ち向かっている。なぜ彼女は大して強くもない敵の出現を知って怯えたのか。どんな敵が、どんな目的で襲ってきたのかを知っていたのではないか。

敵の内の一人は、人造魔法少女、そんなことを話していた。

マンションの壁をよじ登り、自室に戻った。変身を解除し、青木奈美《あおきなみ》に戻る。拡散し、霧消しかかっていた考えは徐々に纏まりつつあった。プリズムチェリーは、ひょっとすると、三人の魔法少女が狙っている「人造魔法少女」なのではないか。研究所から逃げ出し、ひっそりと市井で暮らしていた人造魔法少女――それがどんな物かまではわからない――を狙ってやってきた敵。賞金首を前にした賞金稼ぎのような口ぶりで、捕まえて連れていけばお金が貰える、手柄になるといったことを話していた。

――明日、チェリーに直接訊いてみようか。

あまり直接的に訊いて、それが真実であれ間違いであれ関係が壊れてしまうようでは意味が無い。なるだけ婉曲的で、それでいてこちらにはしっかりと真意が伝わるような、そんな質問を投げかけてみる。

その上で考える。デリュージはチェリーをどうしたいのか。護ってあげたいのか。それとも自分達の安全のためには身柄を渡してしまった方がいい、なんて考えているのか。

インフェルノなら絶対に守ってみせると誓うだろう。クェイクも同じだ。テンペストだって変わらない。ではデリュージはどうなのか。今晩戦った敵と同じレベルの相手なら問題はないが、もっと上にはもっと強い敵がいるのではないか。そんな敵と戦ったとして、無事に勝利することができるのか。

プリズムチェリーについては誘っても良かったのかどうか先生に質問をしておきたかった。独断で誘ってからも、これで良かったのか確かめておきたかったし、襲撃者の三人についても知っていることを教えて欲しい。他にも確認しておきたいことはたくさんあった。なのにここ数週間先生が顔を見せない。「どうしたんだろうね」と皆で不思議がっている。「先生も忙しいんじゃないかな」で片づけてきたが、本当にそれでいいものかはわからない。忙しいのではなく、どうしても来られない事情がある、もしくは来られない状態にある。嫌な考えばかりが頭に浮かぶ。

学習机に向かい、頭を抱えて考えた。纏まろうとしていた考えは再び散りつつある。

☆プリズムチェリー

とうとう来てしまった。いつか来るかもしれないと思っていたものが、ついに来た。三人の魔法少女が、人造魔法少女なるものを探していたという。人造魔法少女といわれて思い当るものは一つしか……正確には四人しかいない。「普通の」魔法少女ではない、「特別な」魔法少女達。揃いのティアラと宝石を持ち、定期的に薬を飲む。魔法少女選抜試験ではなく、研究所で魔法少女の才能を見出された四人の少女達。

デリュージ、インフェルノ、クェイク、テンペスト。彼女達四人のことだ。研究所出身というのが、いかにも人造という言葉としっくり合う。人造であることのなにが問題なのかはわからないが、とにかく狙われる存在なのだろう。「魔法の国」に反した存在であるのか、それとも「魔法の国」とは関係なく、産業スパイのような存在が技術を奪うために襲撃したのかもしれない。

「魔法の国」「本来こうあるべき魔法少女像」「正当な魔法少女選抜試験」これらについての知識を持っているのはピュアエレメンツの中でプリズムチェリーのみだ。プリズムチェリーが話せば、情報を共有すれば、とりあえず一歩前に進む。

その一歩が怖かった。

デリュージに送ってもらい、家に帰ってからも悩み続けた。

翌朝の朝食でも、登校中も、授業中も、全てが上の空でなにも頭に入ってこない。日常生活に慣れた身体が勝手に動いてくれるままに任せ、頭は別のことを考えている。

皆に話すべきか。話すとしたらなんといって話すのか。本当に話していいのか。

結論は出ない。今の関係を維持したまま情報だけを明かす方法は思いつかない。

味も感じないまま給食を終えた。昼休み、図書室にでも行って考えよう、そう決めて友人達に断り教室を出たところで呼び止められた。誰に呼び止められたのかはわかっている。ぎくっとしてしまったように見えないか、挙動不審になっていたりしないか、一つ一つ注意しながら振り返って笑顔を見せた。

「どうしたの？　青木さん」

「うん。昨日のことなんだけど」

目が合った。じっとこちらを見ている。目を逸らすことができず、見返した。

「これからけっこう危ないことになるかもしれないよね」

「そうだね。けっこう危ないかもね」

青木奈美、プリンセス・デリュージは、他の三人に比べると真面目だと思う。しかしここまで真剣な眼差しを向けられたことは出会って以来一度もなかった。

「プリズムチェリーは、最後まで私達に付き合ってくれる？」

「うん」

あれだけ悩んでいたのに、即答してしまった。考えるより早く言葉が出ていた。

「ありがとう。じゃあ私もプリズムチェリーのことを守るから」

「私も……私も、皆のことを守るよ。その、あんまり強くないけど」

どちらからというわけでもなく手を差出し、握り合い、奈美は手を外して走り出した。

「ありがとう！　それじゃまた後で！」

振り返った顔は、えらくすっきりとした表情で笑っていた。窓ガラスに映った自分を見ると、似たような表情で笑っていた。確かにすっきりしていた。

☆フィルルゥ

今日はドラマ視聴の日課を果たすことができなかった。急な来客に合わせて時間を空けなければならなかったためだ。人目を避けてコソコソと入ってきた魔法少女が、二人。

「いや、素晴らしいお部屋でございますね」

「本当に素敵だこと」

欠片もそう思っていないだろうに、妙に感情がこもっている。宮仕えではない、フリーランスの生き方として、お世辞に聞こえないお世辞の一つもいえなければならないのかもしれない。そしてそんな生き方はフィルルゥも学ぶべき時に至っている。

「狭い部屋ですが、どうぞどうぞ」

ビジネスホテルの一室だ。椅子が三つも備えつけられているわけがない。コートを脱いだ魔法少女達は、喪服が一脚しかない椅子に迷わず座り、オーバーオールとフィルルゥがそれぞれベッドの端に腰掛けた。

「えーっと。メールの内容について話してもよろしいのですかね？」

「ああ、そういえば他言無用でしたっけ」

「メールを受け取った者同士なら大丈夫だとは思うけど。どうしても心配なら適当にぼかしておくなりしておけばいいんじゃないかしら」

喪服の魔法少女はカフリアと名乗った。揉め事がある場所へ顔を出して解決を手伝い心ばかりの御礼を貰って暮らしているのだそうだ。

「てっきりアタシだけがいただいたとばかり思っていたんでございますがねえ」

オーバーオールの魔法少女はウッタカッタ。各部門で一時的に人手が必要とされる時、一定期間だけの限定契約で雇われる傭兵のような生き方をしているらしい。

「私もそう思っていたんですが」

フィルルゥも自分の現状についてある程度説明をしていた。求職活動中であることについても全て明かしている。なんとなく気恥ずかしい。

昨晩、人造魔法少女二人に追い払われ、散り散りになって逃げた後、フィルルゥを含めた三人の魔法少女はビルの屋上に戻って顔を合わせた。負け犬三匹だ。今更目的を隠して牽制しても仕方ない。人造魔法少女を追うようになった経緯を話し、全員が怪しいメールを受け取っていたことを確認した。

「なんにしても協力は必要よね」

「お嬢さん方、大した強さでございましたからね」

「一人で戦うっていうのは、ちょっと無謀ですよね」

不意をつかれた、こちらに協力する気がなかった、とはいえ三対二で蹴散らされたことは事実だ。ウッタカッタの頬にはあざがあったし、カフリアの髪にはガラス片が飛び散っていた。フィルルゥだってあのまま戦っていれば勝てたとは思えない。

「まあ、ここは協力すべきでございましょう」

「よね」

「ええ、それがいいかと」

手柄は三分割にする。金銭的な収入はウッタカッタとカフリアが分割し、就職する機会はフィルルゥが貰う。カフリアとウッタカッタは自分達のコネも使って手伝ってくれることを約束してくれた。あまり信用できない二人ではあるが「こうした約束を守らないと雇われは信用を失う」という説明にはそれなりに説得力があった。

狭苦しいビジネスホテルの一室で三人の魔法少女は膝を詰めた。

「戦闘面の連携もできるようお互いの魔法を教え合っておきませんか？　私の魔法は『魔法の針と糸でなんでも縫いつけることができる』です」

「ほうほう、なるほど。アタシの魔法は『不思議なシャボン玉』でございます」

「あら、皆素直に話しちゃうのね。私の魔法は『次に死ぬ人がわかる』よ」

フィルルゥは「たぶん自分は物凄く嫌そうな表情を浮かべているんだろうな」と思った。

ウッタカッタはなぜかにやりと笑い、

「それは素敵でございますね。この中の誰がいつお亡くなりでございますです？」

「いつかっていうのはわからないの。次に誰がっていうのがわかるだけ。それが五十年後になるかもしれないし、三分後になるかもしれない。少なくとも次は私じゃないから。おかげ様で今は安心しているけどね」

「全然安心できない情報をいただきましてありがとうございますです」

ウッタカッタはヒヒヒと、カフリアはホホホと笑った。フィルルゥは一人沈んでいた。

フリーランスの魔法少女というのはどいつもこいつもこんな感じなのだろうか。ついていけそうにない。やはり宮仕えが一番だ。いち早くこの状況を脱しなければ。

「ええと……カフリアさんの魔法はともかく、私とウッタカッタさんの魔法についてはもうちょっと話し合って連携できるようにしておきたいですね」

「役に立たない魔法でごめんなさいね？」

「あ、いえ、そういう意味では」

「背中に生えてるこれのおかげで」

カフリアは自分の背中を指差し、そこから生えているカラス羽をはためかせた。

「空を飛ぶことはできるから、そちらで役に立てないこともなくてよ」

今の第一目標は人造魔法少女が生み出されている研究所の場所を特定することだ。上空から下界を観察できるカフリアの飛行能力は失い難い。

「ええ、そちらについてもお願いします」

「とりあえず上の方から確認をいただきましてですね」

ウッタカッタが懐から本を取り出してベッドの上に広げた。地図帳だ。どうやらこのS市内の地図が描かれているらしい。ウッタカッタは地図上に指を置き、すっと撫でた。

「まず、人造魔法少女のお嬢さん方はこちらに向かって駆けていったわけでございまして。つまりこちらの方向に拠点があるのではないかと思われますです。さらにメールでは市内にある研究所という文面が使われていましたです」

「こちらの方向で、なおかつ市内に研究所があると」

「研究所と呼べる規模の施設ならそれなりに大きいかしら？」

「入口が小さく地下が広いなんてことになってると面倒でございますねえ」

「とりあえず怪しい建物をピックアップしてみましょうか」

「いくつか目星はつけておいたわ」

「こちらもご同様でございますです」

「じゃあ昼の内に見るだけ見てきますか」

「ヴェールしたまま着ても不自然じゃないコートってないかしら？」

「それはちょっと難しゅうございますですねえ」

「和装限定だとなおのこと難しいですよね」

三人は入口に近い者から順に立ち上がり、部屋を後にした。

幕間

☆ピティ・フレデリカ

「お客さんはお帰りになったかい？」

「ええ」

「満足してもらえたかね？」

「していただけたと思いますよ」

「そいつぁ良かった」

老婆は前歯を見せて笑った。粒の大きな歯がいくつか欠けている。

「人事の魔法少女と仲良くしといた方がいいってのはさ、あたしが現役で働いてた頃からよくいわれてたもんだよ。連中はただでかい顔してるだけじゃないからね」

「貴女《あなた》はまだ現役じゃないですか」

「煽《おだ》てたってなにも出やしないからね」

老婆は一しきり笑い、笑い過ぎてむせ返り、咳きこみ、フレデリカは背中を撫でてやった。涙を拭って前掛けで拭き「年は取りたくないもんだねえ」と嘯《うそぶ》く老婆は言葉ほど寂しそうではなく、やはり現役のつもりなのだろう。

湯飲み茶わんを載せた盆を持った老婆が襖の向こうに消え、部屋にはフレデリカだけが残された。

窓の外ではつがいと思しきカラスが二羽、電線の上で休憩をしている。風光明媚な名所とまではいかないまでも、もう少し景観に気を遣ってもバチは当たらない。

久々に会った7753《ななこさん》は変わることなく7753だった。枯れることも堕ちることも切れることも弾けることもなく、7753という魔法少女のままだった。テプセケメイと一緒に暮らしているそうだが、お互いに良い影響を与えているのかもしれない。とても好ましいと思い、それと同時にフレデリカが好かれることはないだろうとも思う。こちら側に引き寄せようとしても聞く耳持たずだろう。

プフレは聞く耳を持っているふりくらいはする。腹芸ならフレデリカを上回る。あの年齢で大したものだと思い、それと同時にお互い好きになることはないだろうとも思う。

プフレの目的は理解できる。頷きたい部分もある。だが彼女は先頭に立つべきではない。「正しい魔法少女」ではないからだ。

フレデリカはスノーホワイトを除く弟子とは良好な関係を築くことができていた。スノーホワイトによって排除されたキークという魔法少女とも、彼女の記憶を適当に寄せたり埋めたりしながら仲良くやっていた。

フレデリカは、キークの持っていた電脳領域にアクセスする権利を持つ。そのおかげでキークが行った魔法少女達の殺し合いゲームの記録を読み起こすことができた。

プフレという魔法少女がなにをし、なにをさせて死線を抜けてきたのかを知った。彼女は滅多なことで見誤らない。「猛スピードで走る高性能車椅子」という固有魔法を超え、プフレという戦力の中枢《ちゅうすう》を占めているのが、情報を得る力と処理する力だ。

7753というデータ収集の達人を懐に入れていれば猶更だろう。誰がどう動くかを正確に予測し、そこに手を入れて自分が望む未来を作り上げてしまう。大抵の指揮官が顔を顰《しか》めるであろうフレデリカという不安要素さえも懐に取りこむ。ウェディンの魔法を担保にされてしまうとフレデリカは悪さができず、現状最も必要な後ろ盾という飴《あめ》を前にされれば喜んで尻尾を振るフリくらいはしてみせる。

スノーホワイトとぶつかり合えばどうなるだろう。考えるだけで頬が緩む。プフレはスノーホワイトの試練となり、経験となり、正しい魔法少女への礎となってくれる。

もしプフレが見誤るとしたら、それはどんな相手だろうか。

感情が死んでいる機械。無私の聖者。理解し難い理を持つ宗教家。なにも隠さぬ狂人。違う。プフレは自分とは違う者、相容れない者ほど慎重に慎重を期して観察するだろう。

突発的な行動に支配された者だと判断すれば、それなりの処理をする。見誤ることはない。もしプフレが見誤るとすれば、プフレが見誤ることを良しとする相手ではないか。

窓の外のカラスはお互いに毛繕いをしている。景観はともかく、目に優しい光景ではあるのかもしれない。少しだけ心温まるものを感じながら袖口から茶封筒を取り出した。

中に入っていた指令は簡潔でわかりやすい。

才能の有無に関係なく人間を魔法少女化する新技術を基にした「人造魔法少女計画」は興味深かった。S市においてマスコットキャラクター「トコ」が使ったメソッドを踏襲し、さらにそれを発展させている。刹那的な時間稼ぎではなく、長期的な展望を見定め、金と時間をばっちり使い、完成度を上げている。フレデリカが求めてやまない「理想の魔法少女」を生み出すことができるかもしれない。

だが「魔法の国」が黙って見逃すとは思えない。「魔法の国」の試験を介さず魔法少女を増やし、個人が私兵を蓄えようとするような真似が看過《かんか》されるわけがない。「魔法の国」全体としてはともかく、トップの一部はメンツに懸《か》けて阻止しようとするはずだ。

「ふむ」

プフレの自宅が襲撃された。現在、人事部門の主立った魔法少女、それに本人は動くことができない。だからこそフレデリカを使おうとしたのだろう。フレデリカはこうした工作に適している。人選は間違っていない。

なぜ、こんなことをしようとしているのか。どうしてこんなことをしなければならなくなってしまったのか。プフレの自宅を襲撃したのは何者でどんな目的があったのか。

人造魔法少女計画を潰そうとしている勢力がある。プフレは黙って潰させてやるほど暢気ではないし優しくもない。素直に潰されもせず、泥臭く抵抗するわけでもない。相手が思っていない方向から騙し討ちをしてみせるのがプフレという魔法少女だ。

公開された技術、既成事実として広めてしまうのが目的だろう。こうなれば「魔法の国」の保守強硬派も闇から闇へと葬るわけにはいかない。技術を禁ずるにしても認可するにしても話し合いになる。そうなれば最高権力者である三賢人の合議制だ。どんなロビー活動をしているのか知らないが、勝算は充分にあるのだろう。

元よりそのつもりだったのか、それとも追い詰められて仕方なくしているのか。プフレは技術を自分で独占しようとしていない。拡散し、広め、共有しようとしている。なんのために？「魔法の国」に対抗する力を手に入れるためだ。

——お嬢様も案外泥臭い真似をする。

フレデリカは考えてばかりいるわけにもいかない。ウェディンの魔法は未だ強制力を持っている。７７５３に逆らうことは許されず、それはプフレに逆らえないことも意味していた。それを含めて人事部門に庇護を求めた。フレデリカを傘下《さんか》に加えようという奇特なパトロンがいるとすれば、フレデリカをコントロールする術を持っている。それはプフレにとっての７７５３だ。

すっと襖が開き、フレデリカはそちらに目をやった。

左腕の肘から先が無く、顔の左側に刀傷が走り左目部分が潰れている魔法少女が立っていた。コスチュームは全体が忍者のようだ。

「ただいま帰りました」

「ご苦労様。とりあえず今は休んでください。美味しいお茶を淹《い》れてあげましょう」

第二章　あなたと出会えた奇跡

☆プリズムチェリー

訓練の時間を終え、ピュアエレメンツはブリーフィングルームに戻ってきた。テーブルを囲んで全員が椅子に腰掛ける。テンペストは浅く腰掛け、インフェルノは椅子の上で胡坐をかいた。クェイクは膝を組んでいる。

休憩時間は即ち自由時間だ。各人がやりたいことをやりたいようにやる。勿論、他の魔法少女に迷惑をかけないというルールが崩れたりするわけではない。

クェイクは携帯型ゲーム機に没頭し、インフェルノは少年漫画誌を読み、デリュージはインフェルノが読んでいる漫画誌を隣で見ていた。テンペストは算数の教科書とノートを広げ、プリズムチェリーは助言するべくついている。

テンペストは腕を組んでノートを見下ろしていた。口を引き結び、眉間には皺が集まっている。プリズムチェリーは横から計算式を指差した。

「ここは隣から借りてくるんだよ」

「そっか。十借りてきて」

「ああ、惜しい。そっちじゃなくて」

「あっ、逆か。そうだそうだ、こっちだったこっち」

「そうそう」

　プリンセス・テンペストは、間違った式を消しゴムでごしごしと消し、ぷう、と消しゴムのカスを吹き飛ばした。さらさらと書き直していく。

　なんとなく自信ありげに新たな計算式を鉛筆で指した。

「これで合ってるよね？」

「その通り！　正解！」

「よしゃ！　次いこ次」

　挑みかかるようにして次の問題へ向かうテンペストを見てプリズムチェリーは頬を緩めた。兄弟姉妹はいなかったが、妹がいたらこんな感じだろうか、と思う。勉強が得意な方ではなくても小学校低学年の宿題を手伝うくらいはできた。

　クェイクがゲーム機をテーブルに置き、くすりと笑った。

「この前宿題忘れて怒られたんでしょう？　次はしっかりやらないとねえ」

「ひっひひ、魔法少女にかまけて勉強ができませんなんてみっともないし」

インフェルノが漫画誌に目を落としたまま抗議の声を上げた。

「ちょおっとテンペスト。なーんでこっちの方見ながらいうのさ」

「インフェルノ、テストの成績がどうこういってたじゃん」

「いやいや、でも小学校に比べて中学のテストって嫌なもんだよ」

デリュージからのフォローにインフェルノは大きく頷いた。

「お子様用とは難易度が違うからね」

「そうやってインフェルノは大人ぶるんだから」

「インフェルノは大人だよ」

「そうそう、クェイクがいいこといった。あたしは大人、大人」

「他の人よりたくさんテストをやりたがるなんて偉いもんだ。子供にはできないね」

「そうそう、普通は追試なんてしないから……っておい」

四方白一色の壁に囲まれ、埃一つ無いという神経症じみた部屋の中で少女達の明るい笑い声が響いた。

テンペストもひとしきり笑い、笑いながらシャーペンをノックしたが芯が出てこない。縦に揺らしてみたが、シャーペンの芯が動く音は聞こえなかった。

「あれ?」

「どうしたのテンペスト?」

「芯が切れたみたい」

筆箱を開き、首を傾げ、その後ランドセルを底ざらいにして探しているようだが、教科書とノート、あとは消しゴムと蛍光ペンくらいしか出てこない。

テンペストは「むう」と唸った。どうやらシャーペンの芯が出てこないらしい。ああいう小さな物は、いつの間にか失くしていたりするものだ。

「鉛筆貸そうか?」

「クェイクの鉛筆濃すぎるもん。ノート汚くなっちゃうよ」

「贅沢だなあ」

「よし、じゃあ家まで帰って取ってくるから。チェリー、それまで待っててくれる?」

「待ってる待ってる。ほら、早く行っておいで」

「早く戻ってきなよ? 休憩時間終わっちゃうからね?」

「わかってるよ。それじゃいってきまーす」

☆レディ・プロウド

血の臭いを辿って亀の歩みのように少しずつ、少しずつ、臭いを逃さないよう慎重に慎重を重ねて歩を進め、すぐに飽きてしまうアンブレンを宥め、二日費やして着いた先は廃業した工場跡だった。研究所、という感じではないが、偽装した上でなんらかの施設を隠すなら立地条件含めて悪くないようにも思える。

「ここで臭いが途切れている」

「やーっと着いたの？　時間かかり過ぎ」

アンブレンの責めるような口ぶりは気にしていたらキリが無いため気にしないことにした。正面入り口はがっちりと鎖で縛られている。錠も錆《さ》びつき、最近開けられた形跡は無い。魔法少女の腕力なら強引に破壊することも可能だが、研究所に出入りしている者は別の出入り口を利用している、ということだ。

アンブレンは右回り、レディ・プロウドは左回りで廃工場の周囲を半周し、小さな裏口が設置されているのを発見した。錠は既に壊れ、扉が閉まらなくなってしまっている。

「ここから出入りしてるのかな？」

「気配は感じない、が……」

ギイッと嫌な音を立てて扉が軋《きし》み、開いた。

中には誰もいない。が、床を指先で撫でても埃が薄い。定期的に掃除されている。廃工場なりにオーナーが大切に扱っているなら、床掃除よりも先に錠前をどうにかするだろう。不自然だ。調べるだけの価値がある。

壁にはこの工場の歴史についてずらずらと並べ立てられた紙が貼りつけられていた。ここでは元々冷凍食品を作っていたらしい。廃業に当たって売れそうな機械は徹底的に売り払ってしまったのだろう。広くもない場所に物も残っていない。

規模が小さいため、工場跡、トイレ、休憩室、給湯室、それくらいを調べてしまえば、もう調べる場所はなく、期待に胸を膨らませてやってきた魔法少女もすぐ手持無沙汰になる。特に気になる物や場所は無い。

アンブレンは、といえば部屋の隅で蜘蛛《くも》の巣をじっと見ていた。

「なにを見てるんだ？」

「蜘蛛の巣が雨露《あめつゆ》に濡れて綺麗だなって」

「真面目に探す気あるか？」

「正直、あんまり」

探索要員として連れてきたわけではないにしても、もう少し働いてくれてもバチは当たらないと思う。思うが、あまり強くいってじゃあ帰りますといわれても困る。なにかしらの緊急事態が発生した時、アンブレンの存在は頼りになるからだ。

一通り工場内を探してからもう一度探索し、さらに探索、これ以上調べる所も無いだろうと思ってアンブレンを見るとやっぱり蜘蛛の巣を眺めている。

血の臭いは確かにここで途切れている。ここでなにかしら行われた、あるいは行われているはずだ。人間は勿論、魔法少女であっても特殊なタイプでなければこの臭いそのものに気づくことはないだろう。

小さく舌打ちをし、休憩室の畳にマントを敷いて腰を下ろした。

レディ・プロウドは決して探索が得意な魔法少女ではない。そういう技術を持っているのは、監査部門の捜査班だったり、人探しが得意なフリーランスの魔法少女だ。だが、そういったスキルを持つ魔法少女に助けを求めることはできない。メールは秘密の厳守を要求していたし、なにより外交部門で獲物を独占したいという事情がある。

アンブレンが非協力的な以上、とにかくレディ・プロウドが舐めるように調べ上げるしかない。悲壮な決意を胸に、もう一度調べようと立ち上がりかけ、なにかを引きずるような音が聞こえて動きを止めた。

休憩室から顔を出して工場の中を窺うと、アンブレンが傘を開いて身構えている。彼女の向いている先——クレーンの操作装置がじりじりとスライドしていた。

「なに、あれ」

「静かに」

操作装置が動きを止めた。床に大きな四角い穴が開いている。と、そこからひょこっと頭を出した者がいる。

魔法少女だ。

髪を二つに縛り、黄金色の林檎の髪飾りを散らしている。背中には巨大な月桂樹の輪を背負っていた。魔法少女は驚きの表情でレディ・プロウドを指差した。

「ああっ！」

次いでアンブレンを指差す。

「また来た！　今度は別のが！」

さらに天井を指差す。

「あんな所にまでいる！」

指差した方を見てぎょっとした。天井近くの梁に腰掛けている者がいる。道化師だ。道化師の格好をした仮面の少女、恐らくは魔法少女がこちらを見下ろしていた。

「あんた達の好き勝手にはさせないんだからね！」

少女は穴から半身を出した。手には大きな刃状の武器が握られている。レディ・プロウドは慌ててアンブレンの背後に隠れた。

「待ちなさい！　こちらに争うつもりはない！」

「騙されたりしないもん！」

少女は武器をぶんと投げた。あの大きさで飛び道具だったとは、軽く意表を突かれた。あらぬ方向に投げられた武器は、壁や売れ残った備品や設備等を切り裂きながらぐるりと回って天井近くを通過していく。

道化師の魔法少女はあたふたと窓の外に逃げていき、武器の軌道はさらに回ってぶんぶんと回転しながらこちらを目指しているのに気づき、アンブレンは向きを変えて傘を武器に向けた。

アンブレンの傘は魔法の傘だ。どんな攻撃であろうとふんわり優しく受け止める。猛烈な勢いで工場内を切り裂いた重い刃をふわっと受け止め、工場の床に転がした。武器はガランと転がり、ふっと消え失せた。

ハッとして振り返ると穴の中の少女も消えている。

「逃げたか」

「逃げたね」

道化師の魔法少女も気になるが、それよりもこの穴だ。いったいどこに続いているのか。

☆ファル

S市での探索は三日目に入った。

スノーホワイトは予備校の看板から電柱の頭に移動、そこから郵便局の屋上に移って助走をつけ信号機、信号機、ビル壁と三段跳びの要領でポンポンポンとテンポよく跳んだ。

下界に走る車の数は深夜ともなれば随分と減る。だが人がいないわけではない。歓楽街の方はまだ安っぽい明るさに満ち、似たような目的でそこにいる男女が賑やかにざわめき、酔って電飾看板に寄りかかるサラリーマンや一触即発《いっしょくそくはつ》の空気の中で睨み合う若い男達がいたりする。

スノーホワイトはそういったものにちょくちょく介入しながら移動を続ける。人助けは魔法少女の本分ではあるが、地元の魔法少女にしてみれば縄張り無視もいいところだ。抗議されたところでスノーホワイトにとっては蛙の面になんとやらというところだろうが、もし上に持っていかれたらそれなりに面倒なことになる。

だが地元の魔法少女に出会うことはなかった。かなり派手に動き、縦横無尽《じゅうおうむじん》に駆け巡っているにも拘《かか》わらずファルのレーダーに魔法少女の反応は無い。

「……このあたりの担当者は？」

「担当者って？」

「名前と魔法」

「ちょっと待つぽん……名前はプリズムチェリー、魔法は『鏡に映ってる映像を自由に変える』ぽん。担当区域はS市全域、棚井《たない》町、吾孫《あび》町、相成《あいなり》町、それに殿江《とのえ》町」

「ありがとう」

ビルからビルに跳び、屋上を駆けていく。ファルは、スノーホワイトは地元の魔法少女のことを気にしていないのかと思っていた。しかし今の聞きようからするとそうではないらしい。スノーホワイトは「これだけ動き回っているにも拘わらず、地元の魔法少女と出会わないことを気にしている」のだ。

ファルはレーダーの反応を注視しながらスノーホワイトに話しかけた。

「あんたわざと雑に動いてないぽん？」

「雑に動いてるつもりはないよ」

「なら大胆っていえばいいぽん？」

地元の魔法少女と接触したい、といえば聞こえはいいが、揉め事を起こしたいということとほぼイコールで結ばれている。スノーホワイトは僅かに口元を緩めて誰にいうとでもなしに、

「ファルはだんだん遠慮が無くなってきたね」

と呟いた。

「遠慮してたら無茶しかしないお姫様がいるせいでございますぽん」

冗談めかしているが、内心気が気ではない。つまりは自分を生餌《いきえ》に使って釣りをしている。かかってくる獲物がスノーホワイトとファルで対処できる相手ならいいが、いつまでそれが続くか知れたものではない。雑魚《ざこ》を釣って外道《げどう》がかかったとぼやく程度で済めば良し、鱶《ふか》がかかる日もあれば鯨《くじら》がかかる日だってある。漁師の生命に関わるだろう。

スノーホワイトは自分の安全という点について驚くほど無頓着《むとんちゃく》だ。ファルがどういっても聞き入れようとはしない。リップルがいなくなったから自暴自棄になっているのか。

そう訊ねてやりたかったが、どんな返事を想像しても空恐ろしく、スノーホワイトがどれだけ傷ついているかを考えるだけで胸が痛み、とても訊けたものではなかった。

　リップルの魔法の端末からメールを受け取り、彼女の生存を信じて行動している。リップルに再会するのが目的なのだから当然自分の身の安全にも配慮している。そうであって欲しい。

「もう少し落ち着いていくぽん」

　ファルがそう声をかけた時、単純だが耳に触る電子音が鳴り響いた。わざと耳に触る不快な音を設定してある。いざという時に気付けなければ警戒音としての意味が無いからだ。半径二百メートル以内に魔法少女が出現した。正確に位置を確認しようとした時にはぶつかる音がし、続いてスノーホワイトが後ろ向きに一回転して屋上の金網を背にした。

　魔法少女がそこにいた。なにが面白いのか、満面の笑みを浮かべている。全体的に配色が毒々しく、頭には冠のように大きく、色鮮やかな秋桜《コスモス》を戴いていた。

　元の主であるキークは、魔法少女を愛し、彼女なりに考えた正しい魔法少女像を模索していた。その過程で蓄積された魔法少女の資料が、ファルの中に詰まっている。単なる名鑑、名簿ではない、性格傾向や裏の仕事まで含めた膨大なデータ集だ。

「袋井《ふくろい》魔梨華《まりか》。元魔王塾塾生。クラムベリーやフレイミィの同輩だった魔法少女ぽん」

「ほう！　マスコットキャラクター！　てことはけっこう骨のある魔法少女だ！」

「頭に魔法の花を咲かせるぽん。見た目は間抜けだけど頭の花は不思議な力を持ってるぽん。舐めてかかると痛い目見るぽん」

ファルは魔梨華の反応を無視して解説を続けた。

この魔法少女「袋井魔梨華」は、レーダーの範囲内に入ってくるなり、いきなり攻撃してきた。速度からいってもスノーホワイトを捕捉してから全力で直線移動し体当たりなり蹴りつけるなりしたことが窺える。つまりは敵だろう。

敵であるファルに、自分について話されている。ファルとしても「お前のことを知っているんだぞ」という意味を込めて牽制のつもりでわざと大きな声を出している。なのに「自分を知られている」という大事に全く頓着することなく嬉しそうに笑っている。

ファルはイラつく気持ちを抑えて続けた。

「力が全てで弱肉強食が法という魔王塾の中にあってさえ、その凶暴性ゆえに放逐された暴れ者……戦車と格闘がしたいという理由で南米に渡って麻薬密売組織に喧嘩を売るなど、とんでもない真似をしてのける戦闘狂ぽん」

中東に渡って内戦を鎮圧した魔法少女も傍《かたわ》らにいたが、それについては置いておく。

「レーダーに引っかかる位置にはいないけど……仲間がいるかもしれないぽん。戦いのみを求めるという理念ともいえない理念に共鳴した魔法少女と行動をともにしていることがあるぽん。魔王塾の後輩であるエイミーともな子は、魔王塾卒業生の例に漏れず高い戦闘能力を有しているぽん。スタイラー美々《みみ》は魔王塾出身ではないけど、袋井魔梨華の良き理解者として知られているぽん。中にはスタイラー美々こそが袋井魔梨華を陰から操る狂犬のハンドラーだという者さえいるらしいぽん。勿論戦闘能力については折り紙付きぽん」

袋井魔梨華が無造作に足を踏み出した。スノーホワイトの背後は金網で塞がれている。

ファルはあえて長々と説明していた。魔法少女間の戦闘においては、「相手の魔法を知っていること」が、個体の強弱や相性を超越し、即勝敗を決めることがある。それだけ情報の重要性は高い。「お前のことをこんなにも知っているんだぞ」とアピールし、戦意を減退させ、逃げ腰にさせる。はずだった。

「気をつけるぽん、スノーホワイト。こいつは」

「スノーホワイト？　……そっか！　魔法少女狩りかあ！」

袋井魔梨華の笑顔は輝かんばかりとなった。口の端から今にも涎が流れそうだ。

「運命っていうのはあるなあ！　フレイミィはどうだった？　満足できたか？　できなかっただろ？　私ならもっと歯応えがあって美味いぞ。ただし毒が混じってるけどな」

スノーホワイトは若干の前傾姿勢で身構えたまま動こうとしない。袋井魔梨華はさらに一歩を踏み出した。

鳴り響いていた警戒音がさらに一段階大きさを増し、ファルは魔梨華の背後から弾丸のように飛来した影を見た。

☆スタイラー美々

「なにをやってんですか！」

わざとらしく大声を出したものの、なにをやっているかは容易に推測できた。喧嘩を売っているのだろう。なぜ大きな声を出したかというと、こちらに制止しようとした意思があるのだと相手に伝えている。

そして全力で駆けつける。これだけ努力して止めようとしているんですよと相手に見せておく。その上で袋井魔梨華がしでかしたとしても、美々は精一杯の努力をした上で止められなかったということだ。そうなってくれないと困る。

「物騒なことはやめてください」

「まだ物騒なことになってねえし」

袋井魔梨華は躊躇《ちゅうちょ》なく不意討ちをする。背後からかっとんできて後頭部に一撃を入れるような真似を平然としてのける。

不意討ちによって打倒されてしまった魔法少女は袋井魔梨華と戦う権利を失い、不意討ちを回避したり耐えたり反撃したりするような強い魔法少女は袋井魔梨華と戦う権利を手に入れる、というのが魔梨華の言い分だ。当然、ここからは正々堂々真っ向《まっこう》勝負を挑む。

順番が間違っているという美々の指摘は、常に無視された。

今回も同じだった。ビルの屋上にいた魔法少女を発見した魔梨華は、彼女の持つセオリーに従って全速力で移動し、制止しようとした美々の手は虚しく空を切り、慌てて追いかけてきたが、どうやら不意討ちは失敗した。失敗してしまった。

全体が白い魔法少女だった。学生服を基調とし、腕章や花飾りでポイントポイントを締めている。ブーツの質感が若干浮いている、カチューシャの蕾《つぼみ》はもう少しだけ開いている方が見る者の目を楽しませるだろう、といった職業柄の意見を頭の隅へと追いやる。

腰に提げた古い布袋は、元々のコスチュームではないようだ。それだけが極端に使い古されている。恐らくは魔法のアイテムだろう。パッと見だけでは用途は不明。

視線は美々と魔梨華の二人をしっかりと見据え、だが周囲への警戒も怠《おこた》ってはいない。魔梨華の不意討ちで沈まなかったことからもわかるが、豊富な戦闘経験と高い身体能力を有し、魔法についても熟達している。

生半《なまなか》なベテランであってもいきなり襲われれば慌てたり怯えたりするものだ。この魔法少女は、嫌味なくらいに落ち着き払っていた。低く身構えた姿勢には隙が無い。

「スタイラー美々ぽん！」

ぎょっとした。妙な語尾で子供のように甲高い合成音声だ。白い魔法少女の胸元から聞こえた。電子妖精タイプのマスコットキャラクターであると思い当り、内心げっそりとした。マスコットキャラクターとともにいる魔法少女は、それなりの地位にあるか、なにかしらの後ろ盾を持っている。

魔梨華の喧嘩相手とするには具合が悪い場合が多い。

両掌を開き、頭頂部の位置よりも高く掲げて相手に見せた。

「そこの馬鹿が大変失礼しました」

「おい、そこの馬鹿って誰だ」

そこの馬鹿の声には応えず、美々は続けた。

「不幸な勘違いによってうっかり身体をぶつけてしまったかもしれませんが、こちらに貴女と戦う気はありません。申し訳ありませんでした」

「戦う気無いわけねえだろ。せっかく魔法少女狩りに会えたのに」

――魔法少女狩り？

学生服を基調とした白いコスチューム、電子妖精タイプのマスコットキャラクター、古びた布袋、それに可愛げのない態度。そうか、と腑に落ちた。噂で聞いた通りの見た目だ。それに魔法少女狩りの異名を冠している彼女なら魔梨華の不意討ちにも耐えるだろう。名立たる悪党魔法少女を単身で摘発し、その名を聞くだけで無法者は震えあがるという。

美々は掌を相手に向けたままで三歩退いた。いつかこんなことになるだろうとは思っていた。恩人の胸像を踏み砕き、かつての仲間相手に大立ち回りをするような邪知《じゃち》暴虐《ぼうぎゃく》の

魔法少女がいつまでも許されていいわけはないのだ。

年貢の納め時という言葉を思い浮かべた。時代がかった言い回しなのに納まりがいい。

魔梨華はここで狩られるのだろう。

ただただ嫌なやつで他人に迷惑をかけるだけの乱暴者、暴力の化身、近づく者全てに噛みつく狂犬、魔王塾の忌子《いみこ》だったが、こうなってみれば哀れなものだとも思う。さようなら袋井魔梨華と心の中で別れを告げた。

美々の思いなど知る由《よし》もないだろう。スノーホワイトから目を逸らさないまま、魔梨華は疑問の声を上げた。

「なんだ？　止めるんじゃねえの？」

「いいえ、止めませんとも。止めやしませんとも」

「なんだ、急に物わかりよくなったな。いつもその調子で頼むよ」

魔梨華が摺足《すりあし》でさらに半歩進み、スノーホワイトとの距離は凡《およ》そ五メートルになった。真後ろに立っているのもそれはそれで危ない。美々は二歩右に移動し、今度はスノーホワイトが動いた。いよいよ魔法少女狩りが狩りを始めるのか。

スノーホワイトは前傾から直立に姿勢を変え、美々と同じように掌をこちらへ向けた。

「戦う気は全くありません」

「なんで？」

「どうして」

「なんで?」の方は魔梨華が心底から不可解そうに聞き返した声で、「どうして」の方は残念であることを隠しきれなかった美々の声だ。スノーホワイトが応えるよりも先に耳障りな電子音が鳴り、美々はビルの右手に目をやった。

唐突に気配を感じた。速度が速いというのではない。気がついたらそこにいた。金網の向こう側で道化師が肩を竦《すく》めて立っていた。

☆ファル

ファルは合計三つの理由から動揺した。

一つ目はレーダーに反応があったのと同時に魔法少女がいたということ。袋井魔梨華やスタイラー美々の早業も恐るべきものだったが、瞬き一つの半分程度でも出現までに間があり、勢いよく跳んできたという行為から生じるエネルギーを示していた。その魔法少女——右面は目を閉じ、左面は目を開いて涙を流すという戯画化された表情を描いた仮面で顔の大部分を覆い隠していた——道化師のような魔法少女は、移動に要したエネルギーを見せることなく、唐突にそこに現れた。

二つ目は道化師が足場のない場所に立っていたということ。ビルの屋上は四方を金網で塞がれ、その先にはなにも無い。

道化師はそのなにも無い場所に立っていた。宙に浮いたり空を飛んだりする魔法少女は決して少なくなかったが、道化師はそのように一般的な手段で立っていたのではなかった。彼女は竹馬に乗っていた。悪い冗談のようだ。

三つ目は道化師を見てスノーホワイトが動揺したということ。スノーホワイトは怒ることもあれば喜ぶこともある。しかしそれを他人に知らせようとはせず、自分の中に閉じこめようとする。

ファルはスノーホワイトの表情の小さな変化で内面の感情を知ることができた。具体的にどこを見ればいいのか、かつてリップルが教えてくれたからだ。今回、スノーホワイトは身構えて後ろに退こうとしたが金網に踵が当たるだけで後ろへ下がることはできず、急いで後ろを確認してからもう一度前を見た。

うろたえ、たじろぎ、しかもそれを全く隠すことができていない。今までに無かったことだ。

袋井魔梨華は闖入者《ちんにゅうしゃ》を睨み、スタイラー美々は口を半開きにして驚いている。二人とも予期していたことではなく、さらに知り合いというわけでもなさそうだ。

道化師は竹馬からひょいと飛び上がって金網の上に乗った。二本の竹馬は左手で纏めて持っている。これだけ長いのだから重量も相当なものだろう。金網の縁がたわみ、歪んだが、バランスを崩すことなく立っている。

道化師は左手の竹馬を袖口の中にするすると仕舞っていき、やがて二十メートルを超すであろう長大な竹馬の全てが袖口に消えてしまった。袋井魔梨華が「ひゅう」と口笛を吹いた。これが道化師の魔法だろうか。

見たこともないし聞いたこともない魔法少女だ。キークのデータベースに存在しないということは、かなり最近の魔法少女ではないだろうか。しかし新人にしては動きが堂に入っている。三人の武闘派を前にして気負うところが無い。

道化師は両腕を開き、一気に閉じた。両手を打ちつけたパン、という音が空気を震わせ、打ちつけた手を少し開くと万国旗がずらっと連なっていた。

「で、誰よ？」

道化師本人以外の全員が抱いているであろう疑問を袋井魔梨華が口にした。道化師は首を傾げ、トン、と金網を蹴って宙を跳んだ。隣のビルの壁を蹴り、その反動で半回転して風俗店の電飾を蹴り、ネオンを一瞬暗くしてビルの鉄柵に手をかけた。

扮装だけでなく動きも道化師のようだ。跳ねたり跳んだりする中で手を広げたり肩を竦めたりと滑稽な動きを織り交ぜ、薄らとしか見えない星空を背景に踊っているような動きでポンポンと跳ねている。

道化師はこちらを振り返り、右手の人差し指を立て、背後を指し、とん、と小さく跳んでから駆け出した。

瞬く間に小さくなっていく背中に「待てこら！」と袋井魔梨華が声をかけたが止まらない。魔梨華が駆け出し、「これ以上問題を起こすな！」と美々が追いかけ、それにスノーホワイトが続いた。四人の魔法少女が歓楽街の上を駆けていく。

スノーホワイトはいつものスノーホワイトに戻っていた。ふてぶてしく、可愛げが無く、なにがあっても動じない。捨て鉢にさえ見える開き直りぶりで事に当たる。

——なにがスノーホワイトを動揺させた？

「なあ、あいつ、どう見るぽん？」

「どう見るって？」

「こっちにはデータが無いぽん。最近魔法少女になったばっかりか、そうでなければ……」

一つの可能性に行き当たった。データベースには存在せず、その立ち居振る舞いはベテランのそれである、という魔法少女がいたとして、どんな魔法少女か。

「表に出せない魔法少女だったりしないぽん？」

汚れ仕事の専門家として育てられたレイン・ポゥという魔法少女がB市にいたらしい。正式に登録されることはない闇の中から闇の中へ消えていく魔法少女。そこの道化師もそういった存在なのではないか、と思ったのだが、

「違うと思うよ」

すぐさまスノーホワイトに否定された。

「ええ？　違うぽん？　今すごいドンピシャいったと思ったんだけど」

「あの子には後ろめたさが無い」

「……ああ」

スノーホワイトは「困っている人の心の声が聞こえる」という魔法を使う。普通に困っている場合だけでなく、「こんなふうにしたい（けれど、こんなことになったら困るな）」という深層意識の声まで聞き取れるのだという。

さっき袋井魔梨華相手に戦う気が無いと手を挙げたのも、その魔法を使ってのことかもしれない。袋井魔梨華に関しては、戦うより戦いを拒否される方がよほど「困る」だろう。もっともそれは心を読めないファルにもわかる。

「声が聞こえたぽん？」

「悪い子じゃない。でもなにかおかしい。純粋過ぎる」

「……それってどういうことぽん？」

「わからない。初めて聞くパターンだから。目的を持ってはいるけど、遂行しようという意気込みは伝わってこない」

☆プリズムチェリー

「クェイクの鉛筆はお絵かき用だからね」

「そういえばスケッチ見せてくれるって話どうなったのさ」

「どうなったものなにも、最初から進んでないよその話」

「え？　スケッチってなに？」

「いや、頼むからそこ食いつかないで」

隔壁《かくへき》が開き始め、全員そちらを見た。今来るとしたらテンペストしかいないが、戻ってくるにしてはいくらなんでも早過ぎる。

「大変大変！　大変だよ！」

テンペストは慌てふためいて戻ってきた。シャープペンシルの芯が足りなくなってちょっと家まで取りに行ってくる、といって飛んでいき、なぜか戻ってくる時は慌てている。しかも戻ってきたのが異常に早かった。

ピュアエレメンツ最速を誇るプリンセス・テンペストとはいえ、戻ってくるのが早過ぎる。それにシャープペンシルの芯をとりにいっただけで、

「ヤバイよ！　すごいことになった！」

大慌てに慌てていた。ブリーフィングルームの隔壁が開くのも待ちきれなかったらしく、

隔壁に肩をぶつけながら強引に身体を押し入れてきた。

「なんでそんなに慌ててるの」

　インフェルノと漫画を読む速度について話し合っていたプリンセス・デリュージが首を傾げた。インフェルノが漫画誌から目を離してテンペストに顔を向ける。

「どしたん？」

「大変なんだって！　とにかく大変なの！」

　その時だった。大きなビープ音が部屋の中に響き渡り、プリズムチェリーの心臓がドキリと跳ねた。どうしたものかと周囲を見渡すと、プリンセス達は弾かれたように椅子を蹴倒してモニターに向かっている。

　一拍遅れてプリズムチェリーもそれに続いた。クェイクの肩越しにモニターを覗くとそこは研究所の入口だった。幾人かの人影が映っている。

　立派なマントを羽織っている者と大きな傘を持っている者の二人組だ。

　心臓がもう一度どくんと跳ねた。魔法少女だ。

「そうなんだよ！　敵がいたんだよ！　ピエロみたいなのと、マントを着けてるのと、おっきな傘を持ってるのが襲いかかってきたんだよ！　本当だよ！　嘘じゃないから！」

「落ち着いてテンペスト。嘘だなんていわないから」

「また敵ぃ？」

「しつこいなあ」

「前見たやつと違うよね？」

「次はあたしが戦うから」

「インフェルノ美味しいとこもってこうとしてるでしょ」

「テンペストはこの前美味しいとこもってったばっかじゃん」

「レディーファーストだよ」

「そんなことというなら全員レディーだよ」

軽い口調で話しながら、プリンセス達の表情は油断なく引き締まっていた。

プリズムチェリーは胸を押さえた。これからなにが起こるのだろうと考えると胸が苦しかった。やるべきことはわかっている。もう決めた。プリズムチェリーはピュアエレメンツのメンバーだ。ピュアエレメンツを守るために動く。

☆ファル

道化師の追跡は、さほど難しくもなかった。袋井魔梨華、スタイラー美々の方から妨害されることもなく、道化師から攻撃されることもなく、つかず離れずでビルの上を駆けていく。むしろ道化師の方がちらちらと後ろを意識している。

「どうするぽん？」

「とりあえず、追いかける」

袋井魔梨華とスタイラー美々も走りながら何事か言葉を交わしている。スタイラー美々の表情は剣呑《けんのん》で、袋井魔梨華はにやついていた。

と、スタイラー美々がすすっと近寄り話しかけてきた。袋井魔梨華と話していた時の剣呑さは既に薄れ、どちらかといえば申し訳なさそうな表情を浮かべている。

「その、スノーホワイトさん……でよろしいんですよね？」

スノーホワイトは走りながら頷いた。

「ひょっとしてあなたも怪しいメールを貰ってこの町に来た口で？」

あなた、も、といった。つまり自分もそうであると認めている。

「スタイラー美々さんもですか？」

「まあ、私はおまけといいますか付き添いといいますか無理やり連れてこられたむしろ被害者サイドといっても過言ではないんですが、胡散《うさん》臭いメールを受け取ったことが発端らしいです。そこの馬鹿が」

にやついたまま走っている袋井魔梨華を顎で指した。

「強いやつがいるらしいから戦いに行こうとかたわけたことをいいまして」

原因を他人のせいにするスタイラー美々の責任転嫁ぶりは、むしろ望むところだ。自己保身を願っている者は御《ぎょ》しやすい。我が身の破滅などどうでもいいという暴走機関車の方がよほど厄介だ。

では、十メートル先をひた走っている道化師はどちらのタイプなのか。話しながら走る、という明らかに全力ではない状態にも関わらず、道化師に置いていかれることがない。つまり、あえて追わせている、ということだ。

「スノーホワイト。あいつ、誘ってるぽん」

「そうらしいね。ついてきてくれないと困るんだって」

「まずくないぽん？　ホイホイとついていったら罠だった、じゃ洒落にならないぽん」

「罠にかかってくれないと困るってわけじゃ……」

道化師が尖った靴先にネオン看板を引っかけ、パリン、と割れた破片をスノーホワイトは右手で払いのけた。道化師は上半身をこちらに向け、ぺこりと頭を下げた。

「……ないみたいだよ」

「だからといって」

アラームが鳴り響いた。魔法少女の反応が複数ある。ある、というより道化師の魔法少女がそちらを目指して疾走している。

「スノーホワイト！　目指す先に魔法少女が複数いるぽん！」

スタイラー美々が「うげえ」と嫌そうな声を漏らし、袋井魔梨華は「ヒャッハ！」と嬉し気に叫んだ。スノーホワイトは全く動じることなく足を動かし道化師の後を追っている。ファルの索敵範囲は最大に広げて半径二百メートルだ。魔法少女が走っていれば、ビルの上だろうとどこだろうと、二百メートル程度の距離は一瞬で移動してしまう。

ファルが本気で制止しようとするよりも早く、道化師はビルの上から跳んで工場のような建物の上に着地し、割れた窓からするりと身体を滑りこませた。

建物の名前を記してあるであろう箇所は赤錆に覆い尽くされ、もはやなにが書いてあったのかを読み取ることはできない。トタンの波板も同じ錆びてボロボロになっている。

道化師という身軽さを売りとしたモチーフだったからこそ、彼女は見事に着地できたのだろう。身軽でない者にとって、屋根の波板はあまりにも脆《もろ》く、高所から落下した我が身を受け止めるだけの強度を持っていなかった。

道化師に続いたスノーホワイト、袋井魔梨華、スタイラー美々の三人は、揃って波板をぶち破り、割れた窓から侵入することなくダイレクトに建物の中へ飛びこんだ。

突発的なアクシデントだったが、それくらいで電子妖精は慌てたりしない。

戦闘に長けた魔法少女は、戦車よりも頑丈で、ネコ科の獣よりも機敏に動く。ビルの上から飛び降りて工場の屋根を突き破ったくらいでスノーホワイトを心配する必要は無い。袋井魔梨華やスタイラー美々についても、彼女達の戦闘能力が噂の半分もあれば受け身をとるなりなんなりしているだろう。

ファルが案ずるべきは他にあった。細かな粉塵《ふんじん》と化した赤錆が視界を塞ぐ中で索敵範囲を五十メートルにまで絞る。大まかな位置しか把握できていなかった魔法少女の反応が誤差数センチで正確に見て取れるようになった。

なにかしらの魔法が無ければ視界が塞がっているのは相手も同じだ。こちらだけが位置を把握していれば、それは大きなアドバンテージに繋がるだろう。

そこまで考えてからはたと気づいた。スノーホワイトに敵の位置を教えるためには声を出さなければならない。だがファルが甲高い合成音声を発すれば、結局敵にもスノーホワイトの位置情報が割れてしまう。

「ファル、落ちついて」

先んじてスノーホワイトが口を開いた。付近には未だ赤錆が舞い散っている。

声を出してもいいのか、と逡巡した後、ファルはスノーホワイトに言葉を返した。

「……どういうことぽん？」

「そもそも敵じゃないし、これは罠じゃない」

敵ではない。つまりこれは敵……いや「相手」にとっても突発的なアクシデントだったということだろうか。索敵マーカーは位置を変えることなく配置された場所から動いていない。こちらの動きを窺っている、そう見える。

徐々に赤錆の靄《もや》が晴れていく。スノーホワイトは目を細め、口元を覆っていた。姿勢は直立不動のまま、武器《ルーラ》を手に取ることもなく、なにも警戒していない。

袋井魔梨華、スタイラー美々の二人は背中合わせで傍らに立っていた。スノーホワイトとは違っていつ戦いが始まってもいい、そんな姿勢で目つきも周囲を警戒している。スタイラー美々は右手にカットシザーを構え、左手は袋井魔梨華の襟首を掴んで飛び出さないよう留めている。袋井魔梨華は両掌を開いて胸の前に置いていた。

多少赤錆で汚れてはいても怪我らしいものはない。予想通り二人とも無事だったことに安堵し、別に安堵してやる義理は無かったと思い直した。

元々この場所にいた魔法少女の姿も見えてきた。

蝙蝠《こうもり》の羽を思わせる大仰《おおぎょう》なマントの魔法少女。

守るようにして前に立つ大きな傘を持ったレインコートの魔法少女。

二人ともデータに入っている。

蝙蝠の羽はレディ・プロウド。大きな傘はアンブレン。この二人は外交部門に所属している。表に出せないような仕事も担当しているはずだ。戦闘能力に秀でていることは疑ってみようがないだろう。

スノーホワイト、スタイラー美々、袋井魔梨華の三人を含め、全員が暴力のプロフェッショナルだ。

よくもここまで集まったものだ。そもそもどうして集まっているのか。目的はスノーホワイトと同じなのか。スノーホワイト曰く、罠ではなく、敵でもないらしい。ならばどうすべきか。
　ファルは迷った。通常こういう時は名前を読み上げ、魔法や所属先の説明でもしてやれ
ばいい。自分が知られている、ということを教えてやれば、袋井魔梨華のような変人を除
いて積極的に戦おうとはしないものだ。
　だが敵でない相手にそれをして、こちらが敵対しようとしている、と思わせてしまって
は逆効果になる。戦わなくていい相手を戦いに引きこんでスノーホワイトの足を引っ張り、
最悪それが致命傷になりました、ということになってはかなわない。
　スノーホワイトと相談したい。しかしそれも難しい。ファルが声を出せば、マスコット
キャラクターがここにいると知られてしまう。
　ここに集う魔法少女達が、表向きにできないような活動に従事していたとしたら、半ば
オフィシャルな存在であるマスコットキャラクターの存在を知られるのはまずい。非合法
活動に取りこめないとわかれば即口を封じてやろうとするかもしれないからだ。
　ファルは迷い、袋井魔梨華は前に出ようとするのをスタイラー美々から制止され、他の
魔法少女は微動だにせず、静かに互いを牽制《けんせい》している。
　天井から軋むような音が聞こえた。全員そちらに目を向けながら周囲への警戒は怠って
いない。ファルの素敵には魔法少女反応が光っている。梁の上に座っていた道化師がひら

ひらと手を振り、飛び降りた。

　右手には一抱えほどもある紐付きの風船を持ち、風船の浮力のせいか、ふわふわと落下し、ゆっくり着地した。片手で風船を掴み、懐へすっと仕舞いこんでしまえば、あれだけ大きな風船が体積を無視して消え去ってしまう。

　おどけた仕草を交えながらひょこひょこと歩き、スノーホワイトに近寄って彼女の手を取った。ファルは心底からぎょっとして思わず「おい」と声を出し、それを聞いた周囲の魔法少女達は一斉に身構えた。

　だがスノーホワイトは動じず、道化師もおどけたままだ。スノーホワイトとがっちり握手をし、上下に振ってから肩を抱いた。

　次いでスタイラー美々にも近寄り、彼女の表情には全く頓着することなく、ハサミを持ったままの手と握手をし、上下に振ってから肩を抱いた。

　袋井魔梨華にも近寄ろうとしたが、触れれば噛みつきそうな表情を見、慌てたような動きでたたらを踏んで肩を竦めてみせた。

　道化師は袖口からずらっとカードを出してジャグリングを始め、ひょいひょいとカードを投げ、その場にいる魔法少女達に手渡していく。

　スノーホワイトが受け取ったカードを眺めているのを横合いから覗き見た。そこには「よろず相談承ります　スタンチッカ」とあった。連絡先もアドレスもなにもないシンプル過ぎる名刺だ。

レディ・プロウドが大きく、どこかわざとらしく、まるで聞かせるように息を吐いた。

「あなたがスタンチッカ？」

道化師は大袈裟な動きで頷いた。

「それで、そこの三人は、友達だ、ということ？」

道化師はサムズアップで拳を掲げた。緊迫した空気がふっと緩んだ気がする。袋井魔梨華がさも忌々《いまいま》しげに舌打ちをし、スタイラー美々が小声で「こら」と叱りつけた。

☆プリンセス・クェイク

この施設に案内された当初、一番興奮していたのはプリンセス・インフェルノで、二番目に興奮していたのはプリンセス・テンペストだった。秘密基地、アジト、地下施設、そういった単語は幼い心を興奮させる。小学生のテンペストと、高校生ながら幼い心を捨て去りはしなかったインフェルノにとって、この施設は大変魅力的に思えたのだろう。

実際、面白い場所ではあった。五つのトレーニングルームは目的に応じた作りでそれぞれに特殊な設定が施され、様々な状況下で訓練をすることができるようになっていた。ブリーフィングルームからはトレーニングルームの様子がつぶさに観察ができる。

小学生、中学生、高校生とは違い、不真面目な大学生は時間の融通が利く。プリンセス・クェイク——茶藤千子《さとうちこ》は、暇を見ては昼間から研究所に訪れ、なにをするわけでもなくトレーニングルームを回り、通路を歩き、ブリーフィングルームでスケッチをした。

魔法少女。魔法。空想や虚構ではない、本物の不思議な世界。そんなものが実在した。そして自分自身が巻きこまれ、魔法少女になってしまった。

もっとも、基地の通路や隔壁はあまり魔法少女っぽくない。ここに案内してくれた初老の女性、自称田中さんは、研究所だといっていた。ディスラプターという侵略者の魔の手から世界を守るための魔法少女を養成し、捕獲したディスラプターについて研究をするための機関なのだ、と。

その割には研究員らしき人影はない。指摘すると「安全のために研究員は外からデータを受け取り作業している」と教えてもらった。

研究所といわれれば確かにそうかもと思えるような雰囲気はある。バリエーション豊かなトレーニングルームはともかくとして、白一色で塵《ちり》も汚れもない、千子が今までに見てきた施設の中では病院が一番近い。

目的以外のものについては全く必要としないし求めていない、というよくいえばシンプルでわかりやすい、悪くいえば無機質で情味に欠ける施設の中に、無駄にキラキラした少女達が集まって活動するというのは客観的に見てけっこうシュールだった。

茶藤千子は「人の集まり」というものに夢を見ていない。むしろ現実を見ている。

それが「女の集まり」であればより一層現実しか見なくなる。友人Aと私、という二人だけならとても良い相棒だったのに、三人、四人、五人、十人、二十人と集まってしまうことで関係性どころか性格さえも変貌してしまった例が少なくない。

部活動等、趣味の集まりなら趣味の話を和やかにしていればいいだけまだマシな方で、学校のクラスや委員会といった無理やりに拵《こしら》えた集まりは、自然に集まったものでないだけまとまりが無い。

AさんとBさんがCさんの悪口をいい合い、AさんのいないN教室ではBさんとCさんがAさんの悪口をいっている、といったことを何度も見てきた。

よくやるもんだと呆れつつ感心し、そういうことができないから自分は外れた場所にいるのだろうか、とも考えた。

人間関係について常に悲観的な千子は、小中高大とバラバラの若い女四人を集めて魔法少女をやりなさい、といわれたところで上手くいくものかと皮肉っぽく思っていた。上手くいかないならいかないでスケッチを自分が楽しむだけでもいいか、と割り切っていたのだが、案に反して意外と上手くいっていた。

プリンセス・インフェルノ、プリンセス・テンペストともに表裏の無い、と断言できるタイプだった。楽しいことがあれば笑い、悲しいことがあれば泣き、嫌なことがあれば面と向かって相手に文句をいう。陰口は叩かない。

　プリンセス・デリュージは他人の欲しているところをいち早く察するタイプの調整役で、それによって人間関係はきっちりと回り、先生役の田中先生はいつだってニコニコと笑っていた。

　プリンセス・クェイクも役に立っていたのではないか、と自己評価を厳しめに設定しながらもそう思う。変身前はできないはずだったことができていたと思う。面白いことがあった時、たとえばテンペストが屋内で飛行しようとして脳天を天井に激突させて落下し、インフェルノが巻きこまれて手足が絡まり転んでいた時も、きっと茶藤千子のままだったら素直に笑うことはできなかった。

　自分の容姿にコンプレックスを抱き、他人の容姿を羨んでいた。

　プリンセス・クェイクは違う。心配し、無事だとわかれば腹の底から笑うことができる。自分の容姿は可愛らしく愛らしいものだと知っているし、他の三人についても同じだ。羨《うらや》むことも妬むこともない。一段低いところからねちっこく見上げるのではなく、同じ目線、同じ立場、対等な場所に立っている。

　プリンセス・デリュージが連れてきた新しいメンバー、プリズムチェリーも可愛い少女だ。五人目のピュアエレメントとして、皆でポーズを考えたり、必殺技名を思いつく限りホワイトボードに書き出してから話し合いで決定したり、今まで生きてきた中でこんなに楽しかったことはなかった。

千子のスケッチブックには魔法少女達が笑ったり騒いだりする絵が次々に描かれていき、その中にはプリンセス・クェイクの絵もあった。

プリンセス・クェイクは誰よりも楽しそうに笑っていた。

そんな、プリンセス・クェイクに取っての楽園に、突然闖入者《ちんにゅうしゃ》が現れた。

研究所に入ってきた魔法少女は一人や二人ではなかった。頭に花を咲かせた者、白い学生服、大きな傘、マント、道化師というふうにバリエーションに富んでいる。ピュアエレメンツのように統一感が無い。

インフェルノとテンペストは、なんであんなに増えてるんだろうと首を傾げている。デリュージは心配そうな表情で「どうしましょうか」とクェイクに囁いた。クェイクはプリズムチェリーを見た。表情を失くし、小さく震えてモニターを凝視している。

プリズムチェリーは他所で活動していた魔法少女だと名乗っていた。モニターの彼女達もまた違う場所で活動している魔法少女なのだろう。

「とりあえず接触しよう」

まずはクェイクが意見を出す。実年齢が一番高いせいか、クェイクはなんとなくリーダー役を引き受けていた。魔法少女の世界も年功序列なのだろうか。夢とファンタジーの世界も意外と現実的だ。

「接触というのはどのような形で？」

「顔を合わせて目的を聞く。許可なく入ってきちゃいけない施設、ということになっているわけだから、あっちがしていることはたぶん不法侵入だよね。関係者以外は立ち入り禁止ってことをある程度強く伝えておいた方がいいと思う」

「マジか。不法侵入か」

「そういうのいけないんだよって先生がいってたよ。あとお母さんも」

ここは天国だ。奪わせないし、壊させない。

頭の中に研究所の地図を描いた。入口から通路を進むと二股に分かれる。右に進むと木が乱立する第二トレーニングルーム、その先に進むと岩場の第一トレーニングルーム。左に進むと砂漠のような第三トレーニングルーム、その先は水場の第四トレーニングルーム。第一トレーニングルームと第四トレーニングルームの先はブリーフィングルームに繋がっており、全体がちょうど円のような構造になっていた。

入口から侵入された、ということは、どちらのルートも塞いでおかなければならない。一方だけを塞いでいる間にブリーフィングルームまで到達されましたではなにをしているのかわからない。

「入口のパスワードちゃんと設定しとけばよかったねえ」

「いちいちパスワード変えるの面倒だし、設定時間かかるもの」

クェイクは立ち上がって指示を出した。

「プリズムチェリーはブリーフィングルームで待機。モニターをチェックして、なにかあるようならこちらに連絡を入れてね。インフェルノとテンペストは西側の入口から、私とデリュージは東側の入口から回って相手に接触。目的を聞き出すように。相手の意図するところがまだ不明だから近寄り過ぎないよう気を付けて。隔壁は全て下ろしておくこと」

田中さんに連絡を入れておきたいが、情報を漏らさないため地下から電波が届かないようになっている。もし連絡を入れるなら、無事外に出てから、ということになるだろう。

「安全を最優先に。なにかあったら退却を。ラグジュアリーモードは現状使用不許可」

初めてリーダーらしいことをしているな、と思った。けっこう気分が良かった。

☆ファル

スノーホワイトは魔法少女狩りと恐れられている魔法少女だ。西に悪い魔法少女がいれば駆けつけて退治し、東に悪い魔法少女がいれば出向いて蹴り倒す。悪い魔法少女は、魔法少女狩りが絶対に許さない。

本人が魔法少女全般を憎んでいるのか、それとも魔法少女全般を愛しているのか、考えてみてもファルにはわからなかった。キークのように偏愛しているわけでも、クラムベリーのように戦えればそれでいいと思っているわけでもなさそうだ。

本人は口を閉ざして語らない。彼女がなにを思っているかは、相棒であるはずのファルにさえわからない。

スノーホワイトは通常一人きりで活動しているが、こうして他の魔法少女と一緒に動いていても全く違和感はない。

レディ・プロウドが指示役となることに否を唱えず、スタンチッカがロボットのようにぎくしゃくとした滑稽な動きで歩いているのをじっと見ている。ずっと一匹狼を通し、リップルがいなくなってからは本格的に一人ぼっちだったスノーホワイトが、ちゃんとメンバーの一人としてそれなりに溶けこんでいる。その光景はファルの気持ちを多少なりとも和らげ、落ち着かせた。

隠し通路から梯子《はしご》を伝って下に降りた。およそ二十メートルは地下へ入っただろうか。少なくとも工場の地下に真っ当な理由で作るような深さではない。さらに、この深さで照明が無い。スイッチらしきものも無ければ自動で灯りが点くわけでもない。少し進めば真っ暗闇になり、常人なら一センチ先も見通せない。そもそも常人が使用するために作られたわけではないのだろう。

魔法少女とマスコットキャラクターしかいない一行は灯りが無くても恙《つつが》なく進み、最下へ到着した。目の前には大きな扉が立ち塞がっていたが、巨大な石臼《いしうす》を挽《ひ》くような音を立てて扉が上方向へスライドを始めた。体重感知式の自動ドアだったようだ。

スノーホワイトは掌を見た。白い手袋は汚れていない。梯子を使っても錆や埃がつくようなことはなかった。古くない、もしくは整備されている。この自動ドアもそうだ。開閉はスムーズで、明らかに日常的に使用されている。

扉の先に伸びていた通路は、すぐに二股に分かれていた。縦横ともに三メートルほど、材質はリノリウムに似ていたが未知の物質だ。スノーホワイトが何度も踵《かかと》を叩きつけたが、通路はへこみも曲がりも割れもしない。やはり魔法少女が使用することが前提になっている。

「では二手に分かれましょう。班分けについては上で相談をした通りに。A班は右側の道へ、B班は左側の道へ。連絡は緊密に」

「戦力を分散しても大丈夫ですかね？」

「危険があった時、すぐに戻れば問題は無いはずです」

レディ・プロウドは小さく咳払いをして続けた。

「右は袋井魔梨華、スタイラー美々、スタンチッカ。左はレディ・プロウド、アンブレン、スノーホワイト」

袋井魔梨華は「なんでもいいからさっさと行こうや」とぼやき、スタイラー美々に窘められていた。スタンチッカは大きなボールの上でバランスを取りながら投げナイフでジャグリングし、アンブレンはレディ・プロウドの陰からそれを見て小さく拍手していた。

スノーホワイトは一人離れた場所で指示を聞いている。ファルは極力音量を下げて話しかけた。

「外に連絡できないぽん。イントラネットへの接続も無理ぽん」

「地下に入ってから？」

「いや、全員入って入口の扉が閉じてからぽん」

地下に入ってから何度試してみても地上とのコミュニケーションをとることができない。

「こっちも同じ」

「こっちも？」

「あの扉を下ろしてから外にいた人間の心の声が聞こえなくなった」

魔法もシャットアウトしている、ということだ。

「どうするぽん？　とりあえず一旦外に出るぽん？」

スノーホワイトはファルの問いかけに応えず、入口に目を向けた。

「外に出て、どうするつもり？」

「どうするってそれは……」

連絡をする。知り合いの中で信用できそうな魔法少女だったり、監査部門の上の役付きだったり、「魔法の国」の偉い魔法使いだったり、そういった相手だ。

メールには、他言無用、漏らした時は記憶を消去する、という一文があった。本当かどうかはわからないが、あのメールになんらかの魔法がかけてあったことと、結局解析できなかったことは事実だ。ファルの解析能力を上回る魔法を侮《あなど》るわけにはいかない。

スノーホワイトは左のチームに加わるべく歩き出した。

☆フィルルゥ

フィルルゥ、ウッタカッタ、カフリアのフリーランス三人組は闇に紛れて街中を走った。まずは一軒目の廃屋だ。住宅街から外れた農地の中にぽつんと一軒あった廃屋は、かつては農機具を置く場所として使われていたのかもしれない。フィルルゥが縫い針で錠前をこじ開け、中に入るなり恐ろしい埃に襲われて咳きこんだ。

「この家、年単位で人が入った形跡がございませんですね」

「根太から腐ってるものね。危なっかしくて入れないでしょ。外から見てもわかるわ」

「わかるなら入る前に教えてくださいよ……」

「見事な錠前外しだなと見惚れていたの」

「確かにお見事でございましたね。これなら泥棒でも食っていけましてございますです」

埃を払ってその場を後にした。コスチュームが白を基調としているため汚れが目立つ。ウッタカッタもカフリアも黒がメインカラーなのだから、汚れる役目を担うべきはむしろ二人ではないだろうか。しかしそんな提案をしたとしてものらりくらりとかわされて、結局フィルルゥが面倒な役目を背負わされる気がする。

せめて事が成った暁には一番の手柄を主張しようと心に決め、二軒目に向かった。

二軒目の廃工場もやはり錠で塞がれていた。一軒目の廃屋よりも大きく、しかも太い鎖でがっちりと締めつけられている。またフィルルゥが開ける役を担わされるわけだ。

せめて埃が少なくありますようにと思いながら錠を手に取ろうとしたがウッタカッタの手がすっと前に出てフィルルゥを制止した。

「ちょっとお待ちを」

「どうしました？」

ウッタカッタはその場にしゃがみ、夜露で薄ら湿った背の高い雑草を分けて地面を露出させた。靴跡らしきものがしっかりと刻印されている。

「これ、靴跡でございますですね」

カフリアが身を屈《かが》めてザクザクと草の中を移動し、しばらくして戻ってきた。

「ブーツだけで少なくとも三種類から四種類。長靴が混ざってるかもしれない。それに高いヒールもある。全員が女で、年齢はかなり若い。高いヒール履いてる若い女がわざわざ廃工場の敷地内に入ってくると思う?」

「グレたお嬢さんなら入るかもしれないです、が……男が一人もいない、バイクのタイヤ痕も無い、ただお嬢さん方だけの足跡だけっていうのは不自然でございますですよねえ」

「あたり、引いたんじゃない?」

「二軒目でヒットというのは日頃の徳のおかげでございますかね」

心の中で感心していた。感動に近かったかもしれない。二人の観察力、そこから端を発した考察はいかにもプロフェッショナルという感じがした。ようやくこの二人がフリーランスで生きてきた所以《ゆえん》を見せてもらったように思える。

自分もここで役に立つところを見せなければならない。

二本の縫い針、それに三本の待ち針を使い、差しこみ、探し、捻り、カチッと外れる音が針を伝わる。錆ついていたが見事に開いた。

錆びついていたのは扉も同様だ。かなり力自慢の人間でも一人で開けるのは難しかっただろう。元々重く大きな金属扉であるのに加え、赤錆がびっしりと浮いている。バラバラと降りかかる赤錆を身に受けながら扉を開け、結局汚れる役を担ってしまった。

「おや」

「あら」

そこには先客がいた。二人の魔法少女だ。

一人は「不思議の国のアリス」に登場するハートの女王様を思わせるコスチューム、もう一人は「不思議の国のアリス」に登場するトランプの兵士を思わせるコスチュームだった。ハートの女王は玉座に座ってふんぞり返り、トランプの兵士は気の毒なくらいにおろおろと慌てふためき目には涙さえ浮いている。

「どこのどちら様でございます？」

「先客がいるとは思わなかったわ」

ウッタカッタとカフリアが不思議の国コンビに話しかけている。フィルルゥは二人の後に続いて工場の中に入りながら周囲を確認した。

中は酷く荒れている。

借金の形《かた》に軒並み持っていかれたとか、長い間放置されて埃が積もっているとか、そういう荒れ方ではない。壁にはなにかに切り裂かれたような傷跡が深々と走り、床にはガラスが散乱し、天井のクレーンが根元から斬られぶら下がっていた。

人間が暴れた痕跡としては派手過ぎる。恐らくは魔法少女だ。

二人に従い、中に入って少し進むと機械があった。ウッタカッタもカフリアもそちらに注目している。フィルルゥも何気なく目をやってぎょっとした。床に四角い穴が開いている。梯子のような物が設置されていて、穴は下に続いているようだ。

「あなた様方が見つけられたんでございます？　いや、これは大手柄でございますね」

ウッタカッタはにこやかで敵意を見せていない。内心どう思っているかはわからない。

フィルルゥは内心ただ事ではなかった。せっかく手柄を求めてやってきたのに、誰かに見つけられた後でしたではお話にならない。

ハートの女王は玉座に腰掛けたまま、こちらを見ようともしない。

「人造魔法少女はいかがいたしました？」

「クビヲハネヨ」

ぎょっとして見返した。

——首を……？　え？　なに？　刎《は》ねる？

相手は真顔、というか少し怒っている、機嫌を損ねているように見えた。トランプの兵士が慌てて何事かを話そうとし、しかしなにをいっているのか理解できない。キィキィという小動物の鳴き声にしか聞こえなかった。

ウッタカッタは半歩退いた。袖を引かれてそちらを見ると、ウッタカッタがフィルルゥの袖をくいくいと引っ張っている。ウッタカッタは「少々話し合ってまいりますです」とハートの女王に告げ、フィルルゥとカフリアの袖を引いて工場の外に出、声のトーンを聞き取れるか聞き取れないか微妙なラインにまで下げて囁いた。

「あれはまずいですね」

フィルルゥも声のトーンを合わせて訊ねた。

「まずいってなにが?」

「『魔法の国』の本国筋、それも情報局の方ではないかと思われますです。トランプ兵士さんの話してる言葉、一度だけあれを話している情報局の魔法使いの方を見たことがございます。それにあの玉座に刻まれてたルーン。意味はわかりませんが、あの形はやはり『魔法の国』の情報局で使われるものに似ていてございますです」

「あんた、なんでそんなことを知っているのよ」

「一度だけ仕事でお付き合いさせていただきましたことがございます」

「本国の情報局って、それ……偉い人なんじゃないですか?」

「偉くないわけがない方でございましょうとも」

いきなり目標を飛び越してしまった感じがあった。偉い人と知り合いになれたらいいな、と思っていたことは確かにあった。今でも思っている。だが限度というものがあった。

外交部門、監査部門、そういった部門の偉い人でいい。本国の情報局はやり過ぎだ。

外交部門にしても監査部門にしても、この世界における魔法少女という一分野の中で仕事を切り分け分担しているに過ぎない。情報局というのが具体的にどういう仕事をしているかは知らないが、本国は魔法少女とこの世界を含めたあらゆるものを統括している。

ある部門の長を務めている老魔法使いが「なぜこんなところに流されてしまったのか」とぼやいているのを聞いたことがある。本国で働いていた魔法使いにとっては、部門の長であろうと魔法少女担当とされるだけでけっこうな左遷なのだろう。

その本国だ。偉い人だ。空の上を見上げても足の裏さえ見えない天上人だ。田舎の市役所で働きたいなと思っていたら大銀河帝国近衛師団がやってきたようなものだ。

「どうする？　帰る？」

「嫌ですよ、せっかくここまで来たのに」

「ここまでの努力が全て水泡《すいほう》に帰すというのは業腹《ごうはら》でございますよねえ」

「私も帰るのはごめんだけど、あれら出し抜いてって難しくないかしら？」

「出し抜くというか、協力を申し出るとかそういう形にできませんかね？」

「そうでございますねえ」

ウッタカッタは工場にちらりと目を向け、続けた。

「あのお二方、あまり荒事向きではなさそうでございますです」

「確かにね。あの二人からは強さを感じないわ」

トランプ兵士とハートの女王の二人は、突然見知らぬ魔法少女達が押しかけたというのに隙だらけだった。これから戦おうという者の身構えではない。訓練の形跡もなく、戦闘経験もまるで感じなかった。

「しかしでございます。人造魔法少女相手の捕り物となれば戦える魔法少女も必要では？」

「なるほど。敵を捕らえるための戦闘要員として売りこむと」

「悪くない案に思えるけど……どうかしら。相手がそんなに偉い人だったら手柄ただどりされても泣き寝入りするしかないんじゃないの？」

「その辺の交渉につきましてはお任せいただきたく」

「任せて大丈夫なの？」

「ご安心くださいです」

フィルルゥは考える。

単独で手柄を立てて売りこむのと、偉い人が手柄を立てるのを手伝うことで恩を売る、果たしてどちらがより効率的だろう。もし上手くいけば後者の方が良いかもしれない。本国の偉い人がちょっと横車を押せば人事も文句はいえない。フィルルゥは目論み通りに正職として雇われることができる。

いや、ひょっとするとそれ以上があるかもしれない。

フィルルゥの大活躍を見たハートの女王が、本国で雇い入れてくれる。そうなればへこへこと頭を下げていた魔法少女達を飛び越してフィルルゥこそが「偉い人」になる。まるで夢のようだ。

「交渉、できるんですか？」

「ええ、やってみせましょうとも」

「あれら話通じそうになかったけど？」

「ああいうのはですね、コツがあるんでございますよ」

三人は揃って工場の中に戻った。女王は相変わらず玉座の上でふんぞり返り、トランプ兵士は気の毒なくらいに怯えている。ウッタカッタはいつものにやにや笑いを控え気味に、なるだけニコニコに留まるくらいの笑顔で二人に近づいた。

「はじめまして。アタシはウッタカッタと申します。そちらの二人はカフリアとフィルルゥ。全員フリーで『魔法の国』のために働かせていただいてございますです」

「クビヲハネヨ」

「今回は独自の情報網から人造魔法少女の研究所があるというネタを手に入れまして。そんなものがいるならぜひとも『魔法の国』にご報告しておかねばと調べておりましたのでございますです」

「クビヲハネヨ」

「実はつい昨日のことでございますが、人造魔法少女二人と交戦する機会に恵まれましてございますです。その時は惜しくも取り逃がしてしまいましたが、今日こそはふん捕まえてくれようと手ぐすね引いてやってきたのでございますです」

「クビヲハネヨ」

「まあアタシどもほどではありませんが、連中中々に強くしぶとうございます。あなた様方も負けはしないにしろ少々の手傷くらいは負ってしまうかもしれませんです」

「クビヲハネヨ」

「アタシどもにお手伝いさせていただければそんなことにはさせませんとも。ごくごくお手軽に、快適に捕り物を完遂させてごらんにいれますでございます」

ハートの女王はこくりと頷いた。

「クビヲハネヨ」

「有り難いお言葉感謝いたしますでございます。ウッタカッタ、カフリア、フィルルゥ、微力ながらお手伝いをさせていただきますです」

ウッタカッタは深々と頭を下げてからこちらに戻ってきた。

「話がつきましたです」

「いや、話ついてるんですか？」

「こういうのは流れでございますです」

ウッタカッタが女王と話している間、カフリアはトランプ兵士となにやら遣り取りをしていた。キィキィと話す相手に頷き、宥め、肩を叩き、ハンカチを差し出して涙を拭きとり、一しきり相手に話させるとこちらに戻ってきた。

「ハートの女王はグリムハートで、トランプのあの子はシャッフリンだって」

「え？　名前教えてもらったんですか？　どうやって会話したんです？」

「こういうのはね、流れよ。流れ」

言葉が通じず、共通の文化を持っているかどうかも怪しい相手と意思の疎通をするのに流れだけでできるものだろうか。流れ以外になにかしらの技術が介在しているのかもしれないが、二人ともそれを教えたくないから流れということにしているのかもしれない。フリーランスとして生きてきたのであれば自分の持つ技術は大切に守るだろう。

「じゃあもう流れでいいです」

「なによその投げやりないい方」

「いいっていってるんだからいいじゃないですか」

グリムハートは玉座を持ち上げ、シャッフリンが腰に提げていた汚い布袋の中にひょいと入れてしまった。体積的に入るわけがないのに、ごく自然に納まり、しかも袋には膨らんだり重みを増したりした様子がない。そういう魔法なのだろう。

ウッタカッタは拳大のシャボン玉を一つ膨らませ、フィルルゥはそれを受け取り針で糸を通して玉止めにした。フィルルゥの針と糸は対象にダメージを与えることがないため、シャボン玉を刺して糸を通しても割れることはない。

シャボン玉はふわりふわりと穴の中に吸いこまれていく。シャボン玉に繋いだ糸はするするとフィルルゥの手から伸びていく。

これはホテルで相談しておいた連携の一つだ。ウッタカッタのシャボン玉とフィルルゥの糸を組み合わせることにより索敵装置としての機能を持たせる。シャボン玉が空気の振動を感じればそれが糸を伝わりフィルルゥにまで届く。

まずはシャボン玉を穴の中へ落とし、先行させておいてフィルルゥ、カフリア、ウッタカッタと続く。シャッフリンとグリムハートも後ろからついてきている。

カフリアがフィルルゥの耳元に口を寄せた。

「さっき、シャッフリンとグリムハートに会ってから順番変わったわ」

「順番？　なんの順番です？」

「さよならの順番よ。あっちの方が一番先にさよならですって」

そういえばカフリアはそんな魔法を使うといっていた。あまり気持ちの良くない情報を入手しつつ、フィルルゥは梯子を下りていく。

☆ファル

二股の道は緩やかに外側へ向かっているようで、後ろを振り返っても反対側の道が見えなくなっている。さらに少し進んだところで右に折れた。

曲がり角でスノーホワイトは袋から武器《ルーラ》を取り出した。レディ・プロウドとアンブレンから僅かに緊張した気配を感じる。スノーホワイトは刃を前に差し出し、刀身に反射させせて曲がり角の先を確認した。通路が続いている。それ以外はなにも無い。

先頭のスノーホワイトはルーラを片手に白一色の通路をゆっくりと進む。彼女の魔法は伏兵を探知するが、機械的な罠を感知するわけではない。そちらの危険はファルが担当する。天上、床、壁、そして前方と後方、六方向をサーチして障害や罠を探し続ける。スノーホワイトはファルの感知速度に合わせ、通常の歩行よりも遅く足を前に出す。

レディ・プロウドのヒールが床を叩く音だけが響く。

誰もいない通路が続き、しばらくして壁に突き当たった。壁、といってもシャッターのようなものだ。横合いにパネルのようなものが設置されていた。どうやらあれを押すことでシャッターを開くことができるようになっているらしい。

そろそろと行軍を再開する。張り詰めた緊張感の中、一行はシャッターの前に到着し、先頭のスノーホワイトが壁のパネルを押そうとした、直前だった。

シャッターが上方向に動き始めた。

こちらが開ボタンを押すよりも先に、向こう側で開ボタンを押す者がいたのだ。足首から膝、太腿、腰と、向こう側にいた者の姿が下から露《あらわ》になっていく。当然向こうにもこちらは見えるはずで、双方慌てて飛び退《すさ》った。

思わず驚きの声を漏らしていた。

シャッターの先は通路ではない。部屋だ。部屋の中に木が生えている。単純に室内で育ているというレベルではない。

足元は本物の土、生えているのは背の高い木々で草も生えている。まるで林だ。通路と同じく白い天井を見なければ地下にいるとも思えない。

その部屋の中に、二人の魔法少女が立っている。

「この施設は関係者以外の立ち入りが禁止されています！」

高らかに宣言した魔法少女は三叉槍を構えていた。魚の鱗をあしらった水着のようなコスチューム。海を思わせる鮮やかに青い髪。そしてティアラの宝石は青く輝いている。

「出ていかなければ痛い目見ますよ！」

こちらの少女は馬鹿でかいハンマーを担いでいる。尖ったハンマーの先からビンビンに殺意を感じ、爬虫類に似た尻尾を生やしていた。ティアラの宝石は黄色く輝いている。

ティアラのデザインが宝石の色を除き同じだ。ひょっとしたら、これが、人造魔法少女の特徴なのだろうか。

レディ・プロウドが若干強張った面持ちで二人の魔法少女に話しかけた。

「あなた達は、人造魔法少女ですか？」

「人造魔法少女？　なんですかそれ？」

演技には見えない。自分が人造魔法少女と知らないだけか、それとも本当に違うのか。

ハンマーの少女がぐぐっと得物を振り上げた。

「ごちゃごちゃ話してないで決めなさい！　逃げるか降参するか！」

三又槍の少女が一歩前に踏み出した。

「さっきいった通りです！　痛い目見たくないなら従ってください！」

「待ってください」

スノーホワイトだ。

「戦おうというつもりはありません」

「そんなことないでしょ」

今度はアンブレンだ。スノーホワイトの言葉を否定し、傘を閉じたままで肩に担いだ。

「殴るだけ殴った方が仲良くなれることだってあるもの」

ハンマーが勢いよく振り下ろされ、しかしアンブレンが傘を投げた方が早かった。

ハンマーの振り下ろされた先に傘が入り、そのまま押し潰すことなくふわっと受け止められた。振り下ろした少女は困惑した様子でもう一度ハンマーを振り上げ、アンブレンはスライディングで傘を取りながら室内に滑りこんだ。

「戦うなら相手になります！」

三又槍がアンブレンに対して振るわれ、やはりふわりと受け止められた。が、接触すると同時に傘の表面がバリバリと凍りついていく。アンブレンが慌てて距離を取り、三又槍の少女が追い縋《すが》ろうとしたところへ赤い液体の詰まった小瓶が飛んでいく。

アンブレンの傘と同じく凍りつかせてやろうとしたのだろう。小瓶に対し三叉槍を向け、振るおうとし、それより早く小瓶が弾け飛んだ。

弾けて液体となった小瓶の中身が地面に触れるや否《いな》や白い煙となって舞い上がり、鼻を突く異臭に三叉槍の少女は顔を顰めた。

三叉槍の少女は口元を押さえて林の奥へと走っていき、ハンマーの少女がそれに続く。

レディ・プロウドは一人部屋の中に入っていたアンブレンと合流し、スノーホワイトは魔法の端末に口を近づけ囁いた。

「止めるよ」

思わず顔を見た。表情は無いが声に力がある。

「止めるってなにを」

「わたしは敵でもない相手に刃を向けたくない」

睨まれたわけではない。凄まれたわけでもない。表情と呼べるようなものはなにも無いのに強固な意思が伝わってきた。ファルは自分がなにを求められているのか瞬時に察し、行動に移した。音量をマックスにして注意を促《うなが》す。

「新しい魔法少女反応が三！　多過ぎぽん！　ここは一度撤退し立て直すべきぽん！」

アンブレンとレディ・プロウドが揃って足を止めた。こちらを振り返る前にスノーホワイトが来た道を引き返して走り出し、シャッターの操作パネルを押した。

外交部門は戦闘の専門家だ。数で劣っていることを教えられれば、無理を押して敵を追撃しようとはしない。アンブレンとレディ・プロウドが戻ってきたのを確認し、スノーホワイトはシャッターを潜って通路に引き返した。

☆プリンセス・インフェルノ

謎の魔法少女集団が襲来した。攻撃的な行動をとったわけではないが、襲来ということにしておいた。その方が面白そうだと考えたからだ。

魔法少女になって全力で走り回るのは楽しかったが、ディスラプターはあまりにも歯応えが無く、いい加減退屈していた。そんなところに魔法少女の集団が押しこんできたのだから、これはちょっと面白くなりそうだ。

クェイクは安全を最優先にしろといっていた。クェイクはリーダーで、皆のことを考えねばならないのだからそういうことをいうのだ。安全よりもエキサイティングなバトルを優先しなさいなんて立場上いえるわけがない。

そういった言葉に出せない真実については、リーダーに従う者がきちんと解釈して受け取る必要がある。

第四トレーニングルームである水場を抜け、隔壁を開けて通路を通り、第三トレーニングルーム、砂漠に入った。人影は無いようだ。怪しい魔法少女らしき集団がいた入口を目指して歩きながらテンペストに話しかけた。

「テンペストはどう思うよ？」

「どう思うってなにが？」

「面白そうと思わん？」

「面白そうって。この緊急事態を面白がってどうすんのさ」

「いやいやそこは正直なところでさ。オフレコで」

テンペストは口を閉じ、宙に浮いたまま身を反転させ、天井の方を向いた。縛った髪をひくりひくりと二度動かし、小さく息を吐いた音が聞こえた。

「……正直面白そうだと思う」

「だよね！　思うよね！」

「でもちょっと怖くないかな？　私が戦った時と面子違ってるよ？　数も多いし」

「テンペストはなに？　びびり？」

「びびりなんかじゃないもん」

「大丈夫大丈夫、魔法少女に敵はいないさー」

砂漠は他のトレーニングルームに比べて殺風景だ。岩場ならアスレチック的な楽しみがあるし、森林で木登りをするのも悪くない。水場は涼し気で夏場のフェイバリットプレイスだ。ここは普通の砂漠とは違い、天井があって太陽も無い。広いとはいえ壁もある。気温の調整は機械によって行われている。全体的に味気ない。

サボテンやラクダ、蠍のような砂漠ならではの動植物も無し、とにかく突き当りまでなにも無いし誰もいない。砂山がいくつも連なっているせいで見通しが悪いという本当に良い所が無い。

背後の隔壁が閉じた。インフェルノ一人の足音だけが聞こえる。ブーツが砂に埋まる感触を妙に意識してしまう。足を取られないか気になる。やはり興奮しているせいか。

「面白がってあんまり無茶しないでよね」

「年下のくせして随分とモラリスト気取るじゃん？　自分だって面白がってたくせに。自分が活躍して敵を追い払ったんだってあんたの自慢、忘れてないからね」

「年下とか年上とか関係なくインフェルノが子供なんだもん。だからあたしが」

障壁の開く音がした。後ろからではない。前からだ。障壁の閉じる音に砂上を歩く足音が続く。テンペストとインフェルノは顔を見合わせ、前を見た。足音が近づいてくる。砂山に隠れているせいで姿は見えない。

鼓動が速まる。誰かが来るのはわかっていたことなのに、むしろそのためにここまで出向いたのに、それでもドキドキした。集中しろ、と自分にいい聞かせる。ここで集中力が途切れたら私は魔法少女だなんて大きな顔ができない。

足音に躊躇《ためら》いは無い。遠慮なくザクザク音を立てて近づいてくる。インフェルノは息を殺して待っていた。テンペストが息を漏らした。耐え切れず、といったその吐息から緊張を感じ、テンペストの足にこつんと拳を当てた。

自分の緊張を和らげるためにやったのか、それともテンペストにリラックスさせたかったのか。考えてもよくわからない。

砂山の上からぬっと姿を現した魔法少女は、テンペストが見たという魔法少女とは姿かたちが随分と違っている。

大きな花を頭の上にのせていた。どこにでも咲いているような花だが、花の名前を憶えて暮らすような粋人《すいじん》ではないプリンセス・インフェルノにとって、花は花でしかない。

魔法少女はインフェルノとテンペストの姿を認め、「おう」と笑った。

「なんだ、そっちから来てくれたんなら話は早いやね」

嬉しそうな花の魔法少女に続いて美容師、道化が現れた。種類はたくさんいるが、纏まりを欠いている。その辺は私達の勝ちだな、と内心勝ち誇った。

「ここは立ち入り禁止なんだからね。あなた達がなんの目的か知らないけど」

「そういうのいいからさ」

呼びかけたテンペストの声を花の魔法少女が遮った。美容師が肩に手をかけようとしたが、花の魔法少女はそれを跳ね除け前に一歩進み出た。

「楽しくやろうぜ！　なあ！」

ここで後ろに退くのは大変にみっともないだろう。インフェルノも前に出た。緊張は噛み砕いて喉の奥に飲みこんだ。ガタガタ震えるのは性に合わない。

「そっちがその気ならやってやろうじゃん！」

「うっしゃあ！」

花の魔法少女が快哉《かいさい》を叫び、駆けた、と思った時には目の前にいた。どこかユーモラスな見た目に反して相当に速い。美容師がそれに続き、テンペストが叫ぶ。

「そんなことだから子供っていうんだよ！　インフェルノの大馬鹿！」

「無粋なことというんじゃないの！」

牽制のつもりで繰り出した突きが頭の花に弾かれた。金属と金属がぶつかったような音、それに感触がある。当然だがただの花ではない。

一歩退いて斬りつけ、弾かれ、さらに退いて斬り下ろし、それも弾かれる。上からの攻撃は頭の上の花でガードされてしまう。ならば斬り上げるか。

退いて斬り下ろし、そこから刃を返して斬り上げた、が、止められた。

花の魔法少女は右手で刃部分を掴み、左手は柄を握り締めている。振り払ってやろうと力を込めたがびくともしない。歯を食いしばって全身の力を込めたが、それでも全く動かない。大型のディスラプターでもここまでの腕力があるかどうか。

美容師がハサミで斬りつけ、道化が蹴りを繰り出した。どちらも動きが鋭い。偃月刀を捨て、砂を撒き散らし転がるように背後へ逃げてなんとか回避することができた。

「相手の挑発にのってどうすんの！」

小学二年生から怒られた。

「いや……なんかさ、ノリとかそういうのあるじゃん？」

「自分の生命かかってるかもしれないのにノリで動くな！　もう！　馬鹿！」

インフェルノはプリンセスジュエルに指を当てた。右手に偃月刀を呼び出し、握り取る。

「ラグジュアリーモード、オン！」

敵はディスラプターを超える速度で移動し、偃月刀を握り止める握力、インフェルノ以上の腕力を持つ。手加減して相手をしてやろうなどと考えたのが傲慢《ごうまん》だった。

血管を通って全身に魔法の力が駆け巡る。発光は抑えきれなかった魔法の欠片だ。

偃月刀を三回転させてから相手に向けてぴたりと止める。威嚇《いかく》のためにやったわけではない。ブリーフィングルームのプリズムチェリーに対してメッセージを送った。

インフェルノは叫び、同時に打ちこんだ。

相手を気遣っての遠慮がちな攻撃ではない。充分に気合いを乗せた一撃だ。まともに受ければ無事では済まない。

花の魔法少女は頭の花で攻撃を受け流し、さらに追撃を決めようとして足を踏み締め、その場で制止した。攻撃を受け流したはずの花びらが無残に萎《しな》びてしまっている。

プリンセス・インフェルノは炎のエネルギーをその身に宿す。ラグジュアリーモードで魔法を全開にして戦えば、偃月刀が高熱を発し、その一撃一撃が敵を焼く。さらに偃月刀を一振り、二振りと振るうと、花の魔法少女は間合いの外へと逃げていった。

プリンセス・テンペストが上空から刃のブーメランを投げつけ、それを止めようと投げつけた道化のナイフがボロクズのように弾かれ砂の上に落ちた。ブーメランは軌道を変えることなくテンペストの手に戻った。

プリンセス・テンペストは風のエネルギーをその身に宿す。彼女が投げたブーメランはあらゆる障害を弾き飛ばし、ズタズタに斬り裂いて、必ず手元に戻ってくる。

さらに地面から黒くドロドロとしたヘドロのような塊が染み出し、人型をとった。インフェルノからの合図を受けたプリズムチェリーの仕業だ。

退治したディスラプターは回収され、ピュアエレメンツの訓練用に再利用される。ブリーフィングルームから操作することで、ディスラプターをトレーニングルームに出現させられるのだ。今はそれを、侵入者の撃退に使おうとしている。

美容師が「なんだこれ」と叫び、飛び退いた。訓練用ディスラプターには誰を敵として認識するか設定することができる。プリズムチェリーはそのやり方を知っている。

美容師が素早くハサミを振るってディスラプターの腕を斬った。しかしその程度で致命傷にはならない。瞬く間に傷が塞がり、元気に侵入者に掴みかかっていく。

「ご助勢いたします！」

入口側から声がかけられた。シャボン玉のストローを持った魔法少女、糸玉の魔法少女、喪服の魔法少女、合計三名はデリュージとテンペストから聞いた通りだ。

さらにその後ろからトランプの兵士が続く。こちらは報告に上がっていなかった。トランプの兵士はインフェルノと目が合うなりぶるぶると震え上がって砂の上に伏せた。そのせいで砂が巻き上がって姿が隠れてしまう。

「お前ら！　まだ懲りてないのか！」

「あら、ひょっとして勝った気でいたのかしら？」

喪服が癇に障る笑い声をテンペストに浴びせ、テンペストは一気に顔を朱に染めた。

「そこ動くな馬鹿カラス！　今度こそ足腰立たなくなるまでやっつけてやるから！」

ラグジュアリーモードで発光しながら飛んでいき、喪服は地表ギリギリを掠めて低空飛行で砂山の向こうに飛んでいく。挑発に乗せられて分断されているように見える。

――テンペストは本当にもう、すーぐ頭に血がのぼるんだから――

トランプの兵士が腰に提げていたズタ袋からすらりと槍を取り出した。槍の先はスペードマークのように鋭く尖って――

――あれ？　スペード？

さっきまでは確かハートマークだった。ハートの3だったはずが、今はスペードの3になっている。兵士は、スペードマークの槍を素早く振るってディスラプターを払い除けた。槍の使い方が手馴れている。訓練を経た動きだ。動きやマークだけではなく、表情まで違う。ハートマークの時は怯えているだけだったが、今は敵を見据え引き締まっている。

よくわからないが、そういう魔法少女なのだろう。プリズムチェリーが鏡の中の映像を変化させるように、ただエネルギーを持つだけではない特殊な魔法と推測できる。スートを変化させることで戦闘能力やその他諸々が変わるような魔法だ。

美容師とトランプ、道化師はディスラプターが相手をしてくれる。喪服はブーメランの攻撃を避けつつ砂塵を振り撒き走っていき、テンペストはそれを追いかけていった。

インフェルノの相手は花の魔法少女だ。周囲が動いている間も攻撃の手を緩めることはない。花びらは既に三枚萎びていた。葉のような緑がかった髪は一部が黒く焼け、長い睫、それに眉毛の端がチリチリに縮れ、コスチュームの所々が焦げている。

インフェルノの攻撃は直接受けなければそれでいいというものではない。近寄るだけでも高熱によって焼け爛《ただ》れる。紙一重で回避する、なんてことは許さない。

それでも花の魔法少女は愉快そうに笑った。

「いいな！　悪くないね！」

楽しそうに怒鳴り、焼けた髪の毛を指先に絡《から》め、ぶちっと切った。

「力と速さは、まあそこそこのラインだけど魔法はえぐい。けっこう好みよ」

「褒めてくれてありがとね。で、降参するなら手早くどうぞ」

「誰に口きいてんだボケ。降伏勧告は相手見てしろよ」

言葉に反応して思わず偃月刀を振るっていた。花の魔法少女は横薙《な》ぎの斬撃を低いタックルでかいくぐって間合いの内側へと入りこみ、しかしそれくらいでどうにかなるものではない。インフェルノの足を取りにきたところで、ふん、と力を入れた。

爆発に近い勢いで全身から噴き上がった炎が花の魔法少女を吹き飛ばし、砂の上を転がってすぐに身構えた。動きは素早い、が、ダメージは見て取れる。さっきまでよりよく焼けている。白い煙をいくつも棚引かせ、髪の先はまだ火が消えていない。

「あんまり無理しない方がいいんじゃね？」

軽く呼びかけ、ぶんと偃月刀を振るった。

あらゆるものが近寄れば燃え上がる。植物系モンスターは、大抵のゲームで炎属性を弱点としている。花の魔法少女だって炎は嫌だろう。

さっさと降伏しろよという思いを込めて突き、突き、足元への払いと連続で斬りつけ、そこから斬り上げようとしたところで花の魔法少女が右脚を蹴り上げた。

インフェルノは間合いの外にいた。花の魔法少女が蹴り上げたものは、足元の砂だった。

インフェルノはバックステップで後退し、爪先で砂を踏み締めた。砂を浴びせるというのは子供の嫌がらせじみているが、目潰しとして十分に有効だ。

インフェルノは砂が晴れる前に右旋回で位置を変え、砂山の高い位置に陣取る。ぎゅっと偃月刀の柄を握り直した。

不意討ちはさせない。警戒さえしていれば砂かけで不覚を取ったりはしない。むしろ相手の選択肢が狭まれば動きを読みやすくなる。

この辺は田中先生から習ったことだ。机に向かっての学習は生来苦手だが、身体を動かして教わったことは忘れない。

砂の煙幕が晴れていく。花の魔法少女は元いた位置より三歩左へ移動していた。両掌を開いて低い姿勢で獣のように身構え、やはり獣のように牙を剥いている。

子供の頃から動物や昆虫といったものに興味はあったが、牙を突き立ててくるような獣は好みの範疇《はんちゅう》から外れている。インフェルノは偃月刀の切っ先をピタリと敵に向けた。

「で、降伏する気になったわけ？」

「フレイミィのやつもそんなことといってたけど、最後は助けてくれって涙流してたよ」

インフェルノは微かに眉を顰めた。頭の上の花が先ほどまでとは変わっている。可哀想なくらいに萎びてしまっていた花が元気になっている。それだけではない。種類が違う。

「あんたは似てるよ、フレイム・フレイミィにさ。熱くて近寄れないところも、その程度のつまんない魔法で天下取ったようなドヤ顔見せてんのも、頭の悪そうな喋り方も」

円状にびっしりと花びらが広がっている。花びらは、先の方だけが薄らと紫色に染まり、それ以外は白い。インフェルノは花に対して興味を持ったことがなく、種類も名前も知らなかった。ただ、予感のようなものが背筋を走った。

少女が、お辞儀のように頭頂部、即ち花を向けた時にはインフェルノも動いていた。突きつけていた偃月刀を目の前にかざし、背後に倒れこむ形で身を投げた。

花が光り、偃月刀の刃部分が宙を飛んだ。

——光線《ビーム》!?

さらに光条が走る。一瞬前までインフェルノが場所に砂煙が立った。

偃月刀は柄の部分しか残っていない。綺麗に抉られて刃部分を失っている。熱で溶かされたわけでもないし、衝撃で破壊されたわけでもない。始めから無かったようにも見えた。

ピュアエレメンツの武器は全て特別製だ。魔法少女の腕力で振るっても刃が欠けたりはしない。インフェルノが持っていても柄が焦げたり刃が溶けたりすることはない。

光を収束して破壊のためのエネルギーを生成しよう、というような生易しいものではない。さらに三発のビームが発射され、砂煙が立った。

腕力で負けた時は悔しかった。だが闘志が折れるようなことはなかった。今、闘志は折れているのだろうか。そんな自己評価ができないくらいに混乱している。

近寄って戦えないとなれば即戦術を変えてきた。敵の魔法には、それくらいの自在性がある。上にいかれているという実感がある。

それに、あのビームに当たれば死ぬだろう。それを躊躇なく撃ってきた。殺すことを全く問題にしていない、恐らくは殺されることも。焦げようが燃えようが、殺されないなら軽傷とばかりに降参はしなかった。

砂煙が風に吹かれていた。インフェルノはビームの照射が止まっていたことに気がつき、ぞっとした。砂山を乗り越え、こちらに頭の花を向ける敵の姿を生々しく想像し、掌に握り締めていた砂をばら撒き、立ち上がりながら砂を蹴り上げ、全力で走った。

極力爪先で砂を巻き上げるようにした。背中をビームで撃ち抜かれる自分自身が脳裏に浮かび、消そうとしても消えてくれない。

トレーニングルーム入口の隔壁まで辿り着き、開閉パネルのスイッチを押してからも必死で砂を巻き上げ続け、隔壁がスライドすると同時に滑りこみ、通路、第四トレーニングルームと飛ぶように駆け、ブリーフィングルームに着いた時には息も絶え絶えで心臓が爆発しそうに苦しかった。

体内の魔法の力が減少しているのを感じる。引き出しの中にある薬を掴み取って口の中に入れ、蛇口の下に口を持ってきて水を出した。勢いよく引き出しを開けたせいで、引き出しとその中身が床に散らばっていたが気にはならなかった。しばらくの間、喉を鳴らして水を飲み、それでようやく人心地ついた。

薬は心を穏やかにしてくれる。ディスラプターとの戦いに臨むピュアエレメンツから臆病さを取り去り、勇気を与えてくれる。

腰を起こし、机に手をかけて立ち上がった。プリズムチェリーが怯えたような表情でこちらを見ていた。悪いことをした。

「ごめんね、ちょっと色々あってさ。もう大丈夫だから」

「あの……」

「うん？」

「テンペストは？」

いわんとする意味に気がついた時、インフェルノは駆け出した。

☆スタイラー美々

目の前で、黒い人型が蠢いている。以前これに似たものを見たことがあり、それを思い出し鳥肌が立った。魔王パムの翼だ。もし同レベルの強さを持っているとしたら、もし魔王パムの翼のように自由な変化を見せるとしたら、敗北以外の未来が見えない。

絶望的な気持ちで敵の攻撃を避け、「おっと」と声が出た。魔王パムの翼とはまるで違う。

素早さと反射神経はそこそこで、美々なら戦える程度。太い腕から繰り出される鋭い鉤爪は要注意、ただし避けるなり受けるなりする余裕はある。ハサミで斬りつけ、蹴りを入れて距離を取り、回りこんで背後から一撃入れた。これなら戦えそうだ。

黒い人型は腕を落とし、背を割られ、それでももがいている。斬られた場所から黒い肉が生まれて傷口を埋めようとしていた。再生するという点は魔王パムの翼に似ているが、再生のスピードは遅いし、攻撃を受ければ受けるほど再生力は弱まりつつあるように見える。一撃目に比べて二撃目の傷は治るまでに数秒ほど余計な時間がかかっていた。

攻撃を集中させ一気に叩き潰した方がいい。それでも倒せないようならもう一度考える。

スタンチッカは攻撃をひらりひらりと避けながら投げナイフを投擲《とうてき》し、あるいは蹴り、殴り、黒い人型を痛めつけていた。

あちらもそれなりに余裕はありそうだ。動きが滑稽でおどけている。意味もなくとんぼ返りで回避したり、妙に見る目を意識していた。

トランプ兵士の方は互角に若干劣るくらいか。ハートの時より戦闘能力は上がっているのだろうが、それでも黒い人型相手に必死でやり合っている。

糸玉とシャボン玉は連携して複数の黒い人型を相手にしていた。シャボン玉を嵐のように吹きつけ、それを盾に、目晦《くら》ましに、時には踏み台にしながら戦っている。こちらはかなり強そうだ。とりあえずご助勢というからには味方なのだろう。今は戦っていてもらう。

むしろ余裕がないのは魔法少女と戦っているであろう魔梨華と喪服の方か。魔梨華は下手に手を出したら噛みついてくるだろうから好きにさせるとして、手早く終わらせ、まずはトランプ、次は喪服の援護に回るのが良さそうだ。

美々はスタンチッカに声をかけた。

「攻撃力重視でいきましょう！」

スタンチッカは頷き、袖口から手斧を取り出した。宙に投げ、二本目を出してそれも投げ、三本目、四本目と投げてジャグリングを始める。道化師と手斧という組み合わせは、サーカスや大道芸よりもホラームービーを思わせちょっと怖い。

美々も大振りの剃刀《かみそり》を左手に持ち、右手のハサミと連携し敵を斬り刻む。時折スタンチッカと攻撃対象を交換することで敵の鉤爪から逃げつつ死角から攻撃し、何度か繰り返す内に黒い人型はドロドロと溶け崩れて砂の中にしみこんでいった。殺気が薄らいでいく。これで終わり、ということらしい。

スタンチッカと二人がかりで残る人型を集中攻撃し、それも屠《ほふ》ってすぐトランプ兵士の助けに向かって今度は三対一でボコボコのズタズタにしてやった。

トランプ兵士とスタンチッカ、それに二人で黒い人型を叩き潰したシャボン玉と糸玉が喪服が飛んでいった方へ走っていく。一応立場上は袋井魔梨華の様子を見るくらいはしておこうか、とそちらを向くと魔梨華が歩いてきた。

「逃げられた」

頭の花は枯れている。ここに来た時は秋桜を咲かせていた。今枯れているのは雛菊だろうか。秋桜を枯らすか捨てるかして、雛菊を新しく咲かせるくらいの強さが相手にあったということで、しかも逃がしてしまったというのはいただけない。

「強かったんですか？」

「強かった。あとまだなんか奥の手が持ってるな、あの雰囲気は」

「奥の手も出さずに逃げるって珍しいですね」

「状況が許さなかったのか、それとも他に理由があったのか知らんけどさ」

魔梨華は忌々しげに目を眇めて天井を見た。

「太陽も無いくせしてやたらと暑いな。この暑さで炎使いって嫌んなるね」

砂漠という環境は花を育てるのに適していない。炎というのも植物には優しくない。魔梨華の花はゆっくり育てれば長い間咲いているが、即席で育てればすぐ咲く代わりに枯れるのも早い。砂漠で炙《あぶ》られながら咲かせた花ならすぐに寿命が尽きる。

「逃がす」というのは「逃がした」のかもしれない。

奥の手を潜《ひそ》ませている相手と楽しく戦うためにも、自分が全力で戦うためにも、場所を替えたいというのが正直なところではないだろうか。袋井魔梨華は狂っているなりに勝利への鋭い嗅覚を持っている。

「お前らは悪魔程度に随分時間食ってたな」

「悪魔？」

「魔法によって作られた使役獣《しえき》だよ。魔法使いが護衛にしたり召使にしたりする。魔法少女が生み出すこともあるらしいけどレアケースだな」

「なんでそんなこと知ってるんです」

「物知りだから」

なんとなく反発を覚えたくなる。スタイラー美々は腰に手を当て砂の上に唾を吐いた。

「私はまた魔王パムさんの羽を思い出してビクビクしてましたよ」

「悪魔を支配するから魔王ってね」

「ああ、そういう意味だったんですか」

「いや全然そんなことはない。あれは単なる魔王《ババア》の趣味。クラムベリーは魔法少女になったばっかの頃に悪魔ぶちのめしたんだってさ。しかもけっこうなでかいやつを、だよ。お前らあんな程度もうちょい早くやっつけないと」

「森の音楽家と比べないでくださいよ」

「袋井魔梨華の相棒ともあろうもんがそんなことでどうすんだよ……それはともかく」

魔梨華は左手の砂山に視線を動かした。喪服が向かい、スタンチッカとトランプ兵士が助けに行った方向だ。

「妙に静かだけど向こうは終わってるらしいね」

いわれてみれば静かだ。ただし無音というわけではない。戦いの激しい音ではなく、砂の上で足を踏むザクザクという音だけが聞こえてくる。

やがて砂山の向こうからスタンチッカが姿を現し、トランプ兵士が続いて現れた。トランプ兵士はキィキィと何事かを伝えようとしているが、なにをいっているのかわからない。スタンチッカはジェスチャーで伝えようとしているが、それはトランプ兵士とコミュニケーションをとるのと変わらず難解だ。

「あん？　喪服の魔法少女がいなくなってたって？」

「なんであなたはこの二人の伝えようとしてることが理解できるんですか」

「聞けばわかんだろうよ」

糸玉とシャボン玉は声をかけながら探していた。どこからも出てこないらしい。

砂漠とはいえ所詮地下室の中だ。五百メートル四方の馬鹿でかい部屋だとしても、やはり部屋は部屋に過ぎない。砂山により射線が遮られるといっても限りがある。六人で手分けをして探せばすぐに見つかる、はずなのに、喪服が出てこない。

「砂の下に埋まった？」

「自力で出てくると思いますよ、魔法少女なんですから」

「てことは」

入口側とは逆の隔壁がスライドを始め、全員がそちらを見た。トランプ兵士がたたたっと走り寄ってきてシャボン玉の陰に隠れた。いつの間にかハートの3に戻っている。

隔壁の向こうに見えたのは例の魔法少女だ。偃月刀に蠍《さそり》の尻尾、髪の先がちろちろと燃えている。魔法少女は部屋の中に入らず左見右見し、こちらを認め憎々しげに睨みつけてきた。なにを思ってか、魔梨華が「おーい」と手を振り、魔法少女はそれを無視して隔壁を閉じてしまった。

魔梨華は「ふむ」と独《ひと》り言《ご》ちて顎に手を当てた。

「あんたらのお仲間、敵さんに攫《さら》われたっぽいな」

「マジですか……」

「おやおや、そりゃ大変でございますね」

糸玉の表情は深刻そうだ。シャボン玉の方はなぜか妙に軽い。

「まあ、それはそれとして……あんたらなによ？」

「善意の魔法少女でございますです」

スタンチッカが大袈裟な動作で額に手を当てた。

☆ファル

二股の道に分かれたT字路前に戻り、ほどなく戻ってきた別行動班と合流した。こちらからの報告は魔法少女二名との遭遇のみだが、別行動班の報告にはうんざりしてげっそりする内容が含まれていた。

とにかく戦うべきと主張している袋井魔梨華をスタイラー美々が宥めていた。頭の花は茶色く枯れ果ててしまっている。人造魔法少女との戦いでエネルギーを使い果たし枯れてしまったと本人はいっているが、枯れているなりに形が整っていた。

スノーホワイトはすっと立ち上がり、隔壁の方へ移動し、ついて来ようとしたスタンチッカを右手で制した。なぜついてこようとしたのか。懐かれている気がする。スタンチッカは大袈裟に肩を竦めてみせると元居た場所に腰を下ろした。

「どちらへ？」

「マスコットキャラクターと話があります。三十秒で戻ります」

ウッタカッタの声に返事をし、隔壁を開いて森林の部屋に入った。スノーホワイトは魔法の端末の電源を入れ、ファルは立体映像に自分の姿を映し出して会話の構えをとった。

「聞かせたくない話するのはいいけど、正直にそれを話すのはどうかと思うぽん」

「正直にいった方がいい。今一人で隔壁の外に出るなんて、それ以外の理由は無いんだから。どうせ嘘を吐いたところで向こうも察するよ」

他はともかくウッタカッタは目敏《めざと》いところがある。にやけた表情に反して他者の動きを敏感に察知し、今も外に出ようとしたスノーホワイトに声をかけた。ウッタカッタともう一人、フィルルゥ。この二人はファルのデータ集にも掲載されている。

オーバーオールの魔法少女はウッタカッタ。各部門で「使える人材」が必要とされた時、それに応じて金目当てで雇われる傭兵魔法少女とでもいうべき存在だ。当然荒事に用いられることが多く、弱者が選べる生き方ではない。

糸玉に針の魔法少女はフィルルゥ。アメリカの魔法少女刑務所勤務の彼女がなぜこんな場所に来ているのかはファルにもわからない。外からの襲撃、内からの脱走、双方に備えるための警備を任務としていた。要するに戦闘要員だ。

二人はスノーホワイトが受け取ったものと似たような文面のメールに従いこの町にやってきた。昨晩人造魔法少女を発見、交戦するも取り逃がす。その折、喪服を着た魔法少女「カフリア」と合流して三人でチームを組みこの施設にまでやってきたのだという。

スノーホワイトの魔法によれば、少なくともこの二人は嘘を吐いていない。

「この二人は、ね」

「どういう意味ぽん?」

「わたしはカフリアの心の声まで聴いていないから」

ウッタカッタ、フィルルゥに加えて、ハートの女王グリムハートとトランプの兵隊シャッフリンという魔法少女もいる。この二人はファルのデータ集にも掲載されていない。ウッタカッタ曰く「魔法の国」本国の魔法少女ではないかということで、それならばキークのチェックから漏れたのも納得がいく。

本国の魔法少女はかなり面倒臭い。スノーホワイトも名誉住人ということになっていたが、実際住み暮らしているわけではない。そして住みたいといっても許可されるわけではないだろう。

連中はプライドが高く夢想家ばかりとはキークの弁で、そういった者と衝突することが多く怒りのボルテージを上昇させフラストレーションを溜めてばかりだった。キークが事件を起こした遠因が「魔法の国」の体質にあった考えるのは、けっしてファルの贔屓目ばかりではあるまい。

グリムハートはスノーホワイトが使用しているのと同じ「なんでも入る袋」から玉座、天蓋、文机、本棚、魔法陣を編みこまれた毛の高い絨毯、その他雑貨や家具を取り出して入口の前にでんと構えていた。シャッフリンは身体を小さくして震えていた。

「あっちの二人はなにか困ってたりするぽん？」

スノーホワイトは顎先に中指を当て、しばし考えているようだった。

「グリムハートの声は聞こえない」

「はい？　聞こえないってなにも？」

「なに一つ聞こえない。そういう魔法なのか、それともアイテムで防いでいるのか、わたしにはわからない」

スノーホワイトの魔法は「相手が信用できるかわからない」時に覿面《てきめん》の効果をもたらす。勿論、それは魔法がきちんと作用した時のことだ。

「あんまり深く考えてるようには見えないけど……」

なにかを指差しては「クビヲハネヨ」と喚《わめ》くだけのグリムハートは、言葉が通じないシャッフリンと同程度に意思疎通ができていない。

フィルルゥやウッタカッタ曰く、会った時からこうだったとのこと。身振りを使うだけスタンチッカの方がまだマシだ。

「注意しておいた方が良さそうぽん。シャッフリンの方はどうぽん？」

「あまり考えていない、というよりあまり考えられないみたい」

「あー……元が動物の魔法少女みたいな感じぽん？」

「似てるね。とりあえず現状悪いことは考えていない」

ただでさえ大所帯だったのに、魔法少女がまた増えた。単独行動が多かったスノーホワイトにとっては未だかつてない集団行動だ。だがこちらはまだいい。もう一つの報告についてはより悪い。

敵は「悪魔」を使用してきた。

そもそも魔法少女が使うような存在ではない。魔法によって生み出された自我を持たない合成生物全般を指す「悪魔」という呼び名は、その忌まわしさからつけられたあだ名のようなものであり、魔法少女魔法使い問わず誰もが本来の呼称である「ホムンクルス」を使用しなくなったために定着し切ってしまっている。

森の音楽家クラムベリーが魔法少女になった試験で特別強力な悪魔が大暴走した事件からもわかるように、使い方を誤れば大惨事を引き起こしてしまう危険極まる存在だ。使用するためには何重ものチェックをクリアした上での許可、それに監督権を持った魔法使いがその場に居合わせて申請通りの正しい運用がなされているか監視する。

この施設内で監視体制ときちんとしたチェックがあったとは到底思えない。いくら「魔法の国」のチェックがザルとはいえ、悪魔の運用については別だ。本来は魔法使いの既得《きとく》権益《けんえき》のようなものであり、魔法少女にやらせたがるわけがない。つまりは無許可で悪魔を使用していたということになるだろう。

これについて報告するだけでも取締りの口実にはなる、はずだったが、誰もそれをしようとはしなかった。各々の事情があることは容易に推測できた。

部門の利益を最大限に考えていたり、手柄を我が物としたかったり、そういった利己的な事情だ。スノーホワイトまでが動こうとしなかったのは、恐らく人質が取られてしまったからだろう。

カフリアが敵の手に落ちた。

ウッタカッタとフィルルゥ曰く、カフリアの魔法は「次に死ぬ者が誰かわかる」というあまり喜ばしくないもので、しかも当人が「自分が次じゃないから安心だ」というようなことをいっていたのだという。

フィルルゥ、ウッタカッタと三人でいた時にも「自分が次に死ぬわけではない」といい、そこにシャッフリンとグリムハートが加わったことで「トップが変わった」といっていたのだそうだ。

ファルのデータ集にも、カフリアの魔法は「次に死ぬ者が誰かわかる」魔法だと記載されている。そして次に死ぬ者が自分なのに「そうではない」と嘘を吐いていたわけがない。もしそうならもう少し慌てたり騒いだりするだろう。フィルルゥとウッタカッタによれば、むしろ安心しているようだったという。

すぐ死ぬわけでもない者が、敵と交戦中行方不明になった。要するに、捕まったのではないか。彼女が姿を消した「砂漠の部屋」を探してみたが、見つからなかった。そのことについて嫌な気持ちが纏わりついている。

もしここで敵がカフリアの身を盾にしてなにかしらの要求を提示してきた時、魔法少女達は素直に動くまい。今日初めて会った相手のために自らの目的を諦めるような殊勝な魔法少女がこの場にいるとは思えなかった。仲間を称しているウッタカッタとフィルルゥにしても昨日会ったばかりの間柄だ。

外交部門という大きな集団に所属しているレディ・プロウドとアンブレンの二人は、人情よりも組織の都合を優先するだろう。それが組織人として正しい有り方だ。

袋井魔梨華とスタイラー美々については、そもそも人情と呼べるものがあるかどうかさえ怪しかった。戦えればそれで幸せと思っている猛獣は、戦いを取り上げられようとした時、敵味方関係なく牙をむくのではないか。

「クビヲハネヨ」ばかりのグリムハートは動こうとしない。実際なにかあった時、どう行動するのかわからない。彼女に従うだけのシャッフリンについても同様だ。

スタンチッカについては、知らないというよりもなにを考えているのかわからない。まさか本気でおどけているわけではないのだろうが、言葉を使用しないコミュニケーションには限界がある。

人命を盾にされた時、スノーホワイトなら人命を優先してくれるはずだ。彼女は人命を蔑ろにされることをなによりも嫌う。ファルだって人命は優先して欲しい。出来ることなら魔法少女は皆そうであって欲しいと願っている。

だが現実は違う。いざ交渉をしようという段になってスノーホワイト以外の全員が「捕まったカフリアが悪い。交渉の余地なし」とした場合、どうなってしまうのか。

スノーホワイトは自分の意見が封殺されて黙っているような魔法少女ではない。文句をいったり、論戦したり、それだけでは終わらないだろう。

魔法少女は我が強い。折れること、妥協することは敗北にも等しい、そう考えているのはキークだけではないのだ。

まだ話はそこまで進んでいない。いつそこに至るのか戦々恐々としている。

「ファルが思ってるほど悪い人達ってわけじゃないよ」

「誰の話ぽん」

「ここにいる皆はカフリアを見捨てない。ただし」

スノーホワイトは隔壁の向こう側に目を向けた。

「グリムハートがどんなことを考えているかはわからないし、あの人が命令をした時、シャッフリンがどう動くかも私には読めない。そこだけは注意しよう」

隔壁の外に出る前、グリムハートは欠伸混じりで冊子を捲《めく》っていた。そこまでの注意を要する人物には見えないが、心の声が聞こえない以上はスノーホワイトのいう通りだろう。

「あとね。話はここにいる人達だけのことじゃないから」

「それって……どういうことぽん？」

「今、地下に籠っている魔法少女全員のことだよ」

スノーホワイトは魔法の端末を手に持ったまま隔壁を開けた。寝転がってだらけていたグリムハートが半身を起こし、顔を赤くして喚いている。ソファーの前ではシャッフリンが床に平伏して震えていた。なにがあったというのだろうか。

スノーホワイトはそれに構わず通路を引き返し、スタンチッカの前を通り過ぎてグリムハートのソファーの前、即ち皆が集まっている場所に立った。怒り狂うグリムハートと震えるシャッフリンに向けられていた皆の視線がスノーホワイトに注がれる。シャッフリンはちらりと顔を上げてスノーホワイトを見た。

「交渉をしましょう」

唐突な提案に、袋井魔梨華が酷く不審なものを見る目をスノーホワイトへ向けた。他も魔梨華ほど極端ではなかったにせよ似たり寄ったりだ。

「私は魔法で心の声を聴くことができます」

スノーホワイトを見ようとしないグリムハートを除き、全員の表情が大なり小なり驚きに変化した。ファルに表情を変える機能は無かったが、あれば誰よりも大きな目と口を開けてスノーホワイトを見ただろう。

戦いの場に身を置く魔法少女は己の魔法について語りたがらない。魔法を知られることは首根っこを押さえられるに等しく、たとえそれが仲間であったとしても、明日には敵になっているかもしれないからだ。

ましてや今回の面子は寄せ集めもいいところで、下手をすれば明日どころか十分後に敵になっていてもおかしくはない。

スノーホワイトはそんな連中に自分の魔法を明かしてみせた。心の声を聞く、というのはお前らの魔法も知っているぞと宣言するに等しい。魔法だけではない、目的も、知識も、奥の手も、全て握っていると教えてしまった。

袋井魔梨華が甲高い声で笑った。頭を揺らし、枯れた花びらが一枚落ちた。

「なるほどなあ！　そういう系統の魔法はやりにくいんだ！　それだけに勝つのがえらく楽しいんだよ！　わかってんだそういうのは！」

スタイラー美々はさも嫌そうに顔を顰め、レディ・プロウドはスノーホワイトを睨みつけ、フィルルゥは頬を赤らめ俯いた。スタンチッカは小首をかしげ、ウッタカッタは片目を瞑《つむ》って皮肉っぽく口を歪めた。

「袋井のお姉さんがおっしゃる通り、心を読むっていうのはおっかないものでございます。で、その心を読むことがどう繋がってくるんでございますか？」

「心を読むのではなく心の声が聴こえるんです」

「おっと、失礼を。で、心の声が聞こえるのがどう繋がってくるんでございます？」

「彼女達――この施設にいた魔法少女達の心の声が聞こえてきました」

「ほう」

「私達との戦いを望んでいません。交渉の余地があります」

レディ・プロウドの表情が緩んだ。

「……あの様子では交渉の前にやらねばならないことがあるでしょう。こちらに向かって槍と槌を振るってきたのをお忘れですか？」

「そもそも望んで戦いになったわけではありません」

レディ・プロウドの問いかけを無視してスノーホワイトは続けた。変身した後にここまで多くの事を話すスノーホワイトというのは滅多に見ない。スノーホワイトは、今、懸命に話している。淡々としているように見えるが、言葉をきちんと選んでいる。

なぜか。回避できる争いを回避しようとしているからだ。ファルは「見たかお前ら」と声に出したい気持ちを抑えた。

スノーホワイトは争いを嫌う。クラムベリーの試験でも最後まで殺し合いには参加しようとしなかった。魔法少女狩りなんて異名を奉《たてまつ》られ、恐れられ、敬遠されるようになったのも、無意味な争いを失くそうとしたからだ。

グリムハートが半身を起してスノーホワイトを指差した。

「クビヲハネヨ」

「向こうからしてみればこちらは明らかに侵入者で、なおかつ争う気でいたから向こうもそれに応じたんです」

スノーホワイトの言葉にスタイラー美々が頷いた。

「確かにね。うちの馬鹿が挑発して、向こうがそれに乗ったんですよ。あれが無ければもうちょっと穏便に出会ってたんじゃないかって思いますわ」

「おい、うちの馬鹿って誰だ」

「少なくともカフリアの身柄が抑えられてるなら交渉持ちかけてくるかも」

「確かに相手は積極的に戦おうって感じじゃなかった、ような」

「そういう感じもございましたねえ」

「でも……だからといって……」

「クビヲハネヨ！」

「ちょっと待て」

レディ・プロウドが両手を広げて前に出し、左右を見、前と後ろも見、上まで見た。

「アンブレンはどこに行った？」

あれだけ大きく目立つ傘で、遮蔽物《しゃへいぶつ》のろくに無い通路で隠れられるわけがない。全員がキョロキョロと周囲を見渡し、誰もアンブレンを見つけられない。

「アンブレンはどこに行った！　誰も見ていなかったのか！」

レディ・プロウドは顔色を失くして怒鳴りつけた。

「心の声が聞こえない……」

スノーホワイトが動揺している。外に出る前と外に出た後で心の声の数が変わっていることに気づいていなかったことにたじろいでいる。ファルは索敵をチェックし、やはり人数が一人減っていたことを確かめた。隔壁から外へ出た時には、アンブレンはいた。

スノーホワイトが動揺しているならファルが動く。マスコットキャラクターの務めだ。

「スノーホワイトが外に出る前、アンブレンとレディ・プロウドが話をしていたぽん」

レディ・プロウドは殴りつけられたような表情でファルを見返した。

「私が……私……そうだ、私とアンブレンは話をしていた。これからどうすべきか、報告した方がいいのか、そういったことを相談していた」

「スノーホワイトが帰ってきた時、アンブレンはいなくなっていたぽん」

「それは……たぶんそうなんだろう」

「スノーホワイトがいない間になにがあったぽん？」

レディ・プロウドはグリムハートに目を向け、視線を動かしシャッフリンを見た。グリムハートは全く我関せずでぶつぶつと不平を呟いていたが、シャッフリンは大きく身体を震わせ、もう一度額を床につけて縮こまった。

「グリムハート……さんが、シャッフリンにペンを持ってこいと……命じた」

一言一言、思い出すように話している。

「シャッフリンが袋からペンを取り出して……渡す前に落とした。ペンが床に転がって……慌てて拾い上げたが、グリムハートさんが怒って……シャッフリンが土下座して……」

ソファー近くにペンが転がっている。シャッフリンが持ち歩いていた袋は離れた場所に放置されていた。レディ・プロウドが話した状況と符合している。スタイラー美々が「そんな感じだった」と頷き、他に否定する者もいない。

ファルは声を小さく抑えてスノーホワイトに質問をした。

「アンブレンをどうにかしたやつはこの中にいるぽん？」

「ううん。そういうことを考えてる人は……どうにかしたことを知られたら困る、と思っている人はいない」

該当するとしたら心の声が聞こえないというグリムハートくらいしかいない。だがグリムハートがなにかしていれば、気づかなかった者がいるわけがない。彼女が騒ぎを起こし、そこに皆の注意が向いている間にアンブレンがいなくなったのだ。

「てことは、一人で反対側の隔壁開けて外に出たぽん？」

「そりゃあないですね。こちらの」

ウッタカッタが隣に座るフィルルゥを手で指し示した。

「フィルルゥのお姉さんが二つの出口に糸を張っておきましたのでございますです。もし相談している最中に敵襲でもあれば大事になると思いまして」

それを誰にもいっていないあたり、信用していなかったのだろう。外から入る者がいないかだけでなく、内から出る者がいないかもチェックしていたはずだ。スノーホワイトが外に出ようとした時、声をかけてきたのはウッタカッタだった。

フィルルゥはなにかをつまんでいるような形で人差し指を親指を合わせて掲げた。

「この糸を入口に繋げておきました。動けば振動で気づきます」

アンブレンは、この場から忽然《こつぜん》と消え失せた。扉を使うこともなく、梯子を上ることもなく、誰の目にも留まらず、さらにそれを見ていた者も関わった者もいない。

「アンブレンの魔法によるものでは？」

「アンブレンはそんな魔法を使わない！」

レディ・プロウドは大声で否定した。壁を背にして瞳は左右に揺れ動いている。背中と壁に挟まれた大きなマントが衣擦れの音をたてた。

「誰もしていない、アンブレンが一人でいなくなるわけがない、じゃあ連中がやった以外にないじゃないか。なにが交渉はできる、だ。連中に交渉する気なんてない」

「でもおかしくないぽん？　そんな風にして魔法少女を一人消してしまえるなら、もっと手っ取り早く侵入者の排除にかかるはずぽん」

「条件があるのかもしれない……なにか……トリガーとなる……」

口に手を当ててぶつぶつと独り言を繰り返すレディ・プロウドは明らかに落ち着きを失っていた。アンブレンが消えてしまった衝撃を受け止めきれていない。

「ほら、やっぱり簡単に解決すりゃいいんだよ」

一人、壁にもたれかかってつまらなそうに聞いていた袋井魔梨華が笑顔を浮かべた。

「話し合いとか交渉とかそんなつまんないことする必要ないんだって。殴ったり蹴ったりして一番最後に立ってた人間が一番偉い。それがシンプルでわかりやすいっしょ」

親指で背後の隔壁を指差し、「だから行こうよ」と締めた。

袋井魔梨華の話した理屈はクラムベリーに通じる、というかほぼそのままだ。クラムベリー流の魔法少女試験を憎み、破壊し続けてきたスノーホワイトを怒らせないわけがない。どうにかして宥めるかしないとまずい、とファルは慌てたが、スノーホワイトは俯いたまま動こうとしなかった。

「いいだろう。やつらに事情を聴くのはぶちのめした後でもできる」

レディ・プロウドがヒールを鳴らして森林の部屋に向かい、袋井魔梨華がよしきたとばかりにそれに続き、スタイラー美々が引きずられていった。

ほぼBGMのように喚いていたグリムハートが「なぜお前は行こうとしないのじゃ！無駄飯食らいは首を刎ねるぞ！」と怒鳴りつけ、ぴょんと飛び上がったシャッフリンが慌てふためきついていった。

ウッタカッタはすっと近寄りスノーホワイトに話しかけてきた。

「そちらはどうなさいます？」

「一緒に行きます。無駄な争いにはさせません」

スノーホワイトには表情が無い。森林の部屋に向かおうとしているレディ・プロウド達の背をじっと見ている。動揺は見られない。いつも通りのスノーホワイトに戻っていた。

「それは素晴らしいです。我々はどうすべきだと思いますです？」

「一緒についてきてください。いざとなれば、止めるために力が必要です」

「了解しましてございます」

　フィルルゥ、ウッタカッタともにスノーホワイトに従う。そういっている。

「そっちはそれでいいぽん？」

「ええ、たぶん」

　フィルルゥは曖昧ではあったが一応頷いた。ウッタカッタは言葉を継いだ。

「さっき相談してたんですがね。手柄にするにしたって、命あっての物種っていうのはあるじゃないですか。アタシにしたって、金に見合う働きするって誓いましたが命は金に換えられませんし、命賭けるような仕事はごめんでございます」

　そこまでいってから顎でレディ・プロウドを指した。

「プロウドのお姉さん、どうにも冷静さを失っているらしいです。袋井のお姉さんなんぞは母親のお腹に冷静さを捨ててきたってふうで、じゃあ一番冷静な人に従うのが生きるコツでございますです。というわけで参りましょう、と」

　フィルルゥは、今度ははっきりと頷いた。

「協力させていただきます」

「ありがとうございます。空いている仕事が無いか、ファルに調べさせておきます」

フィルルゥは言葉を詰まらせ、唇を舌で撫でてから頭を下げ、ウッタカッタと共にレディ・プロウド達の後を追って小走りで駆けていった。

ファルはぷりぷりと怒りながら冊子を読んでいるグリムハートに目をやり、スノーホワイトに話しかけた。声量を下げるという気遣いはしなかった。

「アンブレンがいなくなっていたことには誰も気づいてなかったぽん。スノーホワイトが気に病んだりしてもしょうがないぽん」

「なんで気に病んでると思うの？」

「ちょっとへこんでたぽん？」

「なんでそう思ったの？」

「どんだけスノーホワイト見てると思ってんだぽん。前のマスターから嫌ってほど見せられて、それからもずっと見続けてるぽん。そりゃ心の動きくらいわかるぽん」

スノーホワイトの前でキークのことをちらとでも話題に出したことはなかった。だが、今、あえて出した。スノーホワイトは軽く息を吐き、

「ストーカーみたいだね」

「まあ似たようなもんじゃないかぽん」

非常時は普段いえないことがいえるようになるものだ。キークがいっていたことはでた

らめと妄想ばかりだったが、これだけは正しかったと思う。

一輪車に乗って移動するスタンチッカを後ろに従え、ファルとスノーホワイトは森林の部屋の隔壁を開いた。

☆プリンセス・デリュージ

インフェルノは髪や服についた砂を払い落とそうともせず、黙然と椅子に腰掛けたまま俯いている。クェイクは左の膝を揺すっていた。プリズムチェリーは涙を流している。

「ごめんなさい……私がもっとちゃんと見ていれば」

プリンセス・テンペストが敵に攫われた、らしい。らしいというのは状況から推測するしかできなかったからだ。

敵と戦っていたはずのプリンセス・テンペストは、どれだけ待っても戻ってこなかった。第三トレーニングルームを隈なくモニター表示してもテンペストはどこにもいなかった。侵入してきた魔法少女達が一度来ただけで、後はもうなにも無い。

連れ去られたとしか思えなかった。

プリンセス・インフェルノは自分を責めている。敵の猛攻に耐え切れず一人で逃げ出してしまったことを後悔している。

プリズムチェリーも自分を責めている。ブリーフィングルームのモニターで完全にはチェックできなかったことを後悔している。モニターは一つしかない上、一つの部屋全体を映すことはできず各所にカメラを移動させることになる。全体を監視するのは不可能だ。

プリンセス・クェイクはただただ心配している。しかし心配していることを見せてしまえば、自分を責めている二人を更に責めてしまうことになる。それを知っているから、プリンセス・クェイクは心配を口にすることができず、膝を揺らしている。

プリンセス・デリュージはそういった分析をしている自分が嫌だった。一人だけ冷静でいるのは決して悪いことではない。だが冷静でいることによってテンペストに対する思い入れが薄いのではないかと思わずにはいられなかった。

デリュージはモニターを監視していた。敵がここに攻め入ろうとすればトレーニングルームを通ってこないわけにはいかない。トレーニングルームの入口にカメラを合わせておけば、敵の侵入を察知できる、というのは建前だ。

なにかをしていないと気持ちが保てない。いっそ、しているふりだけでもよかった。デリュージは自分が腕を組んでいたことに気づいて解いた。腕組みは心に壁を作っている証だという話を思い出した。

ここではなんでも腹を割って話せると思っていた。結局、ここでも一人だけ冷たい人間として孤立している。本当は慰めてあげるべきだと知っているのに、そうしようとはしない。問題が大きくなるのを避けている。

インフェルノの撤退は好判断だった。二人とも捕まってしまうのが下の下だ。その後すぐ救出に向かったのだから間違った選択ではなかったはずだ。

プリズムチェリーもよくやってくれた。彼女はこの施設の機械の扱いに誰より長けている。そのプリズムチェリーが無理だったのだから、誰がやっても無理だった。四人がバラバラに戦っていたのだから全員分をフォローできるわけがない。

そういったことを口に出してしまえば、より責めることになってしまわないかと心配している。本当に一番心配しなければいけないのはテンペストなのに、自分の立ち位置に気を遣っているせいで思ったように動くことができない。

自己嫌悪の鎖で雁字搦《がんじがら》めに縛られていく。魔法少女になる前と同じだ。

デリュージは引き出しから薬の瓶を取り出し、錠剤を掌に落とした。

日が変わる前に何度も飲んではならない、といわれている。二度なら何度もの範疇には入らないだろう。冷たい水で喉の奥に流しこむと魔法の力が増していくのがわかる。心が落ち着く。テーブルの上に瓶を置くと、インフェルノとクェイクも黙って薬を飲んだ。

考えなければならないことは決して少なくない。もう一度モニターに向き直り「あっ」と声を上げた。魔法少女達が第二トレーニングルームから侵入している。

頭の上に花を乗せた魔法少女、大きなマントの魔法少女、ハサミを持った魔法少女、トランプ兵士のような魔法少女が周囲を警戒しながら森林の中をゆっくりと進んでいた。

インフェルノが椅子を蹴って立ち上がった。

「あいつら！　テンペストはどこにいる⁉」

プリズムチェリーがカメラを動かし森林を端から端まで高速でなめた。が、テンペストらしき人影はどこにもないし、テンペストを捕えておけるような袋や箱も無い。

「見当たらない。たぶん通路に囚われてるか、外に連れ出されたか」

「クズども……ぶん殴ってテンペストの居所吐かせてやる！」

「ちょっと待ってインフェルノ！」

クェイクとプリズムチェリーの目が合った。二人はデリュージを見て、デリュージは頷き返した。全員考えていることはインフェルノと同じだ。クェイク、デリュージが立ち上がり、プリズムチェリーは操作パネル前に陣取った。

「ラグジュアリーモードの使用時間は最大限注意を払って。最悪の場合、二人でアルティメットプリンセスエクスプロージョンを使ってもいい。味方を巻きこまないならね」

「……了解！」

泣き腫《は》らして目を真っ赤にしながらも、プリズムチェリーは自分の出来る最大限の仕事をやろうとしている。インフェルノもクェイクも同じだ。だったらデリュージもやるしかない。くよくよと思い悩むのは後でできる。

「それじゃ行こう！」

「おう！」

「任せとけっつーの！」

幕間

バテンレースのかかったテーブルの上に資料を並べていった。リップルが用意してくれた資料にはプロフィールと顔写真が一枚添付されている。

フレデリカがきちんと躾《しつ》け、立派な魔法少女になるため誠心誠意指導した結果、リップルは一人前の仕事をするようになってくれた。

教育の現場を離れて随分経つが、生徒が成長してくれた時の何物にも代えがたい喜びはフレデリカの身も心もめろめろに溶かしてくれる。

テーブルの端に水晶玉を置き、資料を読み耽《ふけ》る。自他ともに認める魔法少女マニアのフレデリカにとって、なにより幸せな時間が流れ、身も心もとろとろに溶かしてくれる。

一癖も二癖もありそうな魔法少女達ばかりだ。強さを求める者、強さとは別の力を求める者、上昇志向の塊、抑えがたい好奇心、とにかくエネルギーに溢れている。

時折資料を置いて茶を啜り、煎餅を齧り、また資料を手に取って捲っていく。

以前は魔法少女の髪をファイリングしてコレクションしていた。あの貴重な蒐集物は当局に没収されてしまったが、新しいコレクションを集め直すチャンスを貰えただけ有り難い、そう思えるくらいのポジティブさを持っている。

リップルの資料には残念ながら髪がついていない。まあ仕方ないだろう。相手は油断のならないプロばかりだ。髪の毛を盗み取るにはコツがいる。その辺も伝授しておかねばならないかもしれない。

茶を啜り、煎餅《せんべい》を齧《かじ》る。水晶玉を覗いて様子を見る。マルチタスクだ。

窓の外ではシーツと浴衣が風に吹かれて翻っていた。客室から見える場所で洗濯物を干すという緩さは決して嫌いなものではなかった。

テーブルの上に落ちた煎餅の食べかすを払い落とし、資料を捲る。

スノーホワイト。精悍さが増している。以前に比べて甘さが抜けた良い顔つきだ。

袋井魔梨華。見知った顔だ。フレデリカの趣味とはズレるが、彼女の純粋さは好ましい。

さらに次の資料を読み進めようとしたところで手を止めた。資料の間に髪の毛が一本挟まって、ご丁寧にセロハンテープで止められている。

——なるほど。ソフトターゲットに絞って髪の毛を採取しましたか。

油断ならない傭兵や、神経を張りつめている狩人、特定の部門に所属している魔法少女といった「慣れないストーカーが採取を試みたらバレかねない相手」を避け、のんびりと油断しながら生きている相手に絞って髪を採取するという慎重なやり方はフレデリカが教えたものではない。リップルが生来持っている性質だろうか。それは決して悪くない。精一杯、できる範囲で頑張ろうという誠意を感じる。

右手の親指と人差し指を使い、髪に傷がつかないよう慎重に剥がしてから日に透かした。しばし呆然とし、ほう、と息を吐いた。

掌に置いてみる。日に透かさなくてもキラキラと光っていた。癖が無い。白、青、紫のグラデーションがたった一本の髪の毛からも見て取れた。

慌てて資料を見直す。どんな魔法少女の髪なのか気になった。

フレデリカは魔法少女の髪を愛している。だがこのような反応をしたことは滅多にない。美しい髪には物語がある。まず物語ありきで髪は美しいのだ。

クラムベリーの凄惨な半生。

魔王パムの太く堅い生き方。

スノーホワイトの輝かしい未来。

フレデリカにはない光を、闇を、持っている魔法少女達。

彼女達の髪を目で味わい、鼻で味わい、舌で味わい、人生を追体験する。そういった楽しみを持って魔法少女の髪を愛でていた。

この髪は違う。誰の髪か知る前に心臓へ杭が打ちこまれた。絶対にフレデリカを逃すまいとして鎖で全身を縛られた。この非凡な髪はたった一本で物語を不要とした。

宝石のように光り輝いているが、そのことが貴いのではない。宝石が好きなら宝石を盗んでくればいい。フレデリカの魔法はそういう用途にも向いている。髪に物語を超えた世界が込められている。そこにあるだけで美しい。見る者を魅了し、心を奪う。

上から眺め、下から見上げ、テーブルの上に置き、鼻を近づけて匂いを嗅いだ。できることなら食べてしまいたいが、ストックがこれ一本しかない以上、迂闊な真似はできない。衝動に任せて食べてしまってから、もう二度と手に入りませんと報告を受けては贅沢過ぎる食事に終わってしまう。髪を残しておけばもっと楽しめるのだ。

角度を変えて見れば、全く別の素晴らしさを発見する。後ろに置く物、通して見る風景、小物、少し変えるだけで新たな感動が押し寄せ、耐え切れず後ろに倒れた。受け身をとることもできず畳に後頭部を打ちつけ、陶然と身を横たえる。

そういえば、と起き上がった。資料には髪だけでなく写真も添付されていたはずだ。この髪がどのように頭から生えていたのか、整えられていたのか、揃えられていたのか、ぜひとも見ておかなければならない。単体には単体としての美しさがある。しかし全体には全体としての美しさがあるはずだ。

新たな感動を期待して写真を目にし、テーブルに勢いよく突っ伏した。ああ、と声が漏れた。こんな魔法少女が市井に埋もれているのか。それで誰も問題にしないのか。世の中は間違っている、と呻いた。

写真で見ただけでこの破壊力だ。生で見たら死ぬかもしれない。冗談ではなかった。

死にたいわけではない。死んでいいとも思っていないし、世界は喜びと幸せに満ちている。もっともっと味わいたいと思っている。

それでもフレデリカは自分を止めることができなかった。

フレデリカは髪の端を口で咥えて右手の小指に巻きつけた。

第四章　私が犯人です

☆プリズムチェリー

話すべきだったのか、最後まで迷っていた。

ピュアエレメンツがしている魔法少女活動と、プリズムチェリーが知っている魔法少女活動は、全く異なっている。

ディスラプターなんてものは聞いたこともないし、魔法少女研究所で生まれたりしない。宝石を使って変身することはないし、定期的に薬を飲まなければいけないなんてこともない。魔法少女は地味で報われない社会奉仕に従事し、世界の脅威と戦ったり政府の命を受けて暗躍したりはしない。

研究所に侵入してきた魔法少女達も、きっとそういう魔法少女だ。「魔法の国」が開催した魔法少女選抜試験を通って正式な魔法少女になった人達だ。不揃い、てんでバラバラ、まるで統一感の無いコスチュームは、プリズムチェリーと同じだ。最初から四人揃って活動することが前提であるかのようなピュアエレメンツとは違う。

そういったことを話すべきだった。あなた達と私達は、同じ魔法少女という呼び名でも全然違う存在なんです、と教えてやるべきだった。

どんな情報でも、なにも知らないよりは知っている方がいいに決まっている。いざ戦いとなった時、その辺を知らなかったせいで負けましたでは取り返しがつかない。

わかっているのにいえなかった。自分は同じ魔法少女ではないんだ、というのが怖かった。一緒にディスラプターと戦って、決めポーズや名乗りも考えて、なのに違うグループに所属していましたなんていえるわけがない。いつも明るく優しかった皆が、それでプリズムチェリーを除《の》け者にしたり、なんて考えたくもなかった。除け者にされたりしなかったとしても、きっと失望されるだろう。プリズムチェリーは侵入者の――テンペストを捕まえた連中の仲間だ。ああ、そんなやつだったんだなと思われる。

そんな風に思われるのは絶対に嫌だった。

最初はただ特別な人達と知り合いになりたいだけだった。特別ではない自分が特別な人達に必要とされ、そんな自分がまるで特別な存在であるかのように思えて嬉しかった。

今は少し違っている。特別だから嫌われたくないのではない。デリュージだから、クェイクだから、テンペストだから、インフェルノだから、嫌われたくない。デリュージと学校で魔法少女活動について相談するのは楽しかった。クェイクから教えてもらった深夜アニメの感想をまだ話していない。テンペストは恋についての相談がしたいなんてことを話していた。インフェルノとのゲーム対決はまだ決着がついていない。

嫌われたくない。失望されたくない。話すにしても、せめてテンペストを取り戻してからにしたい。テンペストを取り戻すために出来得る限りの貢献をして、やっぱりプリズムチェリーは仲間なんだと思ってもらいたかった。

全部我儘《わがまま》だ。そんなことはプリズムチェリーが一番良くわかっている。だから最後まで悩んだ。泣きながらどうしようか考え、結論が出る前に敵がやってきた。

話す時間はない。時間がないなら時間を作ればいい。敵を撃退すれば時間は作ることができる。ラグジュアリーモードがあればピュアエレメンツは負けない。それにプリズムチェリーがサポートをすれば万全だ。相手がどんなに強い魔法少女だとしても、魔王塾の卒業生だったとしても、負ける道理が無かった。

モニターの中の魔法少女達は慎重な足取りで第一トレーニングルームを進んでいる。デリュージ達は第二トレーニングルームを出る頃だろうか。もうすぐ接触する。

緊張が高まる中、隔壁の開く音が聞こえた。

戻ってきたのか。いったいなぜ。モニターから目を離し、振り返ると隔壁が開いていた。デリュージ達が出ていった第一トレーニングルームへ続く扉ではない。反対側の第四トレーニングルームに続く扉が開いている。

なぜそちら側の扉が、と思う前に魔法少女が姿を見せた。両手で持った大きな鎌は死神を思わせ、こちらに向けた目には滲み出すような悪意があった。

プリズムチェリーが立ち上がろうとするよりも早く魔法少女が走り寄り、鎌を振るった。意識を失う前に見た光景は天井にまで飛び散って白い部屋を汚す赤い液体だった。

☆スタイラー美々

こういう時の空気は肌で感じる。冷静な人達はスノーホワイトとウッタカッタとフィルルゥで、冷静ではない人達はレディ・プロウドと袋井魔梨華《ふくろいまりか》だ。グリムハート、シャッフリン、スタンチッカについては評価しにくいため保留とする。

フィルルゥ、ウッタカッタの二人は、唐突に登場し、唐突に仲間を攫われた。胡乱《うろん》で面倒臭い。そんな二人でも冷静でない連中よりはマシだ。話してくれた目的はレディ・プロウド達と変わらない。ウッタカッタはふてぶてしく、フィルルゥは疲れているようだったが、それでも最善を目指しているという意志は感じる。

恐らく冷静な人達はスタイラー美々についても冷静でない人の仲間だと思っている。しかし違うのだ。スタイラー美々は冷静な人よりも冷静で、冷静でない人達と一緒にいるのも理由がある。もし袋井魔梨華が理不尽に暴れようとしても、冷静でない人達に混ざってるはずだ。

いれば妨害し、より平和的な解決を目指すことができる。

私はそんなことを考えているとても冷静な魔法少女ですからね、と心の中で念じながら袋井魔梨華について歩いた。スノーホワイトが心を読むならきっとこれも読み取ってくれるはずだ。

通路を抜け、隔壁を通るとそこには木が生えていた。土があり、草が生え、天井近くまで木が伸びている。長短大小様々の木がバランスよく植えられ、灌木《かんぼく》や折れ枝までそれらしく配置されていた。特に杉の木が多い。

魔法少女は通常の毒物が効かず、花粉症にかかることもない。とはいえ人間だった時のことを思い出すと鼻がムズムズする。

袋井魔梨華が杉木の幹を撫でた。

「こんな地下に無理やり植えるから育ちが悪いこと。しかも多過ぎんな」

この魔法少女の優しさは知的生物を含む動物よりも植物に多く傾いている。

樹木の密度が濃く、両側の壁が見えない。通路よりも湿度と温度が高い。砂漠の時も感じたが、よくもまあ地下にこんなものを作ったものだ。

「袋井さん、砂漠よりは動きやすいでしょう」

「日の光が無いとダメだわ」

「ああ、そうですか」

林の中を通る獣道を進む。実際に獣がいるかどうかはわからない。獣に相当する危険な存在はすぐ隣を歩いている。スノーホワイトはああいっていたものの、本当にあの魔法少女達に交渉の余地があるのかどうかもわからない。

獣道を抜けると来た時と同じように隔壁が見えた。壁にあるパネルを押すと白一色の通路が現れるのだろう。ここも左ルートと同じだ。造りが平坦かつなんの目的で建造された施設なのかいまいちよくわからない。

展開まで似通っていた。あと十歩の距離で隔壁が上方向にスライドを始めた。そこにいるのは魔法少女が三名だ。空を飛ぶ魔法少女一名を減らし、ハンマーを持った魔法少女と三叉槍を持った魔法少女二名を足している。

この二名はレディ・プロウド達が交戦したという魔法少女だろう。外見的特徴ではティアラと宝石が共通していた。

「お前ら！」

偃月刀の魔法少女が前に出て、

「朱里《あかり》ちゃん？」

スノーホワイトも前に出た。

スタイラー美々は怪訝な表情で偃月刀の魔法少女とスノーホワイトを交互に見た。他の魔法少女達も敵味方問わず似たような反応をしていた。当の本人である偃月刀の魔法少女も理解に苦しむといったように眉間《みけん》に皺《しわ》を寄せてスノーホワイトを見返している。

「あんた……誰よ？」

「朱里ちゃん……なんでこんな所に」

「いやだから……え？」

その場にいた全員が瞠目《どうもく》した。スノーホワイトが変身を解除し、少女の姿をとり、すぐにまたスノーホワイトへ変身した。その間、スノーホワイトと偃月刀を持った魔法少女は、視線を合わせたままだった。

「……小雪《こゆき》？」

知り合い、なのだろうか。戦いの場にいる魔法少女として、明らかに常識外れなスノーホワイトの行動を全員が目撃し、毒気を抜かれ、激発寸前だった空気が弛緩《しかん》した。スタンチッカは「やれやれ」とでもいわんばかりに肩を竦め、頭を抱えて震えていたシャッフリンはおずおずと顔を上げ、袋井魔梨華は実につまらなさそうに唇を尖らせた。

三叉槍の魔法少女は小声で「知り合い？」と訊ね、偃月刀の魔法少女は「幼馴染《おさななじみ》だよ」と答えた。

「小雪はなにやってんのさ。強盗とか空き巣とかにジョブチェンジしたの？」

「強盗でもないし空き巣でもない。魔法少女だよ」

「魔法少女ならもう充分いるよ。ていうかテンペスト返しなよ」

他を置き去りにして話す二人の幼馴染という構図に業を煮やしたか、レディ・プロウドがスノーホワイトと偃月刀の間に割りこんだ。片頬が吊り上がり、目に瞼《けん》がある。

「人質はどうなっている」

「はあ？　それってこっちの台詞なんだけど？」

割りこまれたスノーホワイトがレディ・プロウドの前に回りこんだ。

「おかしいです。彼女達はカフリアもアンブレンも捕まえてはいません」

レディ・プロウドはスノーホワイトを押しのけて半ば叫んだ。

「いい加減にしろ！　お前らが知り合いなら知り合いで黙っていろ！」

「そうだそうだ黙ってろ」と小声で呷った袋井魔梨華は美々によって口を塞がれた。揉め事を求めている人間はこういうデリケートな場面にいない方がいい。

レディ・プロウドは右手を広げ、その動きに従いマントがはためいた。右瞼が引き攣《つ》れ、口元と声が震えている。顔全体が大きく歪み、怖いというより痛々しい。

「アンブレンがどこに消えたというんだ！　やつらしかいないだろう！」

「彼女達は本当に知らないんです。それに彼女達も仲間が一人いなくなった」

「ちょっと待ちなよ。なにいってるの？　テンペスト捕まえてるんでしょ？」

「朱里ちゃん、こっちも仲間が行方不明になってるんだよ。あなたの仲間のテンペストはこっちにいない。わたしは見ていない」

「だから敵と会話をするなといっている！」

「彼女達は敵では――」

　スノーホワイトが腰に提げた袋に手を突っこみ、袋井魔梨華は手の中に隠し持っていた花の種を飲みこんだ。フィルルゥは指の間に三本の縫い針を挟み、ウッタカッタは口元にストローを持っていく。スタンチッカがナイフでジャグリングを始め、レディプロウドは赤い小瓶を手に取った。

　スタイラー美々も腰を落として右手にカットバサミを取り出した。震えているシャッフリンを中心に、お互いがお互いを背に置くよう円形に周囲へ身構える。

ハンマー、偃月刀、三叉槍の三人はぽかんと見ている。気づいていない。スノーホワイトは彼女達に向けて叫んだ。

「敵が来る！　武器を構えて！」

　ヘドロのような黒い塊が次々に地面から染み出し、人型をとった。悪魔だ。ただし砂漠で見たものとは形と大きさが違っている。

　成人男性と比べて一回り大きい程度、形も人間をより簡素にしたという形状だった悪魔が、あるものは蝙蝠のような翼を背中に、あるものは腕が左右合わせて計六本、あるものは全身に口が開いて鋭い牙を見せつけて、とそれぞれに特徴を持っている。

　鉤爪をハサミで流し、手で払い、足で止め、体を入れ替えて背中に斬りつけた。他の魔法少女もそれぞれに戦い始め、フィルルゥはなにも無い場所で跳躍して林の上に跳んでいき、有翼の悪魔二匹が追いかけていく。ウッタカッタのシャボン玉に纏わりつかれた悪魔が腕をぶん回して暴れ、スノーホワイトはその下を掻い潜って人造魔法少女に殴りかかろうとしていた悪魔を背中から斬り倒した。

「なんであたしらが攻撃されんの！」

偃月刀の魔法少女がようやく武器を振るい、ハンマーの魔法少女が戸惑いながらそれに続く。悪魔は段々と数を増している気がする。いや、確実に増えている。今も延々と地面から染み出し形を作っている。

回し蹴りを首に打ちこみ、ハサミを振るって牽制し、内側へ潜りこんできた一体を肘打ちで迎撃、レディ・プロウドが撒き散らした液体を浴びせられそうになり慌てて後退し、頭を抱えて震えていたシャッフリンに躓きかけ、ひょいと飛び越し、薙ぎ払われた触手を屈んで避けた。

スタンチッカが仰向けでカサカサと移動しながら悪魔の足首を切って回り、スノーホワイトがバランスを崩した悪魔の首を次から次に刎ねていく。ハンマーが悪魔を吹き飛ばし、三叉槍が凍りつかせ、偃月刀が燃え上がらせた。

「プリズムチェリー！　なんでこっちにも攻撃してるの！　設定変えて！」

三叉槍の魔法少女が、誰かに向かって叫んだ。彼女達の仲間がなにかをすることで悪魔が出現しているらしい。しかし悲痛な叫びに耳を傾ける者など無く、悪魔はこんこんと沸き続けている。

灌木が燃え、炎が広がっていく。吹き飛ばされた悪魔が杉木をへし折り、倒れようとする杉木から逃れてシャッフリンが走り出し、触手に足首を掴まれて振り回された。ウッタカッタがシャボン玉を足元に吹きつけることで悪魔が転倒し、どうにかシャッフリンも解放されたが、今度は複数の悪魔に囲まれている。

「鉄線《クレ》のキンポ《マチ》ウゲ《ス》！」

魔梨華の頭上を飾る紫色の花は、彼女が咲かせる花の中でもトップクラスの硬度を誇る「テッセン」だ。ただ硬いだけではなく、丸鋸のように回転することで近寄る者を斬り刻む。混沌とした乱戦の中で使えば敵も味方もあったものではない。

スタイラー美々は「袋井に近寄らないでください！」と注意を促しながら、飛び散る悪魔の黒い体液から身を反らした。

樹上からは、フィルルゥが倒した有翼の悪魔が次々と落ちてきた。レディ・プロウドは小瓶をぶつけて割ることで中身の液体を悪魔に浴びせ、じゅうじゅうと焼ける音、それに白い煙と刺激臭が漂い、ただでさえ乱戦なのに咳きこむ声まで聞こえてくる。

スタンチッカと組んで悪魔を斬り刻んでいたスノーホワイトはシャッフリンのフォロー

に回ってそれどころではない。

人造魔法少女達もそれぞれ悪魔を打ち据えていたが、彼女達は未だ混乱しているらしく動きがぎこちない。袋井魔梨華は喜び勇んでテッセンを回転させていたが、ほどなくして紫色が茶色に変わり、やがて花びらも枯れ落ちた。

しかし悪魔の生まれるペースが落ちない。このままではじり貧だ。

「撤退します！　全員逃げる用意を！」

スノーホワイトが叫び、

「撤退の必要無し！　ここで逃げたら行方不明者はどうなる！」

レディ・プロウドが怒鳴り返した。杉木がまた一本折れ、地響きを立てて横たわる。

「撤退を！　これ以上は無理です！」

「無理と思うから無理なんだ！」

レディ・プロウドはガードした腕ごとキックで悪魔を薙ぎ払い、倒れた悪魔の顔面を踏み抜いて黒い染みに変えた。さらに倒れた杉木を脇に抱いて半回転し、周囲の悪魔を吹き飛ばす。周囲の魔法少女達は慌ててしゃがみ、一人棒立ちだったシャッフリンはスノーホワイトに頭を掴まれ押さえられた。

「勝てると思えば勝つ！　魔法少女は思いが全てだ！　それが魔法少女だ！　それが！」

脇に抱いた倒木を投げつけて悪魔を押し潰した。小瓶を撒いて悪魔の顔を焼き、特に大きな悪魔の足首にローキックを叩きつけて悲鳴とともに膝立ちにさせ、姿勢が低くなったところへダメ押しのハイキックで後頭部を蹴りつけようとした、が、哀れっぽく泣いていた悪魔が突如顔を横に向けたことで後頭部ではなく顔面を蹴りつけることになり、悪魔が大きな口を開いたことで口の中を蹴りつけることになり、インパクトの瞬間悪魔ががっしりと口を閉じたことで足首から先を捕まえられた。

あっと思うだけの時間は無かった。ずらりと生えそろった鋭い牙がレディ・プロウドの足首を確保し、そこから先は蹴ろうが踏もうが決して離そうとせず、悪魔が立ち上がったせいで逆さ吊りにされることになった。

後はもうなされるがままだった。悪魔が一斉に飛びつき、逆さまの状態でどうにか防ごうとしていたレディ・プロウドの限界はすぐに訪れ、血がしぶき、悲鳴があがり、赤い血が悪魔の身体を焼き、それでも悪魔は離れようとせず、スタイラー美々は目を背けた。

レディ・プロウドがなにかを叫んだ。言葉になっていない叫び声には確かな殺意が込められていた。被害者の悲鳴ではない。戦士の雄叫びだ。

同時に爆発した。レディ・プロウドに群がっていた悪魔が弾け飛び、巨大な悪魔の上顎が天井にぶつかってどろりと垂れ下がった。小さな悪魔達は一塊になって隔壁まで水平に飛んでいき、ぐちゃっと潰れた。

大きな爆発だったが、幸い巻きこまれた魔法少女はいない。

スノーホワイトが振り絞るように「撤退を！」と叫び、全員が走った。樹上から聞こえていた音は入口に向かって移動を始め、スタンチッカは仰向けのまま入口へ移動している。ウッタカッタはシャボン玉を吹きつけてから走り、スノーホワイトは悪魔の攻撃を受け止めた。指示を出したことでリーダーとでも思ったのか、悪魔の攻撃がスノーホワイトに集中し、袋井魔梨華が奇声をあげながらそちらへ飛びこんだ。

むしろスノーホワイトの近くにいるほうが危険だ。そう考えたのか、スノーホワイトが「待って」と制する声を無視して入口に行かんと駆け出したシャッフリンは、五歩進んだところで天井近くから舞い降りた有翼の悪魔に抱きつかれ、首筋に牙を立てられた。スタンチッカがナイフを投げ、ウッタカッタが蹴り飛ばし、最後に走り寄った三叉槍の魔法少女が悪魔の首を刎ね、その時にはもうシャッフリンの首は千切れかけていた。

スタイラー美々は走った。ここは地獄以下だ。地獄ならもうそれ以上死ぬことはない。ここは、居れば居るだけ人が死ぬ。長居すれば美々も例外ではない。

パネルを押したまま手招きするスタンチッカの脇を駆け抜け、通路に入ってすぐに振り返った。フィルルゥ、ウッタカッタ、三叉槍の魔法少女、スノーホワイトが戻ってくる。一人戻ってこないのは袋井魔梨華だ。

いい加減にしろ大馬鹿とでも怒鳴ってやろうと身を乗り出し、彼女の頭で蕾となっていた赤い花に気づいて怖気が走った。魔梨華がなにをしようとしているのか気づき、こんな密閉空間で味方も大勢いるのにあの馬鹿はと心の中で毒づいた。

スノーホワイトがスタンチッカの手首を掴んで通路に引きこみ、パネルによって押さえられていた隔壁が下方向にスライドを始めた。スタイラー美々、スタンチッカ、スノーホワイト、フィルルゥの四人はなんとか隔壁が下りる前に滑りこむことができた。森林の部屋には、魔梨華と悪魔達だけが残された。

「臭悪な腐り花《ラフレシア》！」

隔壁が閉じる直前、魔梨華の声が聞こえた。

袋井魔梨華の使う花の中でもトップクラスに大きな花、ラフレシア。頭が重いからなるだけ使いたくないといっていたのを聞いたことがある。どっしりとした重量感、巨大な花弁、それら外見的要素全てを足したよりも特徴的なのが、臭いだ。

あの花の臭いを一度嗅げば二度と嗅ぎたいとは思うまい。外の開けた場所でさえ至近で嗅げば昏倒し、多少離れていても嘔吐してまともに行動はできない。まして密閉された空間内であれが咲けば大惨事になる。

隔壁は閉め切られている。スタイラー美々は、くん、くん、と鼻を鳴らした。例の猛臭は無い。隔壁に遮られて臭いがこちらに漏れ出てくることはなさそうだ。向こう側でどれだけ臭気が撒き散らされているのか、考えたくもない。

問題は悪魔に嗅覚があるか否かだったが、

「大丈夫。悪魔にも嗅覚はあるぽん」

訊いてもいないのにマスコットキャラクターが太鼓判を押してくれた。悪魔にも嗅覚があるというのであれば、魔梨華も殺されはしないだろう。あの花の臭いは「なにかをしようという意志」を根こそぎ奪う。

☆プリンセス・インフェルノ

デリュージは侵入者達とともに向こうの隔壁から脱出したようだ。彼女のことを心配しても仕方がない。今は小雪を信じるしかなかった。小雪なら絶対に大丈夫、という保証は無い。小学生の小雪が小学生のままなわけがない。あまりにも年月が経過していたし、お互いが魔法少女になっていて、しかも敵対関係にあるらしい。

それでも信じるしかなかった。テンペストについて知らないといっていたのも、やはり信じるしかない。今はそれ以外の選択肢が無い。

走ることはいつだって楽しかった。なのに、今日は一度だって楽しいと思えない。走りながら混乱し、混乱しながら走っている。クェイクの背中を追うだけで精一杯だ。

一度捕えてさえしまえば、ディスラプターは恐ろしい存在ではない。実際的な訓練で相手役を務めてくれるし、カプセルに入れて携帯型の使役獣として持ち歩けるようにしようという計画もある。田中先生はそういっていた。

だが、身体に刃物を生やすディスラプターも、六本の腕を持つディスラプターも、捕まえた覚えはない。なぜ捕まえてもいないディスラプターは施設内にいたのか。どうして施設内のディスラプターがピュアエレメンツを襲ったのか。

指示はブリーフィングルームからしか出せない。プリズムチェリーがあんな指示を出すわけがない。なにか事情があったんだろうか。たとえば敵に脅されていた。プリズムチェリーも敵に捕まってしまった。そんな可能性を考え、すぐに振り払う。

三段跳びで岩棚を超え、指を引っかけて山の天辺に登り、そこから飛び降りた。クェイクが地響きと共に着地し、走り出す。インフェルノは静かに着地してそれに続く。隔壁が開くまでにかかる時間がもどかしくて堪らない。

三十センチの高さの隙間に身体を滑りこませ、通路に入った。隔壁をもう一枚超せばブリーフィングルームだ。通路を走り、曲がり角の直前でクェイクがいきなり止まったため背中に突っ込んだ。

インフェルノの体当たりを受けてもクェイクは動かなかった。

なにをしているんだと肩越しに前を見ると、そこには魔法少女がいた。先がスペードの形に尖った槍を持ち、不思議の国のアリスに登場するトランプ兵士そっくりの見た目で、こちらを見る目には悪意が篭もっていた。

「どけえ！」

クェイクがハンマーを振るい、屈んで避けられたところにインフェルノが偃月刀を突き入れた。スペードの槍が偃月刀の刃を受け流し、しかし勢いを殺し切ることはできず肩口を斬り裂き、さらにコスチュームの肩部分を燃え上がらせた。兵士は攻撃を受けた勢いのまま身体を転がし、起き上がってすぐに背中を見せて逃げ出した。

情報を咀嚼《そしゃく》し切れていない。トランプの兵士はさっき会ったばかりだ。ブリーフィングルームの側から来るわけがない。なのに、どうしてこちら側から来ることができた。ブリーフィングルームから来たとすれば、部屋の中いるプリズムチェリーはどうなっている。考えたくない、そう思った時には偃月刀が手を離れていた。インフェルノが投じた偃月刀は逃げるトランプ兵士の背中を真っ直ぐに目指し、あっ、と思う間もなく貫いた。

血しぶきが壁を汚した。鼠かなにかの小動物のような悲鳴、それに金属が床を打つ音が続き、倒れた兵士のコスチュームが燃え始め、慌てて偃月刀を引き抜こうとすると身体がついてきて、放り投げられる形で床の上に転がった。

深く刺さった。もう身動き一つしない。殺した。

「行くよ！」

大声で呼びかけられ、クェイクを見た。クェイクは口を引き結び、眉間に皺を寄せてインフェルノを見ていた。考えるのは後からいくらでもやってくれ、そういっている。

その通りだ。インフェルノは震えそうになる右手で懸命に偃月刀の柄を握り締めた。敵がブリーフィングルームの方から出てきたということは、プリズムチェリーが危ない。一分でも、一秒でも早く助けに行かなければ。

「おうよ！」

声は震えなかった。やらねばならないことがわかっていて、すぐそこにそれがある。偃月刀を壁に立てかけ、両手で自分の頬を張った。

そこに倒れているトランプ兵士は意識して見ようとしなかった。今見ると今度こそ心が折れてしまいそうだ。

クェイクが開閉パネルを押した。隔壁がゆっくりと上がっていく。速度が上下するわけもないのに、殊更ゆっくりと動いている気がした。偃月刀を握り直した。掌の汗を感じる。きちんと握れているのか自身が無い。

すぐに入ろうとはしなかった。床が見えて、赤い液体が見えた。

トランプの兵士が、血溜まりを囲むように幾人も立っていた。ダイヤ、ハート、クローバー、スペード、数もスートも様々なトランプ兵士がクェイクとインフェルノを見ていた。ほんの少しだけ驚いている。口々になにかを叫んでいたが、言葉が聞き取れない。

彼女達の奥に控えていたハートの女王が、ふんと鼻を鳴らしてこちらを指差した。

「クビヲハネヨ」

クェイクが吠えた。全身が黄色く光り、輝きは眩《まばゆ》いまでに強くなっていく。インフェルノも同じくラグジュアリーモードに移行する。エネルギーが体の中を隅々まで駆け巡る。時間の流れが遅くなり、クェイクと自分以外の全てがスローモーションで動いていた。

スペードを先頭にし、トランプ兵士が整然と隊列を組んでこちらに向かってくる。スペードの構える槍の穂先が室内光を受けて鈍く光った。当たれば怪我を負う。命中部位によっては致命傷だ。だったら食らわなければいい。

クェイクがハンマーを振り上げ、それに合わせてインフェルノはジャンプした。クェイクがハンマーを振り下ろし、打たれた床を中心にして震動が拡散する。クェイクの魔法は本来の衝撃以上に激しい振動を発生させる。近距離でやられたら立っていることも難しい。だが空中にいれば別だ。震動に足を取られてバランスを崩し、バタバタと転ぶトランプ兵士達を跳び越え、連中が守っていたハートの女王の脳天に偃月刀を振り下ろし――ガツンと振り払われた。

偃月刀を持った手に痺《しび》れが走った。なにが起こったのか理解するよりも先にスペードの槍が突き入れられ、偃月刀を半回転させることでなんとか弾いた。

スペードの兵士だ。インフェルノが偃月刀を振り下ろすよりも先に横合いから突っこんできて槍をぶつけてきた。インフェルノはラグジュアリーモードをオンにしていた。動きは早く力も強かったはずだ。邪魔されるはずなんてなかった。

クェイクが左右にハンマーを打ち振るってトランプ兵士を薙ぎ払い、蹴散らした。テーブルや椅子諸共に兵士の身体が吹き飛ばされる。インフェルノは空中で一回転し、着地した。三人のトランプ兵士がハートの女王の前に出た。

スペードのJ、スペードのQ、スペードのK。

クェイクが振るったハンマーを受け流し、インフェルノの突きを槍で受けた。こちらの攻撃にきちんと対応できている。

ラグジュアリーモードはオンにしてあるのに、動きで追いつかれている。力もそうだ。突き出された槍を力任せに弾き飛ばそうとしたが、槍の軌道が多少ずれる以上のことにはならず、むしろこちらが取り落しそうになった。

ハートの女王が口元を抑えて欠伸をした。

「クビヲハネヨ」

偃月刀を斜めに斬り下ろし、返す刀で斬り上げる。半回転させて石突きで打つが槍に止められ、逆回転させ今度は峰で打ち、しかし身を屈めて回避された。

相手の武器が槍ということで間合いが遠い。熱による攻撃の範囲外で打ち合っている。かといって間合いを狭めようという気にはならなかった。下手をするとクェイクまで巻きこんでしまう。

三人の絵札は全く同じ顔、同じ表情で黙々と攻撃してくる。一人一人の技術、身体能力、それに三人揃っての連携、全てが高い水準にあった。

クェイクはハンマーを振るって敵を近寄らせないよう牽制していた。敵は隙を狙って槍を突いてくるが、バックステップで後ろに退いてそれを回避し、壁を背にした。

ラグジュアリーモードは強いが、使用可能な時間は決して長くない。時間制限が来れば強制的に解除されてしまう。後に残るのは疲労困憊した魔法少女が二人だ。

現在三対二でなんとか戦いになっている。ラグジュアリーモードが解除されれば戦闘能力は大きく低下し、敵は変わらぬ強さのままで向かってくるだろう。

その前に終わらせなければならない。

恐らくはハートの女王が親玉だ。少なくともこの場にいる中では一番偉い敵だ。だが兵士三人が狙わせない。ブリーフィングルームの隅っこで欠伸をしているハートの女王まで近寄らせようとせず、槍を繰り出してくる。

火花を散らせて打ち合いながら思い至った。ひょっとして時間を稼ごうとはしていないか。ラグジュアリーモードの時間制限を知られているのではないか。三対二で向こうの方が数が多く、しかも護衛対象がすぐ傍にいるのに積極性が薄い気がする。

本来なら短時間で片を付けなければならないのは相手のはずなのに、牽制すればそれだけで遠間へ逃げる。

クェイクが倒れた椅子を蹴り上げた。右方向へ回りこんだトランプ兵士はひょいと頭を下げて椅子を回避し、クェイクは入口側に背を向けた。クェイクの尻尾が八の字の軌道を描いて動いた。インフェルノは小さく頷いた。

もし向こうから持ちかけてこなければ、こちらからやろうと提案していたことだ。実戦の中で尻尾を八の字に動かす、というのは符丁として取り決めてある。インフェルノは蠍のような尻尾を八の字に動かした。

クェイクがハンマーを振り上げた。敵の動きが止まる。インフェルノもまた偃月刀を振り上げた。頭上に偃月刀を構えながらモニターの前に視線を動かす。

そこにはトランプ兵士達が折り重なっていた。彼女達の身体の下から夥《おびただ》しい血が溢れている。トランプ兵士達の血ではない。インフェルノとクェイクがこの部屋に戻ってきた時、既に流れていた血だ。重く心にのしかかった。心の中でまず一つ謝った。こんなことに巻きこんでしまってごめんなさい、と。

必殺技名を叫ぶかどうかについては未だ結論が出ていなかった。いざ使う段になってみれば、わざわざなにをするのか敵に教える必要が無いことがよくわかる。インフェルノもクェイクも言葉を発さずに武器を振り下ろし、同じタイミングで床を叩いた。音と光が炸《さく》裂《れつ》し、なにも聞こえず、なにも見えなくなった。

アルティメットプリンセスエクスプロージョンは、プリンセスが力を合わせることで発動させる必殺技である。ラグジュアリーモードのプリンセスが、同じタイミング、同じ場所に武器を振り下ろすことで発動する。古いポリゴンのようなカクカクとしたバリアがプリンセスの周囲を覆い、次いで大爆発を起こす。

四人が力を合わせれば周囲一キロが消し炭と化し、三人が力を合わせれば周囲百メートルが消し炭と化し、二人が力を合わせれば周囲十メートルが消し炭と化す。軽々に使っては大惨事を巻き起こすことになるため、訓練時の使用に際しては許可が必要で、さらに基地の外では原則使用禁止だ。

周囲百メートルを巻きこむような爆発を起こしていい場所は施設内にも無い。必然的に三人以上のエクスプロージョンを試したことはなかった。

二人でのエクスプロージョンをした時は第三トレーニングルームの砂漠の中でやった。砂が舞い散る中、なにも見えなくなってしまったことを覚えている。

広いトレーニングルームの中でやってさえそうだった。ブリーフィングルームの中で使用するなど考えたこともない。

きつく目を瞑っていたが、それでも瞼の裏が白くなった。少しずつ目を開いていく。周囲の光景が視界の中で広がっていく。煤のような黒い物が宙に漂っていた。壁や扉にもやはり煤のようなものがこびりついて汚れている。椅子とテーブルは部屋の隅に固まっていた。ここまでやってもまだ壊れないのが施設の備品だ。

クェイクが小さく「嘘でしょ」と呟くのが聞こえた。インフェルノは口にこそ出さなかったが、全く同じことを思っていた。倒れていたトランプの兵士は全部消えた。立っていたトランプの兵士も同じだ。少女の死体も既に無い。全て纏めて空中を漂う煤のような黒いものになってしまった。

供給管から空気が送られているひゅうひゅうという音が聞こえる。部屋の空気を一気に燃焼し尽くしたせいで他所から空気を運んでいるのだろう。頭がふらつき、呼吸するだけで苦しくなる。吐く息が重い。

「クビヲハネヨ」

ハートの女王が、そこにいた。小さな火傷の痕も見えない。コスチュームもそのまま、腰に提げた汚いズタ袋もエクスプロージョンの前と変わらない。退屈そうに欠伸をした。

クェイクが後退った。インフェルノは歯を食いしばって踏み止まった。だがそこに立っている以上のことはできない。前に出ることも、偃月刀で斬りつけることもできないまま、必死の思いで後ろに退がらず立っている。

「クビヲハネヨ」

汚いズタ袋に深く手が差しこまれた。袋の中から掴み取ったものは魔法少女の首、ではない。首から下もしっかりとついていた。頭、肩、腕、胴体、袋の中に納まるサイズではない、一人の魔法少女がずるずると引き出されていく。

スペードのエース。

姿を見た時、自分の死を確信した。ジャック、クィーン、キングの三人も馬鹿強かった。その三人と比べてさえ格が違う。見た目は殆ど変らないのに全然違う。ここで死ぬ、あいつに殺される、それが動かないということが痛いほどに理解できた。ラグジュアリーモードはまだ解除されていない。なのに勝てるビジョンが全く浮かばない。

トランプの兵士がちらりとこちらを見ただけで肌を刺すような殺気を感じ、膝が震え、腰が砕けそうになる。アルティメットプリンセスエクスプロージョンが通用しなかったハートの女王も加えれば、どう足掻いたところで勝つどころではなかった。

ふっ……と身体が浮き上がり、後ろに引っ張られた。背後のクェイクに襟元を掴まれて引っ張られ、部屋の外に放り投げられた、ということに気が付いたのは、通路で立ち上がり身構えようとした時だった。

クェイクが後ろに退いた理由がわかった。彼女は隔壁を開こうとしていた。

その隔壁は、今、インフェルノの目の前で閉じようとしている。クェイクは敵の方を向いたまま、こちらを見ようともせずインフェルノに話しかけた。

「逃げて。デリュージ達と合流して」

なにをいっているんだという言葉が口から出てこなかった。隔壁をもう一度開けるために操作パネルへ伸びようとした手も途中で止まった。

クェイクは震えていた。ハンマーを持つ手も、肩も、脚も、全身が震えていた。

「ちょっとヒロイックなことしてみたいからさ」

扉が止まらない。クェイクの姿が隠れていく。

「あんた達のことが好きだからね。あんた達を守るために生きるって決めたんだ。だから別にこれくらいなにもおかしなことじゃ……」

隔壁が閉まり、インフェルノは偃月刀の実体化を解除し、ブリーフィングルームに背を向けて走り出した。ラグジュアリーモードが解除される。全身に満ち溢れていた力が消え、疲労感と倦怠感が体の奥から広がっていく。それでも足を止めることなく駆けた。頬を流れる涙を拭うことさえ忘れて駆け続けた。

☆フィルルゥ

レディ・プロウドとシャッフリンの二人は悪魔に殺された。フィルルゥは一人樹上で有翼の悪魔と戦っていたが、二人の悲鳴、それに悪魔が喜び歯を鳴らす音は樹の上にまで聞こえてきた。スノーホワイトとウッタカッタ、スタイラー美々が確かに死んだと話し、ファルが魔法少女反応が喪失したとダメ押しをし、もはや疑いようもない。

人死にが出るかもしれないとは思っていた。

メールを受け取り、なんとか人造魔法少女を探し、どうにか研究所も見つけ、地下まで潜ってここまでやってきた魔法少女が、覚悟もなにもありませんでしたでは通らない。だが実際に仲間が殺されると、たとえ目の当たりにしなくてもずっしりと堪える。

さっきまで話していた二人が、リーダーポジションを取られてやきもきしていたレディ・プロウドが、気の毒なくらいにあたふたしていたシャッフリンが、悪魔に噛み殺された。もう二人の姿を見ることもない。話を聞くこともない。

魔法少女だからこの程度で済んでいる、というのはある。魔法少女でなかったら死への恐怖で逃げるか泣き喚くかしているだろう。

他の魔法少女達も一見冷静だったが、空気は重苦しかった。特にプリンセス・デリュージと名乗った三叉槍の魔法少女は、一人だけ仲間外れがいるようなもので、彼女がシャッフリンを助けようとしてくれた親切心からこうなってしまったため間抜けということもできず、ただ所在なさげに通路の片隅で座りこんでいた。

行き場を失くした、という点ではフィルルゥ達も似たようなものだ。とりあえずベースキャンプに戻ろう、いざ戻ってみたらベースキャンプが消失していました、という現状は悪夢のようでもあり悪い冗談のようでもあるが現実だった。

森林を出て入口に戻り、戻った先ではグリムハートが消えていた。ソファーもカーペットも文机もキャンドルスタンドも無い。始めからそこにはなにもいなかったかのように、グリムハートと彼女の所持品が綺麗さっぱり無くなっていた。

　シャッフリンの死をどのように伝えようか悩むという次元の問題ではなくなった。ここまでいなくなった魔法少女がカフリア、アンブレン、それに追加で一人。本人がどれだけ自信たっぷりでいようと一人置いていくようなことはすべきではなかったのだ。

　スノーホワイトはファルと何事かを話している。

　スタンチッカはデリュージの前でパントマイムを演じていたが相手にされていない。

　袋井魔梨華は一人遠く離れた場所にいた。今の彼女は頭のラフレシアも枯れてしまったが、まだ臭気を纏っている。近寄れば吐き気を催し、目からは止め処《ど》なく涙が出た。その臭いで悪魔を全滅させたという大戦果に感謝をしつつ、近寄らずに置いておく。

　スタイラー美々は入口の扉をいじっていた。

「まずいことになってございますね」

　ウッタカッタが話すと事実より軽く聞こえる。気持ちの上で多少楽にならなくもない。

「ええ。グリムハートも一人にすべきではありませんでした」

「……それは別にいいんじゃないです？」

「いやいや。良くはないでしょう。絶対に良くはないです」

「しかし、ですね」

　ウッタカッタは通路の奥に目を向けた。そちらではスノーホワイトがファルと会話をしている。糸を使えば会話も聞こえるが、心を読む相手に盗み聞きをするつもりはない。

「スノーホワイトのお姉さんは、グリムハートさんを一人にしていいと判断したわけです」

「失敗でしたね」

「失敗じゃなかったんじゃあないですかね」

「いや、でも失敗だったじゃないですか」

「スノーホワイトのお姉さんは……どうもグリムハートさんとは一緒に行動したくなかったみたいでございますね。信用していなかったのかどうかは知りませんですが」

「信用していなかった?」

心を読むスノーホワイトが信用しないとはどういうことだろう。悪いことを考えている相手なら信用以前にその場で「あいつは悪いことを考えていますよ」とでも皆にいえばいい。この場において問題がなくとも人間性に問題があったとかそういうことだろうか。人間性でいうなら異臭を漂わせて一人離れた所にいる彼女だって問題はあるだろう。

「クソッ!」

スタイラー美々が苦々しげに扉を叩いた。

「パスワード寄越せといってますよ、このドア」

「はい? 入る時なにもいわなかったじゃないですか」

「そりゃ大変なことでございますね」

「はっはっはっは、いいねえ。閉じこめられてるってことだなこれ」

袋井魔梨華ただ一人だけは楽しそうだった。会ったばかりとはいえ、それでも一緒に戦っていた仲間が殺されたんだろうに、なぜ笑ったりできるのだろう。頭の花も枯れ落ちてしまっているのに、本人はいたって元気で楽しそうだ。誰か一度怒ったほうがいいんじゃないだろうか。

いきなりこんなに人数が増えて、仲間意識を持てというのがおかしいのだろうか。三人に増えた時さえ手柄の分割を恐れていたのに、そこからグリムハートとシャッフリンが、さらにレディ・プロウドとアンブレンとスタンチッカとスノーホワイトと袋井魔梨華とスタイラー美々まで増えて、まあ人数は増えたけど安全性は増したし、活躍さえすれば手柄になるのは変わらないと自分を慰めていたところだった。そういう意味ではフィルルゥも魔梨華のことはとやかくいえなかったが、それでも態度というものがある。

誰もいわないならフィルルゥがいうべきだろうか。袋井魔梨華はいかにもな武闘派で恐ろしげだ。それで口出しできないというのなら、自分の強さに自信がある者が一言いってやるべきではないか。フィルルゥの役目なのではないか。

そんなことを迷っていると、小指が震えた。

「隔壁が……開いてる！　左側！　砂漠の方です！」

座っている者は素早く立ち上がり、立っていた者は武器を構えて駆け出した。獣のように吠えながら駆けていった袋井魔梨華を先頭に、魔法少女達は通路に並ぶ。今、開きつつある隔壁との距離は凡そ十五メートル。じりじりと開いていく隔壁の向こう側には、知った顔があった。

「えっ……生きてたんですか⁉」

シャッフリンだ。殺された時のハートのシャッフリンではない。砂漠で見たスペードのシャッフリンで、なぜか数字が7になっている。シャッフリンが実は生きていて、なんとか逃げ延びてきたという喜びはすぐに塗り潰された。

フィルルゥは唖然と彼女達を見た。スペードの7のシャッフリンの後ろからぞろぞろとシャッフリンがついてきた。シャッフリンが複数いる。

「敵です！　戦って！」

スノーホワイトが簡潔に叫び、同時にシャッフリンが一斉にスペード型の槍を構え、突撃を開始した。

瞬き一つする前に接敵した。

袋井魔梨華が槍を跳ね除けたが棍棒に肩を打たれ、それを助けようとしたスタンチッカ諸共シャッフリンの群れの中に飲みこまれていった。

スノーホワイトとプリンセス・デリュージが前に出て長物で牽制しようとするがシャッ

フリン達はものともせずに突っこんでくる。一人や二人が傷ついたところで気にも留めない。

　フィルルゥは天井近くに跳んでシャッフリン達の頭上で張りついた。ウッタカッタも同時に動いた。シャッフリン達の頭上を跳び越えながらシャボン玉を一吹きし、自分自身を包みこむ巨大なシャボン玉の中に入りこんだ。

　フィルルゥはシャッフリン達の気が天井に来るより早く蜘蛛のように天井を移動していく。予《あらかじ》め糸を張っておいた。糸さえあれば、天井を這うくらい朝飯前だ。するすると頭上を抜けていった。ウッタカッタのシャボン玉も並走し、二人は移動しながら目を合わせ頷く。シャッフリン達の群れが途切れているところで振り返りながら飛び降りた。

　群れの中ほどから袋井魔梨華の奇声が聞こえた。右手にシャッフリンの足首を掴み、左手で別のシャッフリンの足首を掴んで振り回し、壁や床や別のシャッフリンにぶつけている。

　スノーホワイトがシャッフリンの腕を斬った。プリンセス・デリュージは受け止めた槍ごとシャッフリンの手を凍らせている。スタイラー美々は抜けてきたシャッフリンをハサミで迎撃していた。

　フィルルゥはシャッフリンを蹴り飛ばし、ウッタカッタがシャボン玉を吹いた。数は多く、ハートのシャッフリンに比べれば強いが、それでも一体一体の強さはさほどでもない。

少しずつ少しずつ、後ろに退がりながら敵を引きつけ、隔壁を開く。ウッタカッタとともにひょいと砂漠の中に身を躍らせ、ついてこようとしたシャッフリン達が一斉に躓いた。部屋を出る直前、足元に糸を張ってやった。見えないトラップだ。

転んだところを蹴りつけ、踏みつける。

暴徒や脱獄囚に対しては決して容赦するなというルールを繰り返し繰り返し毎日暗誦し続け、フィルルゥの中から躊躇は取り除かれた。看守にとって大切なのは刑務所が滞りなく運営されることであり、犯罪者に対して情けをかけることではない。骨を砕くつもりで体重をかけて踏み潰す。

袋井魔梨華に憤っていた気持ちは戦いの中で霧散した。さっきまで仲間だったシャッフリンの頭部に容赦なくストンピングを加えて戦闘能力を奪っていく。ウッタカッタも隣で同じことをしながら通路に向かってシャボン玉を吹きこんでいた。

大乱戦だ。しかし趨勢《すうせい》は見えてきた。シャッフリン達は己の生命を省みず攻撃しているが、実力差ははっきりとしている。通路という場所を選んだのは明らかに敵の失着だ。広い場所では囲まれるかもしれないが、通路でなら小数でも堰《せ》き止めることができる。

転んだシャッフリン達の手足に糸を通して床に縫いつけた。壁際のシャッフリンも同じだ。一発ぶん殴って動きが弱くなったところで壁に縫いつける。

打擲音が響く中、ずぶっと重い音がすぐ隣から聞こえた。

フィルルゥはウッタカッタを見た。ウッタカッタはいつもの余裕やにやにや笑いを全て失くし、信じられないものを見る目で自分の喉を貫く槍を見ていた。

槍はシャッフリンの手に握られていたのではない。シャッフリンの一人が腰から提げていた布袋から突き出していた。

槍がぐいと前に押し出され、ウッタカッタの喉から血液が溢れた。

槍に続き手が、腕が、頭と肩が、新たなシャッフリンが袋の中から姿を現し、ウッタカッタは口と喉から血を吹いて打ち倒された。

グリムハートが持っていた袋だ。あれには天蓋や玉座、本棚や文机まで入って、全く大きさが変わることはなかった。シャッフリンだって中に入るだろう。

衝撃に打ちのめされながらも頭は冷酷に計算をしていた。ウッタカッタが倒されれば防ぎきれない。急場の連携を練習したウッタカッタがいたからこそ、ここで防ぎ止めていた。下手に挟撃を続けるよりは、そこそこの数を引きつけつつ他に任せた方がいい。

フィルルゥは敵の攻撃を避け、受け、再び天井に取りついた。

☆グリムハート

椅子を蹴りつけた。このブリーフィングルームには備え付けの椅子が合計六脚あり、実験体による爆発からも影響を受けず残っていたが、堅くて座り心地が悪い上、蛮族の使用済みということでグリムハートが使ってやる理由は無かった。

愛用の玉座を取り出し、部屋の中央に置いた。傍らにはスペードのエースしかいない。この部屋に詰めていたシャッフリン達は纏めて焼き払われた。目的はまだ一つしか達成していない。その一つさえ完全ではなかった。

実験体を確保する、という目的はとりあえず達成した。地属性の実験体と風属性の実験体の二体だ。

風属性の実験体は、砂漠に潜ませたクローバー部隊に襲わせた。潜伏、隠密行動のエキスパートであるクローバーは、スペードに次いで高い戦闘能力を有する。「なんでも入る袋」経由で砂漠の中に潜んだクローバー部隊に不意を討たれて反撃できる魔法少女など存在しない。実験体を一体確保、さらに実験体と交戦中の魔法少女「カフリア」を捕獲した。こちらも別の使用用途がある。

地属性の実験体はスペードのエースにあたらせた。炎属性の実験体を逃がすため捨石になった地属性の実験体は捨石としての役を充分に果たした。グリムハートを苛立たせるほどに。

この他に補給用魔法少女としてアンブレンを確保してある。

グリムハートとハートのシャッフリンが周囲の耳目を集めている間に、袋から飛び出したスペードのエースとクラブのエースにやらせた。隠密のプロと戦闘のプロの不意討ちに気づく魔法少女は、襲われた当人を含めて誰一人いなかった。

補給用はもういいだろう。実験体もまあいい。二体もいれば事足りる。データとしては充分なはずだ。学者連中にも文句はいわせない。

最大の問題は、この世界の「人造魔法少女計画」を知った魔法少女が阿呆みたいにたくさん存在していることだ。グリムハートはそんな計画が初めから無かったことにしてしまわなければならない。

「魔法の国」から支配され隷属する分際で、自分達の手により魔法少女を生み出そうなど僭越《せんえつ》も甚《はなは》だしい。開けてはならない扉を開けてしまった子供は罰せられる。知っているだけでも罪だ。

既に一人逃がしてしまったが、それくらいは仕方ないとする。人数が少なければいくらでも口を塞ぐことはできる。それに逃がした一人にしてもあれだけの傷を負っていればすぐにくたばるだろう。問題は無い。

一網打尽にすべく、やつらと協力するふりをするという屈辱を甘んじて受けてまでして、ようやく閉じこめることに成功した。あとはシャッフリン達がどうとでも料理をしてくれる。グリムハートは待っているだけでいい。

グリムハートはスペードのエースの横顔を見た。なんの感慨もなくただ前を見ている。

つまらない魔法少女だ。だが、有能だ。

この世界の「人造魔法少女」とやらの技術を取りこめば、より一層有能な召使になるだろう。この世界の連中は蛮族ではあるが、文化や発想の違いから面白い独自の技術があるかもしれない。一時的な強化、連携による爆発、等々、見た範囲だけでも興味深いものがあった。

あの技術をシャッフリンにも搭載したい。優れた技術は「魔法の国」で生み出した人造魔法少女《ホムンクルス》にこそ使われるべきだ。

しかし手勢が足りない。技術と知識を担当するダイヤのシャッフリンが虐殺された。入口のパスワードを変更することはできたものの、グリムハート一人ではそれ以上のことができない。

そもそもグリムハートが動かなければならないというのもおかしな話だ。グリムハートは座っているだけで召使達が望むように動かなければならない。蛮族相手にせせこましく動かなければならないのは、恥だ。恥は、死に等しい。

「魔法の国」で最も偉大な魔法使いといわれる三賢人の一人、シェヌ・オスク・バル・メルの現身であるグリムハートに労働の義務はない。存在することが存在意義だ。

グリムハートは袋の中に手を入れ、二人の魔法少女と二体の実験体を取り出した。風属性の実験体、地属性の実験体、カフリア、アンブレンだ。全員魔法のロープで縛り上げてある。身動きはできず、魔法の使用も封じている。

カフリアがキィキィと何事かを喚いていた。

感情に任せて、という感じでとにかく喚いている。

なにをいっているかを理解する必要はない。うるさいという事実が第一の生贄を決定した。もう一度袋に手を入れ、シャッフリンを取り出した。

「首を刎ねよ」

誰の、という必要はない。大きな鎌を振り上げ、振り下ろした。

ジョーカーは優れた召使だ。主の信頼を裏切ったりはしない。カフリアがうるさい、黙らせてやりたい、そう思っていれば意を汲んで行動する。生贄が必要とあらば、最も主を不快にしている者から屠っていく。

カフリアの首が飛び、生命力がジョーカーを通してシャッフリンに注がれていく。焼き払われたシャッフリンも食い尽くされたシャッフリンも、生命を失った全てのシャッフリンがジョーカーの身体から一人また一人と生み出されていく。

魔法少女一人を捧げれば、五十二名の内の不足分が余さず補充される。

スペードのシャッフリンは戦で働き、ダイヤのシャッフリンは技術と知識を持ち、クローバーのシャッフリンは潜伏と隠密に優れ、ハートのシャッフリンは馬鹿で能無しで耐久力だけが異常に優れているのでいじめ甲斐がある。ジョーカーさえ生きていれば、魔法少女の生命一つで全てを補う。

実験体二体とアンブレンが騒いでいた。恐怖におののく表情は娯楽として悪くない。

「ダイヤは施設のシステム掌握を急げ。スペードは残った魔法少女を始末せよ」

ジョーカーの指示を聞きながらグリムハートは満足げに頷いた。

☆ファル

砂漠から通路に敵を引きよせ、そこから森林、岩場と転戦し、ようやく敵の勢いが減じつつあった。

「奇妙な果実《ストレンジフルーツ》！」

袋井魔梨華が種を飲みこんで一秒も待たずに大きな花が咲き、花弁の周囲を囲んで幾本もの太い蔦《つた》が伸びた。太さは二十センチ、長さ十メートルにも及ぶ蔦が周囲を打ち据える。取り囲んでいた悪魔五体が打ち倒され、さらに首を締め上げられた上で振り回された。周囲の岩盤が滅多打ちにされる。破片と体液の飛沫が飛び散った。

スノーホワイトはクローバーのクィーンが振るう棍棒と打ち合いながら岩棚の上を後退し、途中で小さくジャンプした。同じ場所でジャンプすることなく進もうとしたシャッフリンは前につんのめり、後頭部をルーラで強かに殴られ沈黙した。フィルルゥの「あれを避けられたら嫌だなあ」という心を読むことで、彼女の仕掛けた不可視の罠をスノーホワイトだけが回避したのだ。

青く輝いていたデリュージはフィルルゥの援護を受けながら力押しでクラブのジャックを叩きのめし、スタイラー美々は岩壁を逃げながらクラブのキングを誘導し、袋井魔梨華と挟撃する形を作って、前後から同時に仕掛けて蔓の鞭の餌食にした。

その間もファルは敵を観察していた。ハートのシャッフリンはおどおどビクビクとしていた。敵と戦うことを良しとせず、我が身を守るだけで精一杯だった。スペードのシャッフリンは槍を持っていた。そこそこに強かったが、魔王塾出身者である魔梨華、その相棒である美々、刑務所の守護を任されていたフィルルゥ、こういった武闘派の最前線連中と比べれば単体での強さでは劣る。

ただし数の多さは危険だ。ウッタカッタが不意の攻撃を受けてしまったのも敵の数が多いことを認識していなかったためといっていいだろう。

数が多いというのは恐らく他のシャッフリンにも通じる。複数名で姿を見せたのはスペードとクラブだけだが、ハートとダイヤの人数が少ないとは思えない。

クラブのシャッフリンは棍棒で武装していた。強さはスペードと変わらない。注意すべき点も共通している。

魔法少女達は岩山の麓に降りて倒れたシャッフリンを一纏めにした。フィルルゥが素早く彼女達を縛り上げた——糸は見えないが、恐らくは縛り上げたのだろう。

「縄抜けとかされたりしない……ですよねえ？」

「大丈夫です。縛るんじゃなくて身体を縫いつけておきましたから」

「え、えぐいですね……」

「いや、そんな。痛みもダメージもありませんから」

「そんなことよりさあ」

袋井魔梨華がフィルルゥとスタイラー美々の会話に割りこんだ。頭の花はすでに茶色く枯れてしまっている。魔梨華が顎で指し示した先には岩の上に座りこんでいたプリンセス・デリュージがいた。全身を包んでいた青い輝きは既に無い。肩を落として疲労を露わにしていた彼女は、自分が指されたことに気づいて顔を上げた。

「そいつさ、成行きでさっきから一緒にいるけど味方でいいわけ？　今回のメインターゲットだったんじゃないの？」

「味方でいいですよ」

デリュージ本人ではなく、スノーホワイトが魔梨華の問いに答えた。

「彼女は私達と敵対していませんから」

「それはなに？　心を読んでどうこうって話？」

心を読む、という言葉に反応してデリュージが目を見開いた。スノーホワイトはそれに全く構うことなくあっさりと頷いた。

「はい。彼女達は魔法少女活動をしていたところを襲われただけです。私達のことをどうにかしてやろうなんて考えていません」

「ふぅん」

興味を失ったように魔梨華はデリュージから視線を外した。ひょっとすると本当に興味を失ったのかもしれない。彼女にとっては強力な味方よりも強力な敵の方が余程興味深く面白い存在なのだろう。

「じゃあこいつはどうするよ」

倒れていたシャッフリンを足で指した。

「なにか情報聞き出す？　指の間に針指す拷問とかあんだろ？」

話を振られたフィルルゥは顔の前に出した両手と共に勢いよく首を横に振り、スノーホワイトもゆっくりと首を横に振った。

「聞き出せることはありません」

「随分といい切るね」

「複数いるということがわかって、ようやく理解できました」

スノーホワイトはシャッフリンの自我が無いわけではないが希薄である、といっていた。同時に複数のシャッフリンが存在しているならその理由が説明できる、という。

「カード毎に記憶の共有ができていない。ハートのシャッフリンはただただグリムハートに従おうとしか考えていなかったのに、スペードやクラブのシャッフリンは私達の排除を目的にして、それが果たせなければ困ると考えています。それだけなら複数の人格があるようにも思えますが、でもこれは一つの人格を薄めてバラバラにしたようなものです。たぶん、主人格である本体が他にいて記憶の共有や統合を担当しているはず……」

シャッターを巻き上げるような音が岩山の向こう側から聞こえてきて、全員が一斉にそっちに顔を向けた。これは隔壁を開く時の音だ。

袋井魔梨華が奇声を上げて真っ先に岩山を駆け登り、スノーホワイト、フィルルゥ、スタイラー美々、少し遅れてプリンセス・デリュージがそれに続いた。

各人が岩山の上に伏せ、あるいは岩壁を背にし、こっそりと顔だけ出して隔壁を窺う。上にせり上がっていく隔壁が三十センチほどの隙間を開けた時、するっと何者かが部屋の中に入ってきた。その魔法少女には見覚えがある。

「インフェルノ！」

デリュージが叫び、立ち上がった。プリンセス・インフェルノはその声に反応し、岩山の上を見上げた。コスチュームは一部が裂け、腕からは血が滴り、頬には涙が流れている。この短時間の間になにがあったのか。彼女と一緒にいたはずのプリンセス・クェイクもいない。隔壁の向こうから現れたのはインフェルノ一人だけだ。

インフェルノは岩山を駆け登り、縋りつくようにしてデリュージに抱きついた。息が荒い。肌には煤のようなものがこびりついている。急な動きを警戒し、周囲で身構える他の魔法少女に構うことなく、インフェルノはデリュージを強く抱いた。

「あいつが来る」

「あいつ？」

「プリズムチェリーが……クェイクも……！」

「落ち着いてインフェルノ。いったいなにが」

デリュージは言葉を切って隔壁の方に目を向けた。他の魔法少女も同じだ。閉じようとする隔壁を押し止め、一人の魔法少女が部屋の中に入ってきた。フィルルゥの顔が強張り、スタイラー美々の表情が歪み、スノーホワイトがルーラを構えた。袋井魔梨華はただ一人だけ嬉しそうに笑顔を浮かべ、

「無茶苦茶に強えな、あれ」

今部屋に入ってきたシャッフリンを指差した。

ファルには、相手の風体を見ただけで強さがわかるというような機能はない。実際に動いているところを見て、初めてその強さを知ることができる。入口からこちらを見上げているシャッフリンを見ても強さがわかるわけではない。シャッフリンを目にしてなんらかの反応している魔法少女達を見ることで、その強さを知ることができた。

スートはスペード、数字はエースだ。

ファルは自分の中で積み上げていた推測に修正を加えた。意味があるのはスートだけではなく、数字も重要だ。

今まで見てきたシャッフリンは、個体によって能力の差があった。スペードやハートなど、スートの違いが一番大きかったが、同じスートでも一体一体、腕力や耐久力、機敏さなどに明確な差異が見られた。

恐らく数が大きければ大きいほど、シャッフリンは強い。2より3が、9より10が、JよりQが、そしてKよりAが。

今そこにいるスペードのエースは、最も強いシャッフリンだ。

数字以外はこれまでのスペードと変わらない。表情から感情は読み取れず、喜びも憂いもないまま、ただそこにいるという風情でこちらを見上げている。槍の穂先を上に向け、足を一歩踏み出した。

右腕、それに握られた槍が、動いたように見えた。ファルの目にはそれくらいのぼんやりとした動きのようなもの、くらいにしか見えなかった。

だが結果として袋井魔梨華はガードの上から吹き飛ばされ、止めようとしたスタイラー美々諸共に足場から滑り落ち、岩山の上から半ばまで転がりそのまま落下するかと思われたところで制止した。身体になにかが絡みついている。フィルルゥの糸だ。

プリンセス・デリュージは再び青く光り輝き、袋井魔梨華は喜びを抑えきれずに高笑いをした。スノーホワイトがルーラを振るい、弾かれ、デリュージの攻撃を避けながらスペードのエースが鳩尾《みぞおち》に蹴りを入れ、やはりこちらも崖の上から突き落とす。

左腕をぶんと振り回し、フィルルゥが宙を飛んだ。恐らくはエースの左腕に糸を絡めていたのだろう。そしてそれを振り回されて、岩肌に叩きつけられた。岩山全体が大きく揺れ、フィルルゥのぶつかった部分には人間大のへこみができた。

さらに振り回そうとしたところへスノーホワイトがルーラを振るい、エースは槍を縦にしてそれを受け止めようとし、だがルーラの軌道が空中で変化、しかしエースは槍の石突きを跳ね上げることでルーラを弾いた。スノーホワイトの魔法を反射神経とデタラメな動きの素早さだけで凌ぎ切っている。

相性の悪い相手、というよりも戦闘能力が高過ぎる。

「死ねえ！」

インフェルノが叫びながら偃月刀を突き入れ、エースはフィルルゥの自重がかかっているままの左腕で受け流し、自分の左腕に火がつくこともまるで頓着せず偃月刀の柄を掴み、インフェルノの身体ごとぶん回して崖の下に放り投げた。

その間にもスノーホワイトの攻撃を槍で受け、デリュージの三叉槍は素手で受け流そうとしたが、ピタリと止まった。三叉槍がスペードの左手を巻きこんで凍りついている。止まった左手がぐいっと引っ張られ、スペードがバランスを崩した。デリュージだけではない。フィルルゥが崖下から糸を引いている。

　スペードはその態勢でなおスノーホワイトとやり合っていたが、崖を駆け登って背後から掴みかかってきた袋井魔梨華に対処できない。縺《もつ》れ合いながら崖の下へ転がっていく二人にスノーホワイト、プリンセス・デリュージが追い縋り、下からはプリンセス・インフェルノとスタイラー美々が駆け上がる。

　エースが魔梨華の顎先に肘を入れ、しかし魔梨華は額で肘を受け、拳を頬で受け、鼻で受け、血が飛び、瞼が腫れ、鼻が曲がり、殴られながらも相手の腕を掴んだ。

「蟲喰らい《バグイーター》の菫！」

　触れた部分が白い煙を噴き上げた。肉を溶かす音と匂いが立ちこめる。

　殴られようがなにをされようが魔梨華は手を離そうとせず、エースの突き入れた中指が魔梨華の眼窩《がんか》に抉りこみ、膝蹴りで胃を突き上げ、さらに膝を腕に落として関節を逆に曲げたがそれでも魔梨華は離そうとせず、自らの身体を使ってシャッフリンを焼き続け、とうとう他の魔法少女が追いついた。

　スノーホワイトがルーラでエースの背中を斬り裂き、仰け反ったところにデリュージ、次いでインフェルノが三叉槍と偃月刀で斬りつけ、背中を深々と斬り苛まれて苦悶の叫びをあげたエースの喉元に美々のカットバサミが突き刺さった。

怪鳥のような叫び声が尻すぼみで消えていく。喉の奥から溢れ出す血液が切り口だけではなく口からも零れ、魔梨華の顔に点々と落ちていく。魔梨華はボコボコに変形した顔で凄惨な笑顔を浮かべた。

エースは地面に手を突き、身体を支えきれずズルリと滑り、魔梨華の上に倒れこんで、即座に跳ね起きた。

誰もが予想していなかった動きにスノーホワイトだけが唯一反応し、エースの後ろ蹴りをルーラで止めたが勢いを殺し切れず後方へ飛ばされた。

エースはさらに動いた。スタイラー美々へ回し蹴りを食らわせ、美々は咄嗟《とっさ》に立てた右腕でブロックするも、スノーホワイト同様に吹き飛ばされる。

エースはデリュージに肩から体当たりをして体を入れ替えた。斬りつけようとしていたインフェルノは、デリュージの背中を向けられたことで逡巡し、その隙にデリュージの鳩尾に掌底を食らわせ偃月刀を振り上げていたインフェルノ共々吹き飛ばした。

背中も首もそれだけで致命傷になり得る怪我だ。しかしふらつきながらも未だ倒れず立っている。エースは足を振り上げた。下では袋井魔梨華が上を向いて倒れている。踵を顔面に叩きつけようとした瞬間、スノーホワイトが駆け寄った。首筋にルーラが叩きこまれ、エースの首が血しぶきと共に高々と舞い上がり、周囲を点々と赤くする。

ぐらり、とよろめくエースの身体が倒れようとしながらも蹴りを放ち、さらに仰向けに倒れた後も天井に向けてパンチとキックを切り返してからようやく止まった。

☆グリムハート

傍らにいたハートを蹴り倒した。泣きながら逃げていくハートを放置し、グリムハートはその場にいるシャッフリン全員を怒鳴りつけた。

「スペードのエースが殺されるとはどういうことだ！」

「敵が予想以上に強かったのではないかと」

答えたジョーカーを無視し、文机の上にあった文鎮を投げつけた。床に跳ね、壁にぶつかり、ごろんと転がるハート型の文鎮を見て更なる怒りを募らせる。

「最も強い者を欠いて作戦が成立するか？」

「いえ、難しいのではないかと思われます」

「ならばさっさと復活させよ」

ジョーカーがアンブレンに向かって大鎌を振り上げた。

アンブレンが涙を浮かべて叫んでいたが、その言葉はグリムハートには理解できない。姿は哀れっぽく見えても腹が立つだけだ。なにを叫んでいるのか、意味を知ろうとも思わない。

首が転がり、ジョーカーが魔力を吸収する。シャッフリンを復活させるのに必要な魔力は、およそ魔法少女一人分。ジョーカーから生まれる新たなシャッフリンを見て、ようやくグリムハートの怒りも落ち着きつつあった。蛮族どもが多少抵抗をしたところで部隊を組んだシャッフリンに勝てるわけもない。

☆プリンセス・デリュージ

スペードのエースはなんとか倒すことができた。

だがトランプのスートはスペードだけではない。ダイヤにもクラブにもハートにもエースはある。さらにはアルティメットプリンセスエクスプロージョンを物ともしなかったというシャッフリン達の主、グリムハートも残っている。

岩盤に叩きつけられた糸の魔法少女フィルルゥ、馬乗りで殴られ続けた花の魔法少女袋井魔梨華、これら二人の重傷者を筆頭に、傷ついていない者がほぼいない状態でエース三人とハートの女王に攻撃されてはどうしようもない。

せめてモニターに監視されない位置へ移動しようというデリュージの提案が通り、全員で第一トレーニングルームと第二トレーニングルームを繋ぐ通路にまで移動した。

手傷を負い、涙を流し、この部屋に駆けこんできた様を見れば、プリンセス・インフェルノがもたらす情報の中身は推測できた。聞きたくなかったが、それでも聞かないわけにはいかなかった。

「プリズムチェリーが……殺された」

「なにかの間違いじゃ」

「間違いじゃない……ブリーフィングルームが血だらけで……」

加賀美桜《かがみさくら》。

夜の街で見かけて、夜遊びするタイプにも見えないけど大丈夫かな、とついていったら魔法少女に変身しているところを目撃してしまった。

あの時は本当に驚き、自分達以外にも魔法少女がいて、しかもそれがクラスメイトだったことを知って大変に興奮したのを今でもよく覚えている。翌日ドキドキしながら声をかけ、それからすぐピュアエレメンツの五人目を買って出てくれた。

あの日、加賀美桜の後をつけなければ、変身しているところを目撃しなければ、その後声をかけたりしなければ、プリズムチェリーは死ななかったのだろうか。

「クェイクは、私を逃がすために……一人でスペードのエースに向かっていって……でもまだ生きてるかもしれない。クェイクとテンペストは死んでないかもしれない」

「クェイクとテンペストが生きている可能性はそれなりに高い」

インフェルノの言葉をスノーホワイトが継いだ。

「シャッフリン達の目的は、人造魔法少女の研究を全て奪ってしまうことと、人造魔法少女の存在を知った魔法少女達を残らず排除してしまうことだから。研究結果として生きているモデルが必要であるなら、クェイクとテンペストを生け捕りにすることも」

「あたしらは実験動物なんかじゃない！」

インフェルノが怒鳴り声で遮り、通路を寒々しい静寂が満たした。静寂を破ったのは最も重い怪我を負って隅の方で寝ころんでいた袋井魔梨華の笑い声だった。

「実験動物程度にしか思われてねえだろうな。お前らも、私らもさ」

空気がより重くなった。フィルルゥがため息を吐いた。

「私達の所に届いたメール……あれは、罠だったということでしょうか。おびき寄せて一網打尽に、という」

「それは違うと思うぽん。罠にしては手がかかり過ぎているし、おびき寄せられるだけの理由も共通点も無いぽん」

マスコットキャラクター、白と黒の球体、ファルがフィルルゥの言葉を否定した。

どちらが正しいのかは大した問題ではなかった。自分達が人造魔法少女と呼ばれる存在だったとしても、魔梨華のいうように実験動物だったのだとしても、とにかく生き残ってこの施設から脱出することが肝心だ。

死にたくないという気持ちが強く湧き起こってくる。それは自分だけのことではない。

テンペストも、クェイクも、インフェルノもそうだ。彼女達と一緒に外に出る。プリズムチェリーのことを思い出すだけで涙が出そうになって上を向く。

　現状は生き残ることさえ厳しかった。

　ブリーフィングルームは占拠されている。ディスラプターの使役は思うが儘で、各トレーニングルームは監視対象となり、薬も手に入らないし、入口にはパスワードによってロックがかかってしまっている。

　シャッフリンはこれで終わりではない。

　スノーホワイトによれば、大元の本体がいればシャッフリンが尽きることはないのだという。スペードのエースにとって一番「やられたら困ること」は、自分自身ではなく、別のところにいる本体を叩き潰されること、なのだそうだ。

　本体さえ叩けばよい、というのは本体以外を潰しても意味がないということでもある。スペードのエース一人でさえ異常な強さだった。スノーホワイト、袋井魔梨華、スタイラー美々、フィルルゥ、インフェルノ、デリュージの六人がかりでようやく倒すことができた。背中が斬り裂かれ、喉にハサミを刺されてもまだ攻撃してきた。

　それどころか首を刎ねられても暫くは動いていた。デリュージは両腕をかき抱いた。思い出すと背筋を寒気が通り抜ける。

　グリムハートもいる。

こちらはどんな魔法を使うのかさえわからない。スノーホワイトが心の声を聞くこともできず、クェイクとインフェルノのアルティメットプリンセスエクスプロージョンを閉鎖された室内で受けて小動《こゆるぎ》もしていなかったという。

そしてこちらは怪我人ばかりだ。

切り傷はフィルルゥが縫い合わせてくれたし、コスチュームの破損はスタイラー美々の魔法で綺麗な状態に戻ったが、骨折や打ち身についてはどうしようもないし、欠損した部位はかえってこない。

全身を岩山に打ちつけられたフィルルゥは肩で息をしていた。

デリュージとインフェルノは薬を飲まないとラグジュアリーモードを使うことができない。

袋井魔梨華が一番酷かった。右腕を骨折し、顔は腫れ、頭の花は枯れて、右目は治療に当たったスタイラー美々が黙って首を横に振るような有様だった。通路の隅に寝かされ動かない。

比較的軽症だった者も口から出る言葉はネガティブなものばかりだ。

「グリムハートって『魔法の国』の本国の人、なんですよね？　じゃあひょっとして我々全員詰んでるってことありませんか？　『魔法の国』そのものからお尋ね者になってる、とかそういう絶望的な状態だったりしません？」

スタイラー美々はがっくりと肩を落とし、横たわる魔梨華に恨めし気な目を向けた。

「そういうことにはなってないはずぽん」

ファルはまだ諦めていないようだったが、そもそもこのマスコットキャラクターに感情があるのかといったことさえ怪しいように思える。甲高い合成音声から人間味が感じられない。マスコットキャラクターとはそもそもこういうものなのだろうか。アニメなんかではもっと可愛らしい小動物だったはずなのに。

「『魔法の国』だって全てが一枚岩じゃないし、そもそも建前的には異世界になるだけ迷惑をかけないようにしましょうってことになってるぽん。グリムハートがしていることは明らかに違法行為ぽん。報告すべきところに報告すれば、当然取締り対象ぽん」

「問題はどうやって報告するか、ですね……」

「穴掘って外に出るとかどうよ？　ここに穴開けんのは無理でも」

魔梨華は横になったままで通路の床をコンコンと叩いてみせた。

「部屋の中なら地面があんだろ。そこ掘り進めていきゃいい」

「砂漠のトレーニングルームでアルティメットプリンセスエクスプロージョンを使ったことがありますけど……部屋の『底』がありました」

「そうかそうか。じゃあ穴掘るのは無理だな。魔法少女狩り、あいつらの心読んでパスワード手に入れろよ。そうすりゃ正々堂々外に出れんだろ」

「シャッフリンはパスワードを知りません。スペードのエースでさえパスワードのことなんて考えてもいませんでしたから」

「ちょっと待って」

インフェルノが顔を上げた。

「魔法少女狩りって……小雪、魔法少女を狩るの？」

「そうそう、そいつはおっかない魔法少女狩りのスノーホワイトなんだよ。悪い魔法少女がいると知ればどこにだって駆けつけて狩りつくすぞ。お前らも気を付けろよ」

「悪い魔法少女だけを狩るの？」

スノーホワイトは力なく笑って――デリュージは初めて彼女の笑顔を見た――小さく頷き、魔梨華は仰向けのままで力強く笑った。

「よしよし、じゃあグリムハートしかパスワード知らないと。魔法少女狩りが心読めないグリムハートしか知らないんじゃパスワード盗んでスタコラってわけにはいかないな。つまりこれは正面からぶつかって勝利するしかないってことだ」

なにが楽しいのかといえば、きっと戦うことが楽しいのだろう。どうにかして皆で生還したいとか、プリズムチェリーが生きていればとか、そういったことばかりが頭に浮かぶデリュージからは考えられない。

魔法少女という生き物は皆こうなのだろうか。しかし美々は忌まわしい物を見る目を魔梨華へと向け、フィルルゥはついていけないという表情で俯きため息を吐いている。

「楽しくなってきたなあ！」

「楽しくなんかないぽん」

「楽しくなんかありません」

「楽しいわけないじゃないですか……あんた本当クソみたいな馬鹿だよ」

「そうだよ」

インフェルノが魔梨華を指差した。

「あんた、ビーム撃ったよね。あれで扉に穴開けたりはできないの？」

「無理」

考えようともせずに即答した。

「施設そのものが魔法の影響受けないようになってる。流石にデイジービームでも通りゃしない。やるだけ無駄無駄無駄」

「無駄かどうかやってみないとわかんないじゃん」

「花育てるには環境ってもんがある」

魔梨華はぽんと口の中に種を放りこみ、程なく頭から白い花が咲いた。両掌をゆっくりと広げていくようにして花弁が開き、緑色の果実を残して花びらが散り、魔梨華は果実をもぎ取ってインフェルノに投げた。

「水も光も無しに育てればすぐ枯れる。ゆっくりじっくり育てればずっと咲いてる。地下ってのは花咲かせるのに向いてない」

「だったら来なきゃ良かったのに」というスタイラー美々の呟きを無視し、インフェルノに投げ与えた緑色の果実を指差した。

「逆にいうとさ。すぐ収穫したい時は悪くないんだな。育ちが悪いのには目を瞑るとして……その実を傷つけて出てきた汁を舐めてれば痛み止めくらいにはなる。あんまりしゃぶり過ぎると気持ち良くなっちゃうから要注意。あと癖になっても責任持たないから」

スタイラー美々が真剣な面持ちで「それ使い過ぎるとぱっぱらぱーになるんで本当注意して使ってくださいね」と付け加えた。インフェルノは指先で摘まみ、

「別に痛み止めなんて」

「あれば役に立つもんだよ」

魔梨華はむくっと起き上がり、壁に寄りかかりながらよろよろと立ち上がった。

「てなところでお客さんだ」

唇を噛み締めて項垂《うなだ》れていた者も、泣きそうな顔で天井を見上げていた者も、全員が一人の例外もなく一斉に身構えた。ブリーフィングルーム側ではない。入口側の隔壁が開きつつある。曲がり角にまで撤退し、各人それぞれが武器を構えてじっと待つ。

と、逆側の隔壁が動いた。後ろに詰めていた魔法少女が慌ててそちらの方を向く。デリ

ユージは取り落しそうになった三叉槍を握り直した。挟み撃ちだ。

ただでさえ絶望的な状況だったのに、扉の向こうから姿を現した存在を視認して膝が砕けそうになった。倒れこもうとする己の身体を懸命に宥め、震えそうな手で三叉槍を構える。身体がふらつく。

シャッフリンのスペードだ。

エースを先頭にジャック、クィーン、キングが続く。ブリーフィングルーム側からもシャッフリンが現れた。こちらはクラブのエースを先頭にしてジャック、クィーン、キングが続く。その後も十以下のシャッフリンがぞろぞろと後ろから現れ、眩暈と頭痛で前を見ているのが苦しくて堪らない。

薬が欲しかった。自分を鼓舞したい。勝てないなら勝てないにしても、雄々しく勇気を持ってヒーローのように立ち向かって散っていく方がきっといいのだろう。そんなことも薬抜きではできない。死ぬことが怖い。死にたくない。

シャッフリン達には相変わらず表情が無い。魔法少女達も同じだ。すぐそこに迫った破滅を前にして表情が死んでいるのだろう、と思った。

が、袋井魔梨華は笑った。

「ハッハハッハハッハ！　さあ楽しくなって」

恐らくは誰よりも前に出ようとしたのだろう。だが、それは叶わなかった。足を踏み出そうとした袋井魔梨華の頭の花をスノーホワイトが鷲掴みにして後方に放り、他の魔法少女は薙刀のような武器を眼前に突き出すことで止めた。

「逆へ。急いで」

それだけいうとブリーフィングルーム側——クラブのシャッフリンが大挙して現れた側の扉に向かい、デリュージはインフェルノと顔を見合わせ、問いかける間もなくスノーホワイトの背中を追った。ぞんざいな方法で投げられた袋井魔梨華、未だ戸惑っているらしいフィルルゥとスタイラー美々も次々に走り、棍棒を振り上げたクラブのシャッフリン達と接敵する寸前、光った。

爆音が響き、通路全体が揺れ、背中の方から吹き抜けた強烈な風によって倒れそうになりながらも三叉槍を繰り出した。

爆発した。

クラブのシャッフリン達が口を開けているが、なにをいっているのか聞き取れない。鼓膜がまともに働いていない。半ば朦朧《もうろう》とした状態で武器を振るっていた。

シャッフリン達も浮足立ってまともに連携ができていない。

下位ナンバーを一人倒し、二人倒し、三人目のジャックと武器を突き合わせ、鍔迫り合いのような状態で押し合っているところへ、すこん、と小気味良い音が鳴り、シャッフリンの額にナイフが突き立った。

他の魔法少女も敵を斬り裂き、あるいは叩きつけ、クラブのシャッフリン達を床に並べていた。上位ナンバーであってもスペードには及ばず、しかもシャッフリン達は爆発によって動揺していた。表情に変化がなくとも動きが浮ついていた。そこを急襲したのだから満身創痍であったとしても勝利することができる。

デリュージが振り返ると、そこにはナイフでジャグリングをしてるピエロの魔法少女「スタンチッカ」がいた。

「スタンチッカ……生きてたんですか？」

フィルルゥの問いかけに右の人差し指と親指で丸を作って返し、そのせいでナイフを落としそうになり、慌ててジャグリングに集中した。

「あの爆発もスタンチッカがやったぽん？」

ファルの問いかけにも丸を作って返し、今度こそナイフを落として床に転がした。

幕間

テレビゲームをやったことがなかった。

そしてテレビゲームをやりたいと思ったこともなかった。

世代的な問題とか心情的な問題とか教育的な問題とか経済的な問題とか、そういった理由からテレビゲームを避けてきたというわけではない。

興味が持てなかっただけだ。フレデリカが物心ついた時には、既に自分の生活の大部分を魔法少女が占めていた。ゲームというのは現実が退屈だったり苦痛だったりする人のための代替品みたいなもので、現実が刺激的で楽しい魔法少女にとっては不要なものだと思っていた。

異世界で魔王を倒すロールプレイングゲームも、弾幕を潜り抜けて敵を討つＳＴＧも、謎解きを重ねて真相に近づいていくアドベンチャーゲームも、王となり覇権を握るために部下を指揮するシュミレーションゲームも、全てが魔法少女に比べれば色褪《あ》せて見えた。

魔法少女にゲームは不要。

基本仲が良かったキークともこれについては相容《あいい》れなかった。キークは魔法少女と同じくらいゲームを愛していたが、フレデリカにとってのゲームとは魔法少女と比べるべくもなかった。

もし自分が魔法少女生活とゲームを絡めるとしたら、森の音楽家クラムベリーがマスコットキャラクター「ファヴ」に作らせたソーシャルゲーム「魔法少女育成計画」のように、魔法の才能を持つ者を集めるために使用する。

もしくは、既に魔法少女として活動している者が訓練で使用するためのシミュレーター的なものなら興味はある。魔法少女は横の繋がりが細いことが多く、いざ戦闘訓練をしようにも自分一人でやらねばならない、ということがある。そういった時、手助けするシミュレーターがあればどんなに便利だろうか。

そういった実利もない、単なる娯楽であればテレビゲームは必要ない。電源の無いゲームも同じだ。魔法少女こそが最高の娯楽、クィーン・オブ・エンターテイメントである。他になにも必要はない。

娯楽が欲しいのならば、お茶を淹れたり髪を愛でたりすればいいのだ。

と、今日までは思っていた。

「あんた、なにしてんの？」

「いや、ちょっと忙しくてですね」

フレデリカはテーブルの上で水晶玉を抱えていた。何度か検証した結果、この姿勢がもっともやりやすいということがわかった。他人の目から見れば異常に見えるだろうと推測できても、やりやすいようにやるのが一番いい。

「別になにしてたってかまやしないがね」

老婆は袋を破いて塩煎餅を取り出し、菓子鉢に補充していた。フレデリカを見る目は、フレデリカが推測した通り、白々《しらじら》としている。

「備品壊したりしないでおくれよ？」

「ええ、それはもう大丈夫……って危なっ！」

「大丈夫かね？」

「大丈夫、大丈夫です。問題はありません」

右手で水晶玉を引き寄せた。近くで見ていないと危険だ。

「あんたが大丈夫ならいいけどさ」

「大丈夫です。私ならやれます。全て自然にこなしています。誰にもバレたりしませんし、ミスって残機減らしましたなんてことにもなりません」

「なにいってんのかよくわからんねえ」

「この、なんというんですか。おっと、ギリギリ。セーフセーフ。この、あれですよ。思うように動かない感じ。実に楽しいですね。思うように動かないというのが楽しいというのが面白い。ええ、面白いですよ」

「面白いもんかね、そんなもん」

「いや、面白いですよ。私はですね、若者がゲームにはまるのは青春の無駄使いであると声高に主張し続けてきましたがね。その意見は今日改めましょう。ゲームは面白いはずです。認めますよ。ゲームは面白い……避けろぉ！　よしっ！」

「楽しいのはいいけど、うるさくして怪我人に障ってもあたしゃ知らないよ」

「声は落とします……落とします……おおうっ！」

第五章　ポーカーゲーム

☆グリムハート

スペードとクローバーの全員を投入した連合部隊が全滅をした、という報告はグリムハートを怒りに向かわせなかった。むしろ疑念を抱かせた。

連中の強さは、実際に戦っているところを見たことで概《おおむ》ね把握した。スペードとクローバーの連合部隊をどうにかできるほど強いわけではない。なのに、ちょっとカメラから目を離した隙に、なぜか全滅していた。

「罠を仕掛けられたのでは？」

「それだ」

スペードとクローバーは荒事においてナンバーワンとナンバーツーだ。未だにシステムの掌握ができないダイヤやグリムハートの怒りに怯えているハートとはものが違う。

だがそれは戦闘だけに特化した組み合わせということでもある。敵が罠を張った場合、それをまともに受けてしまうだろう。

「役割の分担を変えましょう」

シャッフリン＝ジョーカーは、唯一進言を許されている。グリムハートがそれを許可しているからだ。

グリムハートの魔法は、他者からの干渉を自由に制限するというものだ。グリムハートが許可しない限り、他人は彼女と会話することも、攻撃することも不可能になる。

「この施設のシステムを早々に掌握するのは難しそうです。ダイヤのシャッフリン全てをそちらに割《さ》くよりは、戦闘班にも組み入れるべきです。ダイヤの知識と技術は、機械的な罠だろうと魔法的な罠だろうと発見、解除することができるはずです。それとモニターを利用しましょう。ブリーフィングルームのモニターからなら全てのトレーニングルームを監視することが可能です。やつらの動きを見ておけば罠の看破も容易かと。あとはハートの上位ナンバーを加えておきます」

「ハートがなんの役に立つ？」

「デコイに」

悪くない提案のように思える。だったら実行してみるべきだろう。蛮族の施設ごときに手間取るダイヤ達こそ罰してやりたいが、それは事が終わってからでいい。今は為すべきことに当たらせ、最善の運用を図る。

「布陣はブリーフィンググルーム側からの攻撃を厚く。少なくともそちら側にスペードのエースを配置します。敵方に電脳妖精タイプのマスコットキャラクターがいると報告されています。もし捨て身の特攻でブリーフィンググルームまで突破された場合、電脳妖精によってパスワードを書き換えられる恐れがあります。そうなれば入口から正々堂々逃げられてしまうでしょう。ただ逆サイドの入口側を放置していてはそちら側から逆回りでブリーフィンググルームまで攻め込まれる恐れがありますので、最低限の見張り役を一から二名配置しておきましょう。砂漠、森林、岩場のエリア監視をモニターによって行えば事足りるとは思いますが、念には念を入れておきます」

「ふむ。悪魔の使用は？」

「既にストックが切れています」

「もう少し備蓄しておけばよかろうに、使えぬ蛮族どもよ」

ジョーカーの提案した作戦を吟味する。少し考えただけでも、いくつかの問題があった。まず第一にシャッフリンの数が不足している。

グリムハートは実験体二体を見下ろした。地属性が風属性より前に出ている。前に出ている、ということは処刑を受けたい、ということだろう。実験体はなるだけ残しておきたかったが、こうなっては仕方ない。

地属性の実験体が、ガタガタと震えながら風属性の実験体に話しかけている。風属性の実験体の前に位置取り、庇《かば》っているようでもあった。

「首を刎ねよ」

シャッフリンを再補充した。

☆ファル

この機を逃さず一気にブリーフィングルームを落とそう、という悪くない案は実行できずに立ち消えた。斥候に向かったスノーホワイトが岩山エリアの隔壁を開いた瞬間に、その先にいたスペードのエースの声を聞いたため、一時退却せざるを得なかった。

幸いにして敵が追撃してくることはなかったが、恐らく、相手もこちらを相当警戒している。スペードのシャッフリン達がまとめて吹き飛ばされるとは思ってもいなかったのだろう。

シャッフリンは補充される。死体は残らず消えるし、それどころかフィルルゥが糸で縛っておいた個体さえも消え失せた。なにが起きているのかと思ったが、倒したはずのスペードのエースと出くわしたことではっきりとした。要するに、最悪だ。

慎重に周囲を警戒しながら森林、入口前、砂漠、と移動し、水場で足を止めた。プリンセス達によれば、ブリーフィングルームのモニターは天井から部屋の様子を映している。カメラが配置されているというわけではなく、天井全体、どこからでも見下ろせる。つまり天井の視界を塞いでしまえば監視されることはない。

プリンセス・インフェルノの偃月刀によって水を蒸発させ、部屋の中に霧を充満させた。一メートル先も見えない状態で、これなら敵も早々に攻めてくることはないだろう。

さらにフィルルゥの糸とスタンチッカがもたらした手榴弾を組み合わせ、隔壁が少しでも動けば即起爆するトラップを作成した。

皆が疲労していた。監視要員のフィルルゥだけはなんとか起き上がって手元の糸を睨んでいたが、それ以外は寝るか座るかしている。口を開けば戦うとしかいわなかった袋井魔梨華でさえ、流れる水に足を浸し、べったりと寝そべっていた。

「で、なんでそいつがあそこにいたんだ？」

魔梨華《まりか》のいう「そいつ」とはスタンチッカのことだ。

喋ることができないのか、それとも喋りたくないのか、とにかくスタンチッカは言葉を使おうとせず、コミュニケーションには必要以上の努力を強いられる。幸いにしてこの場にはスノーホワイトという心の声を聞く魔法少女がいたため、多少つっかえたりもしながらどうにか事情を知ることができた。

「あの爆発はあなたが起こしたの？　どうやって？」

ずらっと指の間に手榴弾を挟んで見せつけ、ジャグリングを三周してから袖口に落として仕舞いこんだ。危険な物を玩具のように使う。

「なんでそんな物を持っているの？」

スタンチッカは首を傾げた。答えようとしない。シャッフリンの被害を見るに、どう考えても普通の手榴弾ではない。見た目は流通品でも魔法がかかっている。

どこから持ち出すにしても差し障りがあるはずだったが、スタンチッカのバックには強力なパトロンがついているはずだ。そして強力なパトロンほど自分のことについて話されるのを嫌う。どうせスノーホワイトには隠せない。

「どこにいたの？　どうやって使ったの？」

身振り手振り、それにスノーホワイトの協力を加えてどうにか教えてもらった。スタンチッカはシャッフリン達の攻撃をからくも回避し、誰にも見つかることなく隠れ通していたのだという。爆発した隔壁には、人が通ると手榴弾のピンが抜けるような仕掛けがしておいた。

「それって……我々も危なかったんじゃありません？」

「結果的に助かったんだからいいじゃねえかよ」

「結果的に全滅しててもおかしくなかったじゃないですか」

「命の恩人様に文句いうなっつってんのよ」

「あんたはいつもそうやって……」

ファルはスノーホワイトを促《うなが》して皆から少し離れた。これだけ霧が立ちこめていると、部屋の中で密談というのもできなくはない。

「スタンチッカ、あれ問題ないぽん？」

「……たぶん」

「たぶん？」

「シャッフリンとはまた違うんだけど、なにかおかしい、と思う」

「じゃあ問題大有りじゃないぽん？　シャッフリンの時だって大問題だったぽん」

「だからシャッフリンとは違うんだよ」

「誰がスタンチッカのバックぽん？」

「わからない」

「ぽん？」

「誰かのために働いているけど、彼女はその誰かについてなにも知らない」

ファルは端末からスノーホワイトを見上げた。スノーホワイトは霧の先に目を向けていた。なにかを見ているようにも、なにも見ていないようにも見えた。

「なにそれぽん？　自分が知らない人のために働いてるぽん？」

「少なくとも私達を助けてくれようとはしてるよ」

「なんでそんなに擁護するぽん？」

「擁護はしていない。事実だけを話してる。スタンチッカには驚くほど裏表が無い」

パッとリンプンをはためかせ、静かに落ちていく黄色い粉をじっと見て心を落ち着けた。

「本当に、問題はないぽん？」

「現状はね」

☆プリンセス・デリュージ

外では今何時だろうか。奈美が帰ってこないことに気づいて、親が警察に通報したりしているかもしれない。

時計があったら魔法少女っぽくないからそれはいいとして、窓が無いから時間がわからなくなるんだといい出したのはテンペストだったか、それともクェイクだったか。デリュージではないし、インフェルノがそんなことをいうとも思えない。

プリズムチェリーが大きな鏡をいくつも持ってきて、それをブリーフィングルームの壁にかけた。壁にかけた鏡は窓の代わりだ。鏡はプリズムチェリーの魔法によって、海になり、山になり、森になり、大都市の夜景になり、空の上になり、宇宙にまでなった。好きな風景が見られる、これでどこにも旅行に行く必要はないとインフェルノがいって皆が笑っていた。プリズムチェリーも笑っていた。

もうプリズムチェリーが笑うことはない。

なにが間違っていたのか。どうすれば良かったのか。時間を巻き戻してプリズムチェリーに会わなかったことにしてしまえれば、彼女は死なずに済んだ。

魔法少女になんてならなければ、こんな目に会わなかった。

プリズムチェリーと出会わなければ、クェイクやテンペストとも会わなければ、こんなに悲しい思いはしなかった。

濃い霧に覆い隠されて、他の魔法少女達の姿は見えない。霧は姿を隠すだけでなく体温も奪っていく。地面に腰を下ろしているせいで、尻の方からじわじわと冷たくなる。低温がデリュージにダメージを与えることはなかったが、ダメージ以前に気持ちが沈む。

「へい、デリュージ」

顔を上げた。インフェルノがひょいと果実をパスし、デリュージは座ったままで受け取り、顔を顰めた。果実は粘ついた果汁でべったりと汚れていた。

「それ、けっこう効いた。心がね、軽くなったよ」

袋井《ふくろい》魔梨華が頭の花から生み出した果実だ。表面に幾つもの傷が走り、そこから果汁が染み出している。

「あんまり心軽くしてる場合でもないけどさ。でも重いまま押し潰されてるよりいいじゃん？　たぶん今のままじゃろくに働けないと思うし」

「うん……」

「それにね、ほんのちょっとだけだけどさ。これ舐めたらラグジュアリーモードが使えるようになった。たぶん魔法を回復させてくれてる」

「えっ……本当に？」

「正直全然期待してなかったんだけどね」

　果実の表面に舌を這わせて果汁を舐めとった。苦味と辛味を混ぜたような味、それにピリッと痺れるような刺激が舌の上に走った。果汁だけではなく、舐める前から表面がじっとりと濡れていた。

「ああ、ごめん。いうの忘れてたけどあたしも舐めたから」

「なるほど。じゃあ間接キスなんだけど」

「マジ？　ファーストキスなんだね」

「こっちもそうだよ」

「やっちゃったね、あたしら」

「やっちゃったねえ」

　顔を見合わせ、一拍置いて吹き出した。デリュージは果実の表面をもう一度舐めた。大きく息を吸い、同じだけ吐いて、もう一度吸い、果実を半回転させて舐めた。

「確かに、効いたかも」

インフェルノは元気づけようとしてくれている。自分だって苦しくて辛くて逃げ出したくて堪らないだろうに、それでもデリュージのことを考え笑顔を見せていた。トレーニングの時もそうだ。彼女は自分の辛さより周囲を笑わせることを優先していた。いつだってそうだった。自分もそんな風になれたらいいな、と思ったことを覚えている。冷えつつあった身体がほんの少しだけ温まった。左手をプリンセス・ジュエルに当てて瞼を閉じる。確かに少しだけ元気が戻っている。

「あんまり使い過ぎるなってさ」

「うん、これだけあれば」

デリュージはインフェルノを見た。インフェルノもデリュージを見ていた。

☆スタイラー美々

「なんであんたは地下なんかに来たんですか」

「そこに戦いがあるから」

「馬鹿じゃないか。なにが戦いだ。あんた地下に向いてないんだよ。太陽の光も無いのにどうやって戦えると思ってたんですか」

なにをいってもいい加減に返される。中毒者《ジャンキー》は自分が中毒者であることに悪びれるものではないのか。袋井魔梨華は戦闘中毒者であることに全く悪びれない。

「いや、戦えてるだろ」
「ぐったりしてくるくせになにが戦えるだ」
「英気養ってんだよ」

苛立ちだけが募る。

湿度が異常に高くなって不快度が高まっているからではない。今まで何度も付き合わされてきた。嫌だといっても引きずってこられた。行った先で袋井魔梨華はいつも大暴れをし、まったくどうしようもないやつだとため息を吐いて帰ってきた。今回も同じように帰れるだろうか、と考えぞっとした。

今までとは違っていることに自分でも気づいている。ここまで追い詰められたことはなかった。ここまで人死にが出たこともなかった。ここまで殺さなければならないこともなかった。この戦いは今までとは違う。

なのに袋井魔梨華だけはいつも通りだ。

狂っている。戦えればそれでいい戦鬼だ。知っていたはずなのに、今頃後悔している。

デリュージとインフェルノが近づいてきた。手には魔梨華の生み出した果実を持っている。どうやら果実の礼をいいに来たらしい。表情が心なしかすっきりとしているようだ。

なんでそんな顔ができるんだ、と心の中で毒づいた。現状認識ができていないのではないか。どういう状況なのか理解できているのか。

彼女達に毒を吐くわけにはいかない。それを弁《わきま》えるくらいはまだできる。

美々は魔梨華から離れた。腹が立って仕方ない。

スノーホワイトはファルと話しこんでいる。スタンチッカは話相手になりそうにない。

霧の向こうで揺らぐ人影に向かって歩く。

だんだんと像が姿を結んでいき、そこにはフィルルゥがいた。

フィルルゥは疲れ切った表情で座っていた。

「……大丈夫ですか？」

いってから「なんて空虚な慰めの言葉だろうか」と思った。

「あんまり……大丈夫ではないですね」

「代わりましょうか？　私は怪我もしていませんし」

「いえ。私にしかできないことですから」

「大変そうですね」

またいってから「なんて空虚な慰めの言葉だろう」と思った。今度こそ怒鳴られるくらいはするかもしれないと思っていたが、フィルルゥは力なく微笑んだ。

「必要とされるのも悪くないもんですよ」

そういってからびくっと肩を震わせた。顔は、力ない微笑みから油断なく引き締まった表情に変化している。隔壁が音を立てていた。ブリーフィングルーム側の隔壁だ。

通路から風が吹きこむ。霧が徐々に晴れていく。隔壁の向こう側にいる者が姿を現す。スペードのエースの姿を認めると同時にフィルルゥは糸を引き、手榴弾五発を起爆させた。

さっきはこれでどうにかなった。今回もこれでどうにかなるはずだ。

耳を塞いで轟音に耐え、もうもうと視界を塞ぐ白煙に目を凝らす。きっと残骸しか残っていないはずだ。魔法の手榴弾が爆発し、全身を強く打った無惨な死体だ。

だが、煙の中で何者かが立っていた。シャッフリンよりも一回り大きく見えたそのシルエットは、シャッフリンを抱えたシャッフリンだった。スペードのエースが、両手で掲げ持っていた黒焦げの死体を合計四つ、放り捨てた。見るも無残で元がシャッフリンだったのかもわからない。

仲間を盾にして爆発の衝撃を殺した。

肉の盾を投げ捨てたスペードのシャッフリンは、なにも無い場所に手を伸ばし、なにかをぐっと掴んで思い切り引き寄せた。傍らにいたフィルルゥがシャッフリンに向かってかっ飛び、スノーホワイトが走った、が、間に合わない。

フィルルゥは咄嗟に身体を捻り、胸を狙っていた槍を脇腹で受けた。骨の折れる音と皮の裂ける音、肉の沈む音がここまで聞こえる。他の魔法少女が動き出し、スペードのエー

スはフィルルゥの顔に空いた手を伸ばし、そこへスノーホワイトが薙刀を突き入れた。

エースはフィルルゥを放り、スノーホワイトの薙刀を避けようとし、だが薙刀は軌道を変えてエースの手を撫で指が飛んだ。

エースの背後からは他のシャッフリン達が続々と姿を現し、スノーホワイトは後ろ走りで退却、シャッフリン達も通路の方へ逃げ出し、スタンチッカが手榴弾を投げ入れた。緑色の球体が三つ四つと転がっていき、爆発する。

スタイラー美々はフィルルゥを引っ掴んでなんとか爆発の範囲から逃がした。

デリュージ、インフェルノ、魔梨華の三人も追おうとはしない。隔壁はゆっくりと口を閉じていき、再び水が流れる音のみが部屋の中を満たした。

フィルルゥが呻いた。スタイラー美々は慌ててフィルルゥを地面に下ろした。

「大丈夫ですか⁉」

また空虚な言葉を使っている。

「ぐう……まあ、なんとか」

フィルルゥは、自分の傷口に深々と針を刺し、大きく縫い合わせていく。恐らくは内臓の傷も縫っている。苦しげなフィルルゥに魔梨華の果実が与えられ、少しだけ表情が楽になった。

だが重傷に変わりはない。骨が折れる音まで聞こえた。傷は内臓に達している。縫い合わせばそれですぐに傷が塞がるというものなのか。そうではあるまい。

「とりあえずは退却したらしい、です」

扉に耳をつけていたスノーホワイトが、耳をつけたまま報告した。スタンチッカは両手両腕を広げて皆に見せつけている。

「ひょっとしてさ、それ、もう爆弾終わりって意味だったり？」

インフェルノの問いに大袈裟に頷いた。

手榴弾が切れた。フィルルゥは重傷だ。無理を押して戦えるような怪我ではない。敵がどの程度消耗しているかもわからない。

「よし、行こうぜ」

袋井魔梨華だけは、まだ明るさを保っていた。

「一発逆転目指して攻勢に出るしかないだろ。どうせみんなわかってんだろ？　このままじゃジリ貧でやられてくだけだってさ」

こいつもうぶん殴ってやろう。そう考えて拳を握り締めて立ち上がった時、スノーホワイトが片手を挙げた。

「それしかない、と私も思います」

袋井魔梨華が心底から楽しそうに笑い、スノーホワイトの背中を叩いた。

☆シャッフリン

シャッフリンが合計で八体欠けた。全五十二体から考えれば微々たる消耗だ。ハート七体を爆発物への盾とし、完全に防ぎきれずスペードの五が欠けた。

ただ消耗しただけでなく学習したところもあった。ハートの10以上ならあの爆発物を防ぐ盾として充分に機能する。ジャック以上の上位ナンバーは全生存だ。これだけのハートが残っていれば充分だろう。

グリムハートは感性で動く。ジョーカーはそれを補うために計算で動く。こちらの消耗したシャッフリンの数と敵方の魔法少女の数を差し引きする。シャッフリンを八体削り、敵の一人に大きな損傷を与えた。敵は数で大きく劣っている。八対一でも問題は無い。こちらが消費したのはハートの下位ナンバーばかりだ。

「攻撃せよ！」

グリムハートが叫んだ。機嫌の悪い彼女はヒステリックだ。なるだけ近くにはいたくない。できるだけ機嫌を良くしてもらうのがいい。

「了解しました」

爆発物が投げこまれたら同じようにして防げという指示を出す。あの爆発物は強力な兵器だが、数に限りがあるはずだ。そうでなければ敵はもっと攻めている。

ジョーカーが考えている間にもシャッフリン達は次々動いている。斥候として偵察に出向いていたハートの2がブリーフィングルームに戻ってきた。敵の追撃はこない。

やはり爆発物には限りがあるようだ。敵にとっては貴重な資源だ。無駄打ちはしない。

ハートの2に指示を与えて再び前線へ赴かせる。ハートのシャッフリンは単純な思考しかできず知的レベルが低い。そのため与える命令もごく単純なものに限られる。

「指示通りやれ」

爆発物が投げこまれれば、再びハートを使用する。耐久力に優れるハートの上位ナンバーならば、スペード十体が纏めて吹き飛ばされる爆発も吸収してみせるだろう。

爆発物がこないのならば、まずはスペードのエースが切りこみ役として敵の布陣を破壊し、残るシャッフリンの軍団が駆けつけ数で押し潰す。

シャッフリンの製作コンセプトは「数」だ。たった一体で複数が同時に存在する。グリムハートのような一騎当千の超高級魔法少女とともに使用されることを前提としている。

もっとも、蛮族が相手なら超高級魔法少女を抜きにしても十分に活躍できる。その役を担うのは筆頭戦力であるスペードのエースだ。軍団が力勝負を挑み、スペードのエースが遊軍として外側から敵を攻撃する。敵はついてこれないだろう。

椅子を回転させてモニターに目を落とした。靄に覆われ部屋の内は窺い知れない。

そろそろ攻め入るか、という時にハートの2が戻ってきた。おかしな物があって部屋の中に入ることができないと騒いでいる。

ジョーカーはグリムハートをちらりと見た。まだ怒ってはいないようだ。だが多少苛立ち始めている兆候がある。これ以上は良くない。

「具体的にどんなものなのかダイヤに調べさせろ。伝令はダイヤに任せるよう」

こういったアクシデント下ではハートの運用を控えた方がいい。ハートは応用が効かず、混乱の元になる。ハートの2が走り去り、しばらくしてダイヤの3が戻ってきた。

立ちはだかっていたのは氷の壁だったらしい。カチコチに凍りついていて前に進めない。スペードのシャッフリンなら破壊は可能だが、破壊していいものかどうか。

舌打ちをしたくなったがこらえた。こんな所で舌打ちをしたらグリムハートを怒らせるだけだ。苛立ちは自分の中に留めておいた方が良い結果を生むことになる。グリムハートという反面教師がわかりやすく教えてくれていた。

氷の壁、ということは水属性の実験体の仕業だろう。水場の水を溜めてから凍らせ壁にした。ダイヤが施設のシステムを掌握できれば水場エリアの水を止めることも隔壁を封鎖することもできたのに、ぐずぐずしているからこんなことになる。

割るか、割らざるか。割る以外無いように思えるが、それだけに誘導されているようでもある。どちらが正解だろう。それとも逆ルートから攻めるか？　しかしそれではブリーフィングルームの側の防備が薄くなる。砂漠、森林、岩場はモニターでこまめにチェックしていたが、こちらから攻めてくる気配はない。

結論を出す前にハートの3が戻ってきた。報告は氷の壁にヒビが入った、とのこと。

モニターから破壊音、それに続いて水が流れる音が聞こえた。生半な量ではない。濁流だ。ジョーカーは立ち上がった。

☆プリンセス・インフェルノ

氷の壁を割り、溜めておいた水が一気に流れ出した。ハートのシャッフリンが数体流れに巻きこまれて流されていく。スペードのエースはぐっと耐えた。

だが耐えることまで計算の内だ。デリュージがラグジュアリーモードを発動、さらに流れる水へ三叉槍を突き入れ、水の中で耐えていたシャッフリン諸共に凍りつかせた。

シャッフリンの頭上を跳び越え、空中で半回転して天井に足をつき、そのまま五歩走ってから天井を蹴って離れ、空中で半回転して通路の床に着地、全く勢いを殺さず、流れ出る水よりも先に駆けていく。

スタンチッカの投げナイフをシャッフリンが弾き、その隙を狙って偃月刀で薙ぎ払う。

嫌な感触だ。もう二度とやりたくないと思っていたのに、慣れてしまった気さえする。

だが今は思い悩んでいる場合ではない。舌の裏に溜めておいた果実の欠片を一息で嚥下した。喉を通って胃に、胃から全身に熱が行き渡っていく。

今のところは作戦の通りに進行している。

まず、魔法少女総出でダムを作ってトレーニングルーム内の水を堰《せ》き止めた。溜めた水をデリュージが凍らせて固め、砂漠側の隔壁を凍りつかせて塞いだ。そしてブリーフィングルーム側の隔壁前に氷の壁を作ってさらに水を溜めた。

隔壁が開いたタイミングでインフェルノが氷の壁を溶かして通路に水を解放、デリュージが即座に水を凍らせてシャッフリンの動きを止め、デリュージとスタイラー美々、袋井魔梨華の三人がぶちのめす。

スノーホワイト、スタンチッカ、インフェルノの三人はシャッフリンの相手をすることなくブリーフィングルームまで駆け抜ける。

ブリーフィングルーム内に入口のパスワードを知っている者がいれば、スノーホワイトがパスワードを盗み取って即座に撤退する。

彼女は心の声を聞く方法でパスワードを盗んだことが過去に一度だけあると話した。小雪も案外悪いことするんだねというと恥ずかしそうに小さく笑っていた。

パスワードを知る者がいない場合、もしくは心の声が聞こえないグリムハートしかパスワードを知らない場合、スノーホワイトとスタンチッカが時間を稼いでいる間にインフェルノが履歴を呼び起こして現在のパスワードを読み取る。

そもそもパスワードは外敵から身を守るためのものだ。ブリーフィングルームのコンソールで読み取るのはそこまで難しくないだろう。

速度を落とさずL字の角を曲がった。

ブリーフィングルームまでシャッフリンはいない。スノーホワイトが袋の中から倒木をずずっと取り出した。森林エリアで折れた杉木を程よい長さに切っておいた。縦に置けばインフェルノの胸くらいまである。つまり立てかければちょうど操作パネルを押さえてしまえるくらいの大きさだ。

スノーホワイトは操作パネルを押し、隔壁が動き始めるよりも早くパネルに杉木を立てかけた。これで手を離してもパネルは押され続けることになり、この場から離れても隔壁が閉まることはなくなる。

隔壁が開く。ブリーフィングルーム内が見えた。いつも通っていた場所なのに、とても懐かしく久しぶりに思えた。ダイヤのシャッフリン達が目を丸くしてこちらを見ている。グリムハートは袋の中になにかを仕舞おうとしていた。部屋の中にはよくわからない機材や冊子、お菓子の袋等の生活ゴミが散乱している。

スノーホワイトが小さな声で「行って」と呟いた。彼女の魔法ではパスワードを拾うことができなかった、ということだ。ここから先はインフェルノの仕事ということになる。

雄叫びとともに偃月刀を振るった。わざと大袈裟に動いている。これによって敵がどいてくれればいい。ダイヤのシャッフリンが転げながら逃げ惑い、インフェルノはテーブルを跳び越えてモニターの前に立った。

操作方法を一番熟知していたのはプリズムチェリーだった。私が出来る範囲で少しでも役に立ちたいと常日頃からいっていた彼女は、説明書と首っ引きでモニターの前を自分の定位置とし、誰よりも操作方法に熟達した。

だが、彼女は、もういない。

インフェルノはあらゆる思いを奥歯で噛み締めた。

今大暴れしたところでプリズムチェリーが戻ってくるわけではない。やらなければならないことは他にある。

モニターの監視モードをオフにする。今現在使用していたわけだから当然ブロックはかかっていない。管理者権限をオンにしてプロパティに移行し、履歴をチェックした。

ずらずらと現れた操作履歴の中から目的となるパスワード関係の履歴を探すために画面をスクロールさせていき、背中に熱を感じた。熱は痛みへと変化していく。

インフェルノは振り向きざま尻尾を跳ね上げた。なにかに触れる感触、それに背中から血が迸り、ブリーフィングルームの中に飛び散った。

スタンチッカが吹き飛ばされ、地面と水平に飛んで壁に激突し、ビクビクと全身を震わせた。追撃しようとしたグリムハートの前にスノーホワイトが立ちはだかり、ルーラをグリムハートの肩に叩きつけたがまるで効いていない。

グリムハートは逃げ惑うシャッフリン達の中で一人平然と立っている。

彼女達はあれでいい。時間を稼ぐために来たのだから。

インフェルノは背中に手を当てた。傷口が深い。血が止まらない。

テーブルの下からのそりと何者かが這い出してきた。シャッフリンだ。ハートでもスペードでもクラブでもダイヤでもない、いやらしい笑顔の道化師が描かれていた。手に持った大きな鎌には血が滴っている。彼女はコスチュームに描かれた道化師そっくりの顔で笑い、鎌を振り下ろした。

偃月刀で止めようとしたが受け切れない。力が入らず、腕を斬り裂かれてさらに血が飛んだ。頭の中が混濁《こんだく》している。ぐるぐると巡る視界の片隅で目が留まった。

死体が積み重なっている。三人とも人間の女性だ。その内一人には見覚えがあった。初めて見た時、爽やかではない大学生などと失礼な感想を抱いた。

首を斬り裂かれて仰向けに倒れている。血塗れだ。まるで物かなにかのように、それもいらなくなったゴミかなにかのように、部屋の隅に積まれていた。

喉の奥から引き裂くような音が出た。朦朧としていた頭が冴えていく。そこに立っている敵の姿がきちんと像を結んで見えるようになり、その表情が、他のシャッフリンにはなかったいやらしい笑顔が、網膜に焼きつけられた。

——お前か。

意識することなくラグジュアリーモードを発動した。背中から痛みが消えた。余計な音が消え、景色も消える。自分の内側では同じ思いが木霊していた。殺人への忌避感が消える。殺してやりたい。殺す。絶対に殺す。

鎌が振り下ろされようとしている。インフェルノは右足を退いた。避けるためではない。殺すためだ。クェイクの仇を討つためだ。このままでは終わらせない。

右手で偃月刀を持ち、左手を添えた。繰り返し訓練してきた。地道な練習は陸上をやっていた頃から嫌っていたが、それでも指示に従った。

魔法少女を続けたかったからだ。ピュアエレメンツの皆で魔法少女を続けたかったからだ。ババアになっても魔法少女をやろうねといってクェイクに笑われたこともあった。

今、なんのために訓練をしていたのかがわかった。

敵を殺すためだ。

振り下ろされた鎌がやけに緩慢だった。空を裂く音までスローモーション映像のように間延びしている。もはやそんなことさえ気にならない。

インフェルノは偃月刀で突いた。短い魔法少女人生の中で最高の一撃だった。ディスラプターでも袋井魔梨華でもシャッフリンのエースでも、この突きは避けられない。

大鎌と偃月刀が交差し、すれ違う。そのまま敵の胸を刺し貫かんとしたところで横合いからグリムハートが滑りこんでインフェルノを弾き飛ばした。

「愚か者が！　油断をするでない！」

スローモーションが終了した。

シャッフリン達の喚き声が聞こえる。グリムハートが「実験体は殺すなといっておいたじゃろう！」と怒鳴りつけている。スタンチッカは、近寄ろうとするシャッフリンに対して座ったまま炎を吹きつけた。スノーホワイトは——インフェルノを拾い上げると開いたままの隔壁から飛び出し、立てかけてあった杉木を蹴倒した。

隔壁が閉じていく。グリムハートが罵りながら追いかけてこようとしている。インフェルノはそれを見ながら上手く考えることができない。力が入らず、考えることもできない。

スタンチッカが動いた。袖口から手榴弾を取り出し、ピンを抜いた。グリムハートが慌てて踵を返し、スノーホワイトは振り返りもせず駆けていく。

閃光。爆発。衝撃。偃月刀ごとスノーホワイトに抱えられている。それくらいしかわからない。情報がどんどん閉ざされていく。背中の傷から与えられていた熱が引いていく。

「あ……」

声はまだ出る。だがこれでもいつまで出せるかわからない。

「あのさ……小雪《こゆき》ってさ……」

「朱里《あかり》ちゃん、無理しないで」

「小雪って……魔法少女狩り……なんだよね……」

袋井魔梨華がそういっていた。スノーホワイトは悪い魔法少女を狩るのだと。抱かれながら顔を見上げると、彼女は立派な睫を持っていた。

「だったら……さ……あいつらも……」

プリズムチェリーもクェイクも殺された。パスワードを読むことも仇を討つことはできなかった。なにも出来ず無様に抱えられて敗走している。

自力で走ることさえできない。自分の足で、思い切り走りたかった。それだけが望みだったのに、それさえも出来ずに抱えられている。クェイクやプリズムチェリーの無念を晴らすこともできず、胸に抱いた口惜しさもそのまま、ただ抱えられている。

「あいつら……やっちゃってよ……魔法少女……狩り……なら……さ……」

言葉が消えていく。音が消えていく。景色が消え、腰を抱くスノーホワイトの体温が消え、自分自身が消えていく。最後まで残っていたのは口惜しさだった。

☆グリムハート

グリムハートは怒り狂った。

ハートのエースを蹴り、殴り、文机に顔面を叩きつけ、壁に向かって投げつけた。原型が留まっていたあたり、意識せず手加減したのだろう。まだ理性は残っている。

しかしまだ理性が残っているという自己評価が怒りの火に油を注いだ。全てをぶち壊してしまいたい。

スタンチッカの自爆攻撃からギリギリでジョーカーを庇うことはできた。本当にギリギリだった。あと少し遅れていれば、ジョーカーに覆い被さるタイミングがほんの少しでもズレていれば、ジョーカーは爆発に巻きこまれ怪我を負うか死ぬかしていただろう。

なにがギリギリだ。グリムハートが動かされたという事実だけで敗北に等しい屈辱だ。蛮族どもの相手をするためにここへ来たわけではない。グリムハートは上に立つためにいる。なにもする必要はない。はずだった。はずだった。

息を吸って、吐いた。

腹が立つ。グリムハートの誇りに傷をつける者がいる。それを誅することができないまま放置している。喉元に刃を突きつけられ、あと半歩まで追い詰められた。蛮族ごときに、最下層民、最底辺、劣等種族、そんな連中がグリムハートに逆らっている。

袋の中に手を入れて中身を取り出した。風属性の実験体だ。敵襲を知ったと同時に袋の中に仕舞いこんだ。敵に奪われてなるものか、戦闘に巻きこんで失ったらつまらない、そう考えてベストの行動をとった、つもりだった。

なにがベストだ。怒りしかない。

「首を刎ねよ」

ジョーカーがしばしの間を置いてから大鎌を振り上げた。

颪の実験体は涙を流して喚き、床に頭を何度もつけた。謝ろうとしているのだろうか。そんなことはもはやどうでもいい。

首が転がり、今の襲撃で損なわれたシャッフリン達が再生していくのを見てようやく頭が冷えていく。気が晴れた、とまではいかないが多少はマシになった。

「……実験体を全て贄にしたのはまずかったかのう？」

「シャッフリンが欠けたままでは作戦に支障をきたします。致し方ないかと」

「うむ。そうじゃの」

ジョーカーの鎌に刺された実験体はスノーホワイトが掻っ攫っていった。あれは致命傷だっただろう。捕えるのは無理だ。

つまり残るは一体のみ。

しかも補給用の魔法少女はストックが無くなった。スタンチッカが自爆などという愚かな真似をしなければストックができていたのにもったいないことをしたものだ。だが今更嘆いてはいられない。次こそ成功させなければならない。

◇フィルルゥ

インフェルノが殺された後も彼女の偃月刀だけは残った。つまり霧を作ることだけはできる。だが、それだけだ。敵から監視されないだけで攻撃されないわけではない。

デリュージは高校生くらいの少女の死体に取り縋ったまま動こうとしない。誰も彼女に声をかけようとはしなかった。声をかける元気も無かったのかもしれない。少なくともフィルルゥにはその元気が無い。動かずとも痛い。動けば激痛に苛まれる。魔梨華の果実を舐めている時は多少マシになるものの、すぐに痛みが戻る。

スタンチッカが自爆し、インフェルノが殺された。

それだけの犠牲を払ってもパスワードを入手することができず、入口を開けることも外へ出ることもできず、さっきまでとなにも変わらず水場エリアに詰めている。インフェルノとスタンチッカが欠けた分、さっきまでよりも状況は悪化していた。

スノーホワイトはブリーフィングルームにいた「シャッフリンのジョーカー」の心を読んだ。ジョーカーさえ殺せば、他のシャッフリンを倒すことができる。

しかしさっきのような急場を除けば、ジョーカーが敵の前に出てくることはない。そしてジョーカーの心を読むことでグリムハートの持つ魔法の本質を知った。

「グリムハートは自分とコミュニケーションをとる相手を選択できます」

「それは会話とか……そういう？」

「会話も、戦闘も、その他コミュニケーションは全てグリムハートから一方的にされるだけです。私の魔法も効果はありません。彼女が許可しない限り、彼女にはなにも通用しない。爆発も殴打も斬撃も魔法も全ては影響を及ぼしません」

「そんなの……そんなのずるくないぽん？」

「彼女なら電脳空間でキークと対峙《たいじ》しても相手をぶちのめす」

ファルの映像がノイズがかかったようにかすれた。スタイラー美々は今にも泣きだしてしまいそうな表情で肩を落とした。

「それ……どうしようもないんじゃないですか？」

「グリムハートは自分が前線で動くことを恥ととらえている、グリムハートを動かすような事態になっては困る……ジョーカーはそう考えていました。グリムハートは極力自分から動くことをしないはずです。ただし、本当にどうしようもなければ動きます。さっきも」

スノーホワイトはデリュージの背中に目を向けた。そしてデリュージが取り縋っている少女に目を向けた。

表情は無い。ほんの僅かだけ唇が震えたように見えたが、気のせいかもしれない。

「ブリーフィングルームに攻めこまれた時も、彼女は動きましたから」

「動くのが恥って……こんな所にまで来てるのが恥じゃないぽん？」

「集団のトップとして偉ぶっているのはいいらしいよ」

「嫌なやつだねえ。ぶん殴ってやりたいなあ、おい」

「殴れないから困ってるって話聞いてました？」

「シャッフリンだったら通路でしこたまぶちのめしてやったけど。あれってまだ元にもどんの？」

スノーホワイトはもう一度デリュージと、彼女が取り組っている少女に目を向けた。今度こそ彼女の唇は震えていなかった。

「ジョーカーが無事なら……もう……補充を完了しているでしょう」

「ハッハッハッハ！　いつまでも殴り合いできるなあ！」

「死ねよクソ花女」

「あいつらの目的はいったいなにぽん？」

「人造魔法少女の奪取及び計画の抹消、計画を知った者の抹殺」

「それ……もう……詰んでるじゃないですか……」

「ハッハハッハッハ！」

フィルルゥはスノーホワイトが袋の中から出した寝袋に横たわっていた。皆が話す声がどこか遠くで聞こえているようだ。自分が当事者ではなく、第三者として聞いているような気さえしてくる。痛みだけが鬱陶しい。

ウッタカッタは槍で刺し殺された。あの時の表情が網膜に焼きついている。いつも飄々《ひょうひょう》としていて誰に対しても慇懃無礼《いんぎんぶれい》だった。フリーランスとしての生き方を守り、ついていく者を間違えなければ生き残る、そういっていた。人造魔法少女に勝つため彼女と連携の相談をした。その人造魔法少女と一緒に戦っている。昨日の事どころか今日の昼の事さえ遠い昔のようだ。

カフリアはまだ無事だろうか。彼女なら敵に捕らえられても元気でいそうな気がする。少なくとも一番最初に死ぬわけではない。そういっていた。感じの悪いやつだと思った。今でもそう思っている。だが無事でいて欲しいとも思っている。

痛みが苦しくて呻き、果実を舐めた。少し和らぐ。目を瞑った。

手柄が欲しかった。もう一度正職につきたかった。本当はそんな必要なんて無かったのかもしれない。フリーランスでウッタカッタやカフリアと一緒に働いている自分を想像する。意外と楽しそうだった。

カフリアやウッタカッタに振り回されながらも様々な所に顔を出して小銭を稼ぐ。これはこれで誰かに必要とされる仕事だ。

誰かに必要とされたかった。お前は必要な人材なんだといって欲しかった。

「私を……」

スノーホワイトの声ではない。スタイラー美々でも袋井魔梨華でもない。勿論ファルでもないし、フィルルゥでもない。プリンセス・デリュージの声だ。

「私を差し出してください。あいつらの目的が私達の奪取だっていうなら、私を差し出してください。それで交渉をしてください。抵抗せず私を差し出すから、他の人達の命は助けて欲しいって交渉をしてください」

幕間

「なんだい、随分と散らかしたね」

「申し訳ありません。色々ありまして」

布団が二組敷いてあった。一つはリップルが横になっている。もう一つは空だ。さらに包帯や薬品類が散乱していてテーブルの上には資料が並んでいる。これでは散らかしたといわれても仕方ない。だが色々あったというのも嘘ではなかった。

「この子はまたよく寝てるねえ」

「ええ、大仕事をしてくれましたから」

「そっちで寝てた子はどうしたね？」

「彼女は仕事があるそうですよ」

「はあ。そりゃ働き者だこと」

「まったくです」

歯の無い口で笑い、老婆はポットを持って階段を下りていった。フレデリカは冷めたお茶を啜った。冷めていても美味いことは美味い。だが寂しさを癒してくれる美味さではない。寂しさを癒してくれる美味さは常に温かみとともにある。冷たいお茶は寂しい胸の内をより冷やす。物理的な面だけでなく。

止めることはできなかった。彼女の頭髪はフレデリカの好みど真ん中にあり、それを失わせるのはあまりにも惜しく、つい介入してしまった。そのことについて後悔は無い。あれをただ失わせるのは大きな損失だ。フレデリカが失うのではない。世界そのものが彼女の頭髪を失ってしまう。あの輝きを、艶やかさを、香りを、煌めきを、ただ失くすのは冒涜だ。許されることではない。

しかしフレデリカは彼女に請われるまま、死地へと戻すことにした。大怪我を負い、フレデリカに救われ九死に一生を得、だが自分だけが助かることを良しとはしなかった。生きて戻ってこれるとは思っていない。つまりあの頭髪を失わせてしまうのと変わらない。助けた御礼ということで何本か分けてもらったが、それでいいわけはない。

だがフレデリカに断ることはできなかった。

フレデリカは魔法少女の頭髪を愛するのと同じくらい魔法少女そのものを愛している。彼女が欲してやまない「正しい魔法少女」を愛している。

恐怖に打ち震えながらも友人を救うため死地へ戻りたいとフレデリカに頼んだ彼女は、あの瞬間、まさしく「正しい魔法少女」だった。フレデリカに「正しい魔法少女」を止める権利は無い。フレデリカにだけでなく誰にも無い。

もはや介入することも無粋だ。「正しい魔法少女」なら「正しい魔法少女」なりの結果になるだろう。生き残ろうと、死んでしまおうと、友人を助けられなかったとしても、フレデリカが介入すべきではない。それでは美しくない。

フレデリカは冷めたお茶を啜った。美しい頭髪と離れてしまった寂しさと共に、「正しい魔法少女」を送り出した満足感もまたある。リップルは寝息を立てて眠っていた。

第六章　魔法少女狩り

☆グリムハート

いよいよ慎重に動かなければならなくなった。

補給用魔法少女のストックが切れ、しかも実験体も贄《にえ》として使い潰してしまった。残る実験体を殺さずに捕えた上で、現状のシャッフリンを補充せずに作戦を遂行しなければならない。

こうして考えるだけでも屈辱だった。

本来なら巨人が蟻を踏み潰すように楽々とクリアしなければならないはずなのに、蟻どもは右へ左へと逃げ惑い狙いをつけさせず、それどころかこちらに噛みついて抵抗をしてくる。

ここまではジョーカーの策を採用してきた。そして全て裏目に出た。

大体にしてジョーカーが悪い。

グリムハートは寛大過ぎた。足りない頭で一生懸命考えたのだからと臣下の策を採用し、それ故に失敗してきた。

ここからは違う。グリムハートが指揮を取る。軍師が無能なら王が采配をする。前戦で剣を振るうのは王の戦とはいえないが、軍を動かすというのならギリギリ王の戦といえるだろう。

さて、どうやって攻めてやろうかと思案していたところへ報告が入った。

「水場エリアの霧が晴れました」

「ほう？」

小賢しいことに、蛮族どもは霧を部屋に満たしてモニターの視界を塞いでいた。

さらに水を溜めて凍らせることで鉄砲水を生み出しシャッフリンは大損害を被った。攻めるに困難な場所だということに気づくのが遅かった。それさえわかっていればさっさと場所を押さえてしまっていたのに。

その霧が今は晴れている。なにかしらのアクシデントがあったのだろうか。火属性の実験体を排除したことによって霧を作成できなくなったのかもしれない。

モニターを覗くとそこには複数人の魔法少女がいた。実験体は……いた。一人だけ外れた場所で、あれは、よくよく見ると、縛られて転がされている。

他の魔法少女達は全員上、モニターの方を見ていた。一人が両手を口に近づけて大きな声を出した。

「私達の身の安全を保証していただけるなら、そちらに人造魔法少女を引き渡します！　引き渡しの条件、その他については代表者同士で交渉をさせていただきたい！」

グリムハートは小首を傾げた。

「今、あやつはなんといったのじゃ？」

「こちらの言葉は少々聞き取りづらくありましたが……実験体を引き渡すから交渉をしたい、と申しておるようでした」

「ほう！　ようやく身の程を知ったか」

「いえ……そう決めつけるのは早計ではないかと思われます」

「なぜじゃ？」

「交渉の場に誘い出し、急襲するかもしれません。蛮族どもは恥知らず故」

「ふぅむ」

確かに蛮族どもならそれくらい恥知らずな真似をもやってのけるだろう。ジョーカーのいうことはもっともだ。

「ならば交渉の余地無しとすべきかの？」

「相手を破れかぶれにさせてしまえば、最悪実験体を破壊されます」

「それは困る！　なんとかならんのか！」

「条件を出して急襲されないようにいたしましょう」

グリムハートは罠である可能性やこちらのメリットについて考えた。

罠である可能性はそれなりに高い。蛮族は恥知らずで一人の例外もなくクズだ。信じるに値する存在ではない。そもそも信頼を築ける相手ではないのだ。

罠なら罠で、条件を出してその可能性を全て潰してしまう、というのが良い。罠にかかることもなく、できるだけ有利な条件で白旗を上げたいと懇願してくるなら聞いてやるふりくらいはしてやらなくもない。

「そちを除くシャッフリンに交渉は無理じゃな？」

「言葉は通じず知性を欠いております。ただの仲立ちをさせるにも問題がありましょう」

「そちが赴くのは許さん」

「もしも私めが仕留められましては全シャッフリンが消滅いたします。敵の狙いがそこにあることは充分に考えられましょう」

「ならば妾が出ることになろうかの」

「申し訳ございません」

グリムハートは口元に手を当てた。グリムハートが交渉に出ることで生じる不都合はなにがあるだろうか。ジョーカーとは違い、仮に魔法を解除したとしても下郎の攻撃で傷がつくことなどまずない。他に不都合はあるだろうか。あるならその不都合を潰していけばいい。

「妾が交渉をするにあたりなにか問題はないか？」

「まずは相手と場所を選びます。ブリーフィングルームでの交渉は論外です。また魔法少女狩りがいてはいけません。やつめに交渉を許せば弱みを握られる、即ちパスワードを読み取られます。袋井魔梨華《ふくろいまりか》のごとき暴獣もなにをするかわかりません。交渉相手として指名するなら重傷を負っている様子の、針と糸を使う魔法少女が良いでしょう。フィルルゥ、といいましたかな。モニターでの監視も怠ってはなりません。主様が出向かれた隙を狙ってブリーフィングルームを襲うやもしれないのです。やつらは恥知らず故に」

「実験体本人が交渉に来ればよいのではないか？」

「いえ……ええ……やつらは実験体を交渉の場に引き出すことを望まぬでしょう」

「奴輩《やつばら》めに望む望まぬを選ぶ権利などあるまい」

しかしジョーカーは「そうしなければ交渉しない」といってくるだろうという。というなら応じないわけにもいかない。蛮族を図に乗らせるのは腹立たしいが、鬱憤を晴らすのは後でもできる。

「場所をこちらで指定し、交渉する相手も指定します。さらに交渉する相手には厳重な身体検査をさせましょう。例の爆発物を持っていたりすると大事になります。そして交渉する際もなるだけ距離は離します。下郎の唾がかかってはお体が汚れます故。さらに護衛のシャッフリンも付けさせましょう。主様に下郎の刃が決して届きませんように」

「面倒じゃな」

「断れば実験体が殺されるかもしれません」

「むう……交渉とは王の仕事かのう？」

「敵対勢力の首領と折衝《せっしょう》を図るのは貴きお方でなければできません」

「致し方あるまい」

よっこらと玉座から立ち上がった。蛮族相手の首脳会談だ。

☆シャッフリン

グリムハートがブリーフィングルームから出ていくと、この部屋は火が消えたように静かになる。自発的に喋る者はグリムハートしかいない。ハートのシャッフリンは知性の低さから声を上げることがあるものの、ジョーカーを前にすればきちんと統制される。

ジョーカーはモニターに目を落とした。シャッフリンがそれぞれ持ち場についている。ジョーカーの指示を受け、まずはハートが行動を開始する。伝令の証であるタペストリーを旗竿のように掲げて水場エリアへ向かった。竿部分はスペードの槍を流用している。タペストリーを掲げたハートの7はパネルを押して水エリアへ入った。武器を構えた魔法少女に囲まれることになったが、相手に戦意は無い。勿論こちらにもない。

ハートの7は部屋の中に入ることができた。しかし言葉が通じるわけではないため、とにかくこちらの意思を伝えるために教わってきた動作を繰り返すよう命じておいた。

フィルルゥを探し、指差す。掌を上に向けて指だけを二度曲げる。こちらに来い、という合図だ。相手がなにをいおうとどうせ通じない。とにかくこちらの主張が通るまで同じ動作を繰り返す。フィルルゥを指差し、指を曲げる。変更するつもりが全く無いということをしつこいくらいに教えてやらなければならない。

モニターを切り替えて森林エリアへ。

玉座に座ったグリムハートがブリーフィンググルーム側の扉前ででんと構えている。そこに傅くシャッフリン達はいずれも戦闘能力が高い。スペードのエースを除いたスペードの上位ナンバーとクラブの上位ナンバーを揃えていた。

スペードのエースはジョーカーの傍らに立っている。グリムハートの護衛をつけなければならないとはいえ、ブリーフィンググルームの防備を疎かにするつもりは無かった。スペードのエースとスペードの下位ナンバーを何体か、それにクローバーを加える。最悪の場合、ダイヤやハートにも出てもらわなければならないだろう。

モニターを切り替えて水場エリアへ。

フィルルゥが立ち上がった。

ハートの7は指示通り、すかさず肩を貸してやる。

そもそもフィルルゥを交渉相手に選んだ理由の一つは、彼女が重傷を負っているからだ。交渉の場へ向かう途中で倒れてしまった、などということにならないよう注意し、フィルルゥの歩行を手伝わせる。

フィルルゥ以外の魔法少女はどう出るか。

ジョーカーは他の魔法少女の動きを確認した。

袋井魔梨華、スタイラー美々、スノーホワイト。それに縛り上げられ転がされている水属性の実験体。特に動きらしいものはない。

水場エリアと砂漠エリアをザッピングし並行視聴した。

グリムハートがいる時は頻繁に画面を切り替えると文句が出る。いないのならば、最も効率良い見方を選ぶ。水場エリアの魔法少女達を監視し、同時に砂漠エリアで武装解除されるフィルルゥを見る。

フィルルゥの固有魔法は既に確認できている。針と糸だ。

フィルルゥを選んだ二つ目の理由がこれだ。魔法がはっきりしていない相手を交渉相手に選べば、万が一がある。

当然、針と糸以外にも武器が無いかを確認し、服と体のあらゆる部分を徹底的に検査する。もし手榴弾でも持ちこまれたら目も当てられない。

検査の途中、傷口を押されたフィルルゥが低く呻《うめ》いた。

ジョーカーは小さく息を吐いた。とりあえずここまでは上手くいっている。

ただ、楽ではない。気分的な問題かもしれないが、やはり楽ではない。

グリムハートが実験体を全て贄にしてしまわなければ、もっと楽だった。超高級魔法少女を作ろう、というなら感情についてもっとリソースを割くべきだった。それにもっと勤勉で努力家だったらなお良かっただろう。と、主に対して不敬なことを考え、森林エリアに切り替える。

両脇をスペード二体に固められたフィルルゥが隔壁から現れた。顔色は悪い。だが魔法少女だ。多少の無理を押したところですぐに死ぬようなこともないだろう。

両脇を固めたシャッフリンは、グリムハートまで三十メートルの距離でフィルルゥを制止し、喉元へ槍を突きつけた。怪しい動きがあれば即殺す。

さらにグリムハートの周囲をハートの上位ナンバー五名が固めた。こちらはなにかあれば盾になって攻撃を止めるよう命じてある。

ハートの下位ナンバーと違い、上位ナンバーは知性が足りないなりに勇敢だ。

そもそもシャッフリン自体に生命と呼べるようなものはなく、全員ジョーカーに従属している形をとっているが、それでもハートの下位ナンバーは死を忌避し、恐れる。我が事ながらもう少しなんとかならないものかと思う。

そうこうする内に準備が整った。

水場とザッピングしながら画面を注視する。ここまでで予定外の要素は無い。全てが順調に進んでいた。グリムハートが魔法を解除し、交渉が始まる。

「デリュージを……渡すので……私達の……身の安全を……保証して……」

切れ切れで弱々しい。果たしてグリムハートにまで声が届くか微妙なところだ。だが届かなくてもグリムハートにとって大した問題はないだろう。

「妾にとっていかに実験体が必要か。それさえ寄越せば罪は許す」

グリムハートにとっての無礼者とは自分以外の全てだ。

グリムハートにとっての正義とは自分の主張そのものだ。

自分の主張だけを押し通し、それが当然であると考えている者と交渉できる者がいるだろうか。それはグリムハートの魔法を解除したところで変わらない。

「実験体さえ寄越せば罪は許す。妾の名誉にかけ誓おうではないか」

ジョーカーは知っている。口からでまかせで約束を守るつもりなど無い。高貴な者が賤しい者を相手に約束を守る必要はない、グリムハートはそう考えている。

フィルルゥは聞き取るのも難しいほど弱々しい声でなおもいい募った。とにかく保証が欲しい、それが無ければデリュージの受け渡しはできない。

グリムハートは名誉がいかに大切かをかき口説く。

絶対に交わることがない二本の直線と同じだ。そもそもの前提が違っている。グリムハートは自分がわざわざ出向いてやったのだから相手は妥協するだろうと本気で信じている。フィルルゥは今頃相手の本質を知って絶望しているのではないだろうか。

双方が同じことを続ける交渉もどきだったが、退屈で欠伸が出ることはなかった。ジョーカーは緊張を持続させザッピングでモニターを注視した。

「これが最後の機会と思え。妾は下郎に何度も機会を与えぬ」

フィルルゥは項垂れた。もう逃げ道は無い。

魔法があろうと無かろうと、グリムハート相手に交渉ができると思うことが間違いだ。グリムハートは再び魔法を発動し、一方的に交渉を打ち切った。

フィルルゥはまだ何事かを話そうとしていたが、もはやなにも通じはしないことを悟ったか、トボトボと戻っていく。

見事に交渉をまとめ上げた、とでも思っているのだろうか。グリムハートは意気揚々と玉座を袋に仕舞い、胸を張って隔壁を潜っていく。首脳会談を無事に終えた元首気取りというところだろう。グリムハートにはブルーカラーこそが向いているのに、肉体労働を賤しいものとして触れようとはしない。

ジョーカーはザッピングから森林エリアを外し、その時ふと違和感を覚えた。なんの違和感だったのか、すぐにはわからなかった。

水場エリアだ。

魔法少女達は相変わらず無気力を隠そうともせず座り、あるいは寝転んでいる。今なら攻め落とすことさえできてしまいそうだった。

モニターを移動させて各所を観察した。どこに違和感を覚えたのか一つ一つ調べ上げていく。ただの気のせいだったのか、それともなにかしらの原因があったのか。

袋井魔梨華とスタイラー美々はなにも変わらない。おかしな部分は無い。スノーホワイトも同じだ。座ったまま動かない。実験体は縛られて寝転んでいる。

ジョーカーはそこでカメラを止めた。ブリーフィングルーム側の隔壁が氷漬けにされている。氷は分厚く全く溶ける気配が無い。表面は濡れていない。指で触れればくっついて離れなくなってしまうだろう。ガチガチの低温だ。

おかしい。

凍っていること自体はいい。蛮族達は水を溜め凍らせることで防備としていた。それが問題なのではなく、今もって氷の表面が濡れていないのがおかしい。時間が経過している。特になにも無ければ、氷も凍ったままではいられない。特になにかあれば別だ。つまり水属性の実験体が魔法を使用し続けているのではないか?

なぜ捕えられ売られようとしている実験体が扉を塞ぐ協力をしている？

実験体にとって、魔法少女達は自分を売ろうとしている者ではないのか?

ジョーカーは立ち上がり、シャッフリン達に指示を出した。

☆プリンセス・デリュージ

交渉の場から戻ってきたスノーホワイトを出迎えた。ここから先は速度の勝負だ。スノーホワイトの格好で待機していたフィルルゥは、フィルルゥの格好で交渉に向かったスノーホワイトに引き起こされ、「なんでも入る袋」の中に落とされた。怪我で走れないフィルルゥも連れていくためには、袋に入れて連れていくこの方法しかない。

デリュージは偽りの拘束を振りほどいて立ち上がり、走った。

袋井魔梨華、スタイラー美々も走り出す。敵が気付く前に入口まで戻り、パスワードが変更される、もしくは追手がかかるよりも早くパスワードを入力して外に出る。そこで助けを求める。

敵の中で交渉ができるのはグリムハートしかいない。ジョーカーを敵に近づけるのはシャッフリン全滅のリスクがあり、ジョーカー以外のシャッフリンは交渉ができない。

交渉を求め、敵がそれに応じるなら出てくるのはグリムハートだ。魔法を一時解除して交渉ともいえない交渉で譲歩を求めてくるだろう、そう予想した。

そしてこちら側に求める交渉要員も予想がついた。現状、戦闘能力で最も劣っているフィルルゥだ。怪我をしているくらいで優しくしてくれるわけがない。

そこでスノーホワイトとフィルルゥを予め入れ替えておいた。

コスチュームを交換させ、スノーホワイトの腹にはスタイラー美々の魔法で本物そっくりの傷跡を作った。さらにスタイラー美々の魔法で完璧に顔を整え、お互いの容姿をそのまま入れ替える。

元々フィルルゥとスノーホワイトの顔立ちは似ているから難しくない、とスタイラー美々がいった時はフィルルゥが酷く複雑そうな顔だった。

フィルルゥに化けたスノーホワイトは交渉の場に向かい、グリムハートと相対した。交渉をするためにはグリムハートは魔法を解除しなければならない。スノーホワイトの魔法はこれでグリムハートにも作用する。聴かれて困る心の声を聴きとることができる。

後は全速力で研究所から逃げ出す。スノーホワイトとフィルルゥには着替える時間も無い。とにかく速く、ひたすら速く、速度だけを求めて入口へ向かう。

デリュージは疲れた足に力を入れて隔壁を潜った。絶対に生きて帰る。インフェルノにそう約束をした。一方的な約束だったが、守らないわけにはいかない。

☆ファル

ブリーフィングルーム側の入口はデリュージが凍りつかせた。デリュージがその場を離れることで、どれだけ魔法がもつかはわからない。

氷が解け、柔くなるとしても一秒二秒ではないはずだ。一分、二分でも隔壁の巻き上げ機相手に時間を稼いでくれればいい。

袋井魔梨華が先頭になって走っていた。びしゃびしゃと水をはねながら走るせいで、後ろを行く者達に水がかかっていた。だがそんなことは気にもせず魔梨華は走る。

「ハッハハッハッハ！　逃げ戦は戦の華だなあ！　おい！」

スペードのエースによって片目を潰され、腕を折られ、顔をボコボコにされていた。今はそんな怪我が無かったかのように元気だ。実際痕跡も残っていない。

水と土と太陽光さえあれば傷が治る、とは本人の弁だった。太陽が無いから時間がかかったのだそうだ。

この人は植物ですからというスタイラー美々の言葉に怒ることもなく、その通りだそれがいいんだと笑っていた。

走りながら種を飲んだ。デリュージの偃月刀を翳《かざ》して頭部に熱を溜める。

「向日葵砲《ソーラーキャノン》！」

頭の上に咲いた大きな向日葵に熱を放射し続け、向日葵は熱を溜めてぐんぐんと大きくなる。隔壁のパネルを押す。ファルの索敵に反応があった。

「通路に三体の魔法少女！」

三体のシャッフリンが槍を構えている。魔梨華はお辞儀をするように頭を通路へ向けた。

「発射ァ！」

すぐさまこちらへ出ることもできない。向日葵から放射された光線を避けられる場所は残されていない。三体のシャッフリンを焼き尽くして大きな向日葵は枯れ果てた。袋井魔梨華はすかさず新しい種を飲み、もう一度向日葵を育て始める。

見張りがいることは想定の内だった。この三人で見張りが終わってくれるなら、全員が脱出できるはずだ。パスワードの変更にはある程度の時間を要する。

魔法少女の速度であれば、向こうがこちらの動きを察知し、パスワードを変更する、あるいはシャッフリン達を差し向ける前に二十五桁の数字を打ちこんで入口の扉を開けられる。

実際に傷つけてから縫いつけたものではあるが、スノーホワイトの怪我はさほどのものではない。スタイラー美々による偽装で痛々しい重傷に見えていただけだ。

だがフィルルゥは本物の重傷だった。袋井魔梨華のように水と土と日光で怪我を癒すわけにもいかず、応急処置的に縫ってあるだけだ。普通なら走ることも難しい。だが置いていくことはできない。置いていけばグリムハートに殺される。

一緒に連れていき、なおかつ足手纏いにもならない。その方法についてはグリムハートがヒントを出してくれた。

　スノーホワイトが腰に提げた袋の中にフィルルゥが収まっている。グリムハートはこれと同じ方法でシャッフリンを隠匿していた。生きている者であっても袋の中に入れられる。そして意識さえあれば自由に出ることができる。これなら重傷者を連れていても全力で移動できる。

「通路に魔法少女反応なし！」

　ファルが索敵した結果を伝え、再度走り出す。敵はモニターで確認しているはずだ。現在入口を目指していることも知られている。なにかをしようとしていることは悟られているはずだ。敵がパスワードを変更するより、敵がこちらに討手を差し向けるより、とにかく早く扉を開ける。

　通路を駆け、砂漠エリアへと続く隔壁が開くのをじりじりとしながら待つ。扉がほんの少しでも開けばその瞬間に向こう側にいる魔法少女を探す。

「砂漠エリアに魔法少女反応……十五⁉」

　扉が開いて砂漠エリアが視界内に入る。シャッフリンの姿は見えない。見えないが、十五人の先客がこのエリアにいるということは確実だ。十五名も砂漠エリアに潜ませておくものだろうか。それだけの人数を割り振るならさっきの通路に配置しておくものではないか。向こうの動きが想定以上に早い気がしてならない。

ファルの言葉に表情の変化以上の反応を見せず魔法少女達は再び走り始めた。水をはね散らかしていた袋井魔梨華は、今度は砂をはね飛ばす。

「十五人は向こう側の隔壁で一纏めになって……今動き始めたぽん」

砂山を二つ超えて入口が見えてきた。クラブにスペードまでが混ざった十五名のシャッフリンが散開して武器を構えている。隔壁を守っているのは見ればわかる。

「向日葵砲《ソーラーキャノン》！」

敵の姿が見えるなり袋井魔梨華がぶっ放した。通路の時とは状況が異なり、敵はひらけた場所で拡散している。二人のシャッフリンを焼くに留まり、しかし道を開けさせることはできた。扉の前に滑りこんで素早くパネルを押す。だがすぐに開いてくれるわけではない。開きつつある隔壁を背にしてシャッフリン達に対して迎撃の構えを——

「魔法少女反応増加！　通路の方に四体ぽん！」

スノーホワイトが槍をルーラで弾き、デリュージが三叉槍をぐるりと振り回して周囲に霜を落とした。シャッフリンの攻撃が止まった瞬間、スノーホワイトが隔壁に滑りこみ、デリュージ、美々が続く。しかし魔梨華はその場に留まり通路に入ろうとはしなかった。

「こっちのが多くて楽しそうだからさ！」

スタイラー美々が舌打ちをして砂漠に戻った。後ろからの敵は二人に止めてもらう。前に出るのはスノーホワイトとデリュージの仕事だ。デリュージが青く光り前に出た。

三又槍で敵を突こう、としたところで少女が現れた。なにも無い空間からいきなり出現した少女に敵味方全員が呆気にとられ、デリュージが声を震わせ呟いた。

「プリズム……チェリー……生きて……」

「遅れてごめん！　私は私のできることをするから！」

キラキラと輝きの尾を引きながらプリズムチェリーはデリュージ、スノーホワイトとすれ違い、閉じようとしていた砂漠エリアへの隔壁に滑りこんだ。

☆スタイラー美々

「私、味方ですから！」

聞いたことのない声でいきなり味方であると宣言され、混乱した。閉じようとしていた隔壁から部屋に入ってきた魔法少女は声の通り見たこともない相手で、妙にキラキラとしている。

「味方か！　よっしゃあ！」

魔梨華が叫んだ。なんですぐに受け入れられるんですか、と嘆いている余裕は無い。周囲には武器を構えたシャッフリンが十五名。こちらは自称味方の魔法少女を入れても三名。魔梨華の花が咲くには時間がかかる。通路に戻ればまだ戦いやすいが、魔梨華がわざわざここに出てきたということは、なにか目論見がある。

シャッフリン達も謎の魔法少女の唐突な出現に若干たじろいでいるようだった。武器を構えたままほんの一瞬だけ逡巡し、謎の魔法少女は叫んだ。

「こちらを見ないでください！」

光った。見ていないのでどう光っているのかはよくわからないが、とにかく光っている。強烈な光が放射されたことでシャッフリン達が顔を顰めて目を眇めた。美々と魔梨華は光を背にしているのだからシャッフリンに比べればまだマシだ。

ハサミで斬りつけ、蹴り飛ばし、ここで反撃が来たので受け、止め、避け、避け、避け、数が多過ぎる。避け切れずカツラが棍棒に引き裂かれ、右腕を槍が掠めた。皮と肉を持っていかれた感触、それに痛みが続く。避け切れない槍は強引に右腕で受け、さらに血がしぶいた。ハサミを投げつけて強引に距離を取る。

不恰好な戦い方をしている。数で押されていることだけが理由ではない。

後ろの魔法少女がでんと腰を据えて全く動こうとしていない。下手な避け方をすれば後ろの魔法少女に攻撃が及ぶだろう。なんで今会ったばかりの相手を守りながら戦わなければならないのか。

袋井魔梨華は笑った。窮地を喜んでいるだけではない。この笑いは聞き覚えがある。

「太陽だあああああひゃっはああああああ！」

ああ、そうか、と思った。

この光の温かみはただ眩しいだけではない。太陽光だ。袋井魔梨華が必要とし、なのにわざわざ地下にやってきた。その太陽光が、しかもとびきり強烈なやつを背後の魔法少女が放射し続けている。

美々は花を咲かせるまでの時間稼ぎを務めるつもりだった。いつも好き勝手しやがってと毒づきながら時間を稼ぐのが美々の仕事だった。その仕事が瞬く間に終了した。ただの熱ではない、本物の、目も眩むほど強烈な太陽光だ。向日葵は爆発的な速度で膨れ上がり、さらに加速度をつけて光り輝いた。

「向日葵地獄《ソーラーヘブン》！」

なにが起きるのかは知っていた。袋井魔梨華が味方への配慮を美々に一任していることも知っていた。美々は敵に背中を向けて背後の魔法少女を砂上に押し倒した。

光が走った。

謎の魔法少女が放射していた太陽光どころではない。その太陽光を延々と溜め続け、限界ギリギリコップの淵まで溜めたエネルギーを一気に解放した。

美々は、口の中の砂を吐き出した。

「あんたはいつもこうだ……」

「おう、褒めてくれてありがとな」

「褒めてないですから」

「そこのあんたもありがとな」

「あ、はい。お役に立てて良かったです」

魔梨華が美々を引き起こし、美々が謎の魔法少女を助け起こした。魔梨華の周囲は放射状に黒く焦げている。シャッフリン達がどうなったのか、考えるまでもない。

「まああんたが何者かは後で聞く」

「あ、はい」

「とりあえず今は魔法少女狩り追いかけようか」

「あんまりのんびりしてると我々だけ置いていかれ――」

砂山の向こうに砂煙を見た。

それがなにかを考える前に身体が動いていた。

しゃがみ、両掌に砂を溜め、袋井魔梨華に向かってそれを浴びせた。スタイラー美々の魔法は身だしなみを整える。ただ整えるだけではない。別人に変装することもできるし、完璧な迷彩を施すこともできる。

魔梨華を砂漠に溶けこませ、次は謎の魔法少女に砂を浴びせ、同様の砂漠迷彩を施した。ただの迷彩ではない。完璧な迷彩、偽装だ。スタイラー美々の魔法によって施された迷彩は魔法少女の目であろうと欺いてみせる。

次は自分に砂を浴びせようとしたが、先に砂煙が到着した。スペードのエースを先頭に、クラブのキングとクィーンが後ろからついてきている。

——間に合わ、

刺された。首だ。振り回される。投げられた。熱い。喉の奥から血が溢れ、口から零れる。千切れてしまいそうだ。意識はまだ残っている。呼吸ができない。苦しい。痛い。

いつもと同じだった。

どんな危機に陥っても袋井魔梨華は袋井魔梨華のままだった。スタイラー美々がどれだけ嫌がっても強引に連れていく。スタイラー美々が同行を拒否し、それを無視した魔梨華が引きずっていく。

——ああ。

砂漠が赤く染まっていく。それしか見えない。魔梨華ともう一人がどうなったのか、もうわからない。苦しい。痛い。あの馬鹿はこんなに辛くてなぜ戦おうと思うのだろう。付き合うのが本当に嫌なら途中で帰ってしまえばいい。そんなことはわかっている。魔梨華は本気で嫌がっている相手を誘ったりしない。彼女はああ見えても案外繊細な目で他人を見ている。美々はそれを知っている。

自分自身が付き合わされることを本心では嫌がっていないことも知っている。美々が嫌がって、魔梨華が引っ張っていくところまで含めて一手順だ。なんだかんだで無事に終わり、ぶつくさいいながら家に帰るのも含めて一手順、だった。

今回は違う。違うことがあるなんて思ってもいなかった。危ない、怖い、そんなことを口でいいながら、底の底では無事に帰ることを確信していた。

もう力が残っていない。だから、最後に振り絞る。

袖口からハサミを引き出し、身体を引き起こしながらクローバーのシャッフリンに投げつけた。狙ったわけでもない抜き打ちの一撃が、見事喉元に突き刺さる。クローバーのクイーンが喉を掻き毟《むし》りながら倒れ伏し、美々は仰向けになり天井を眺めながら事切れた。

☆袋井魔梨華

砂の上に四足の獣のように伏せた。気配を殺す。

美々は動かない。最後の一投でシャッフリンを一体道連れにした。

道連れ。そう道連れだ。道連れということは、美々は殺され、シャッフリンを一体連れていった。もう動かない。致命傷だからだ。あれは致命傷だ。

助けられなかった。助けようとしなかった？　違う。助けられなかった。助けるべきだった。なんでこんなことを考えているのだろう。戦っている最中に、死んだ者のことを考えるなんて。

スペードのエースとクラブのキングが背中合わせで武器を構えている。こちらを捕捉できていない。新手の味方も息を潜めている。そのまま動くなよと念じておく。

二体のシャッフリンは背中合わせのままで僅かずつ移動していた。摺足で動いた跡が砂漠に残る。二体は隔壁を目指している。その近くには美々もいる。

美々。

美々だ。

スタイラー美々。

魔梨華は、また美々のことを思う。倒れて動かない者のことを考えるべきではない。戦いは楽しい。それが負け戦なら最高だ。敵はこちらのことを全身全霊をかけて思い、こちらは敵のことしか考えられず、思考の全てが染め上げられる。どうやって倒してやろう。どうやって受けてやろう。純粋に戦いの中に溶けこみ、相手と渾然一体となる。二人で戦うのではない。一つの戦いになるのだ。

夾雑物《きょうざつぶつ》はあってはならない。なのに、美々が倒れている。

心が離れない。戦いに入っていくことができない。

味方が倒れ、動かなくなるのはいつでもあることだ。それが自分に降りかかることも珍しくない。そんな些末事《さまつじ》で心が乱れる者は戦士と呼べない。魔法少女狩りにも森の音楽家にも魔王にも笑われる。

魔王。魔王も死んだ。殺しても死なないと思っていた。魔王は魔王として永遠にあり続け、魔梨華が死ぬまで遊ぶことができるのだと思っていた。

魔王は死んだ。美々も動かない。魔梨華が嫌がる美々を強引に連れてきて美々が死んだ。なにを考えている？　嫌がる美々を？　今考えることか？

奥底から湧き上がってくる。小さな波が巨大な津波に姿を変え、魔梨華の内側から未体験のエネルギーが溢れようとしている。力だ。純粋な力が魔梨華を変えようとしている。魔法少女は大きな心の動きによって急激な成長を果たすことがある、と魔王から教えてもらった。もう十年以上前のことだ。覚えていたことが奇跡だ。

自分になにが訪れようとしているのかを察した。

美々が死んだ。

美々が殺された。

魔梨華は守りたかった。だが違う。

自分自身にいい聞かせる。お前が今持っている力のみで勝てずにどうするんだ、と。もう一つ使っていいものがあるとしたら、最後に美々が残してくれた迷彩だ。

今あるものだけでいい。他は必要ない。持ってはいけないものだ。

嗅覚に引っかかる。恐らくは、この贈り物を受け取れば、死ぬ。理屈ではない。感覚で理解できる。美々がシャッフリンを道連れにしたように、魔梨華は二体のシャッフリンと共倒れになる。魔梨華はまだ死なない。魔王も死んだ。美々も死んだ。

だが、魔梨華はまだ生きている。

魔梨華は内側から湧き上がろうとしているものを押し止めんと手足に力を入れた。ぼやけそうになっていた心をしっかりと持ち、全身に説得を試みる。今の自分には今持っている力以外必要ない。

——覚醒、拒否！

——いらん！　余計なお世話だ！

——お前なんぞ、無くても勝ってみせる！

——さっさと帰れ！

心が静まっていく。心の強い動きとは要するに乱れだ。戦いの中であってはならないものだ。心を静め、相手を倒そうという意志を抑え、砂の上に跡をつけぬよう、砂を踏んだ音を立てぬよう、体重を失くす。羽より軽く、だ。

メルヴィルを捕まえ習い覚えた無音の移動術で二体のシャッフリンが移動する先に回りこむ。相手の移動速度を上回りつつ、決して悟らせてはならない。

ゆっくりと種を飲んだ。唾液にも事欠く。喉が痛い。

もう太陽光は無い。すぐには咲かないだろう。

とにかく時間を稼ぎ、迷彩を利用して咲くまで立ち回る。スペードのエースは、身体能力だけなら魔王塾トップクラスを超える。魔王塾トップクラスであった魔梨華がいうのだから間違いない。勝利するためには魔法の力が必要だ。

亀の歩みで四足移動をし、それでも敵より早く隔壁の前に辿り着いた。ここでまずはシャッフリンのクラブを潰す。スペードのエースを隔壁の前から移動させ、時間稼ぎだ。

さあ来い、と身構えていたが、シャッフリン二体は隔壁前から少し逸れた。気づかれているわけではない。気づかれているならもっとシンプルに攻撃してくるだろう。

なにをしようとしているのか。シャッフリン二体はそのまま隔壁前から離れ、倒れている美々に到達した。なにをしようとしているのかを悟った時、魔梨華は居場所を隠していたことも忘れて叫び、駆けた。

美々は既に人間に戻っていた。首を刺されて死んでいる。

無惨な死様だというのに、安らかな顔で目を瞑っていた。シャッフリン二体は美々を持ち上げ、遺体を裂き、振り回した。大量の出血が飛び散った。

血だけではない。美々自身が飛び散った。

飛び散ったものは一帯を赤く染めた。一帯の中には、魔梨華も、隠れていた味方の魔法少女も含む。砂以外の赤が付着すれば、もはや迷彩は用を果たさない。

クラブがこちらに向かってくる。スペードは味方の方へ向かった。味方の魔法少女が立ち上がる。表情は迷彩で見えない。

魔梨華はクラブを殴りつけた。回避される。無視してスペードに向かおうとするが、クラブは棍棒を魔梨華に叩きつけた。額が割れた。

視界に赤みが差す。

スペードが槍を突き入れた。魔梨華は叫んだ。

味方の少女から力が抜ける。スペードは槍を抜いた。大量の血液が迸る。

クラブは魔梨華にもう一撃殴りつけ、魔梨華は逆に額を棍棒へ叩きつけた。さらに血が飛ぶ。クラブの姿勢が崩れたところへ殴りつける。

クラブがよろめく。しかし倒れない。魔梨華に組みつく。

魔梨華は脊椎を狙って肘を打ち下ろした。二度、三度。クラブはまだ倒れない。スペードが槍を構え突進した。反応できる速度ではない。

スペードの槍はクラブを避け、魔梨華の胸に突き刺さる。肉を裂き埋まっていく。

血が溢れる。その時、光った。

さっきも浴びた。太陽の光だ。

スペードに刺され、倒れ、顔を伏せたままの魔法少女が、鏡をこちらへ向けていた。鏡には太陽が映っている。眩しくてよく見えないが、存在を感じる。

魔梨華はスペードの槍を引き寄せた。より深く肉を裂く。血が流れ出る。

スペードの肩を抱き、さらに引き寄せた。槍の穂先が背から抜けた。スペードが離れようとしている。だが、もう遅い。太陽の光をたっぷりと浴びた。頭の上には黄色い花がいくつか咲いている。

「大虐殺の鯱頭《ジェノサイドオルカ》」

全身から赤紫色のトゲが飛び出した。太く、鋭い。魔法少女の身体であろうと刺し貫く。クラブ、スペードともにめった刺しにし、それでも動こうとしていたスペードにもう一度針を突き刺した。眼窩を抜け、眼球を潰し、脳を貫き、頭蓋を割った。

シャッフリン達の血液が魔梨華のそれと混ざり合う。

太陽の光が消えた。味方の少女が鏡を取り落した。魔梨華は二体のシャッフリンと縺れ合い、倒れた。

——ああ……疲れた。

少しだけ、ほんの少しだけ休む。起きたらまた新しい戦いだ。

そんなことを考えながら袋井魔梨華は意識を失った。

☆ファル

スノーホワイトは電子妖精の心さえも聞き取ってしまう。恥ずかしくなることも恨めしくなることもあるが、いざ戦いになればファルの方から相談抜きでコンビネーションができるという大きなメリットもあった。

通路のシャッフリンは三体。ハート二体、それにスペードの6がこちらに向かっている。スノーホワイトは魔法の端末を取り出して床に滑らせ、ファルは立体映像のサイズを最大に設定し、オンにした。

巨大な姿で相手の前に突然現れ、音量も最大にし、大声を出して威嚇、相手がたじろいだところへ立体映像を無視して打ち振るわれたルーラが先頭のスペードをぶん殴り、後ろで怯えていたハートはスノーホワイトとデリュージで一体ずつ蹴り飛ばした。

速度を落とすことなく魔法の端末を拾い上げ、壁を蹴って角を曲がり、矢のように走って肩を隔壁にぶつけながら操作パネルを押した。

「魔法少女数一！　いけるぽん！」

今なら誰もいない。恐らくはこちら側にいた戦力を全て投入したのだろう。

だがいつまでもこのまま誰もいないわけがない。

ブリーフィングルーム方面を守っていたシャッフリンが纏めて投入された場合、到底抗い切れない数が出てくるだろう。そこにグリムハートが混ざっていたら今度こそゲームオーバーだ。

彼女の魔法の本質は既にスノーホワイトが読み取っているとはいえ、グリムハートの基準で礼儀正しく戦いを挑むことはスノーホワイトであってもできはしない。

二人の魔法少女は通路を走って扉の前に立った。スノーホワイトから教えてもらった数字はファルの中に保存してある。記憶違いや覚え間違いは絶対にない。

「284739286903619483678770９！」

「パスワードを認証しました。ロックを解除します」

間に合った。まだパスワードは変更されていない。

女性の声がパスワードの認証を告げ、隔壁よりも遥かに分厚く重そうな扉がズズッと上にスライドを始めた。デリュージが長々と息を吐いた。

まだ安心していいわけではない。とはいえ安心する気持ちはわかる。ファルにしても一番の難所をクリアしたという実感があった。あとは外に出て連絡を入れればいい。この馬鹿みたいに色々あった日がようやく終わる。

本当に色々なことがあった。

死人もたくさん出たし、生き残った者も怪我を負ったり心が傷ついたりしている。スノーホワイトだって平気な顔をしていても本当に平気でいるわけではない。他の人の心の声を聞いていた分、心労は倍にも三倍にもなる。

外に出たら心のケアと今後のためのフォローをしよう。スノーホワイトが一人じゃないということをきちんと教えてやらないと、彼女はすぐに無茶をする。

それに人造魔法少女の件もある。

彼女達がこれから先どうなるかについても交渉が必要になるだろう。ファルの情報網を持ってすれば——

「パスワードの変更を確認しました。ロック解除をキャンセルします」

女性の声が聞こえるのと同時にデリュージが扉へ取りついた。だが下方向へ動き始めた扉は魔法少女の腕力でも止まってくれない。身体を滑りこませるだけの隙間もない。

パスワードが変更された。

このままでは扉が開かない。

スノーホワイトがルーラの刃を立てて床と扉の隙間に入れた。ルーラは「絶対に壊れることがない」ため、扉に潰されることはない。ガッガッと音を立て閉まろうとする扉を押し止めている。だが隙間が広がるわけでもない。少女の体が通ってくれるほどの隙間がない。このままでは通れない。

「デリュージ、ちょっと我慢して」

スノーホワイトは袋の口を開き、驚きの表情でこちらを見ていたデリュージの頭から被せた。そのまま足の先まで一気に下ろし、袋の口を軽く縛って完全に閉じこめた。

なにをしようとしているのかファルにもわかった。

スノーホワイトは、デリュージを入れた袋を床に滑らせ、扉を潜らせた。魔法少女が通ることができない隙間でも、膨らむことがない「なんでも入る袋」なら通ることができる。

最後まで抵抗を続けていたルーラを引き抜き、今度こそ扉は口を閉じた。

重々しい音を背に受けながらスノーホワイトは来た道を戻り、同じ勢いで走る。ファルは溜息を吐いた。

「結局……」

「なに？」

「結局、最後まで残ることになったぽん」

「あとは袋井さんと美々さんとプリズムチェリーと一緒に立てこもって時間を稼ぐだけだから。救援が来るってわかってるから楽だよ」

「楽なわけねえぽん……魔法少女数一！　あんただけぽん、スノーホワイト！」

☆フィルルゥ

袋の中から引っ張り出された時は、既に梯子の前だった。

フィルルゥはデリュージに背負われて梯子を上りながら、魔法の端末を操作した。ここからなら電波が外に通じる。助けを求めることができる。

かつての上司、同僚、お茶会の魔法少女、カラオケ会の魔法少女、麻雀会の魔法少女、キャンプの魔法少女、草取りの魔法少女、メルアドを交換しただけの相手ならとにかく多い。就職活動もあながち無駄ではなかった。

スノーホワイト、袋井魔梨華、スタイラー美々から教えられ登録しておいたアドレスも含め、全てに対して救援のメールを一斉送信する。

これだけ送ればもはや隠し立てはできない。グリムハートの目論見は叩き潰してやった。梯子を上った先は、工場の中だった。折れたクレーン、破壊痕、埃、錆、四角い穴、全てが懐かしかった。腹はまだずきずきと痛む。吐息と一緒に涙まで出そうだ。苦痛の涙ではない。安堵の涙だ。

出て、すぐにこれた。

「すいません、下ろしてもらってもいいですか？」

「怪我、大丈夫ですか？」

「おかげ様で走るくらいならなんとかやれそうです……袋の中で休ませてもらいましたし、袋井さんのあれは効きました」

「ああ、あれ。効きますよね」

まだ痛む。だがその痛みさえも今は嬉しかった。

フィルルゥはデリュージを見た。彼女は笑顔で泣き崩れていた。お互いに右手を差し出し、がっちりと握り合った。

昨日ビルの上で戦った相手とは思えない。あの時は絶対に捕まえなければと気負っていた。今は彼女がいてくれて本当に良かったと感謝している。

　フィルルゥは下唇を噛んだ。ここで泣きたくはなかった。先輩魔法少女としてのつまらないプライドかもしれない。

「……行きましょうか」

「はい」

　外は夜だ。入ってきてから左程時間が経過していないのか、それとも二十四時間以上が経過してしまったのか。どちらにせよ今から確かめることができる。残された魔法少女は確かめることもできない。

　手柄を三分割すると約束していた。それもできなくなった。ウッタカッタもカフリアもきっと文句をいうだろう。お詫びの文句くらいは考えておこう。今はそんな余裕もある。

　デリュージとフィルルゥは駆け出そうとし、カタン、と音が鳴り慌てて振り返った。給湯室の方から聞こえた。

　なにかがいる。

　足音が続いた。誰かがいる。

　扉から顔を出したのはシャッフリンだった。ぎょっとしたが、それがハートのシャッフリンであることを認めてほっとした。ハートのシャッフリンは戦闘能力を持っていない。ただ怯えているだけの哀れな存在だ。

シャッフリンはずっと敵だった。だがここに潜った時はシャッフリンも仲間だった。カフリアはおどおどとしていたシャッフリンを慰め、どうにか対話しようとしていた。シャッフリンの涙をハンカチで拭いてやったりしていた。そうだ、そんなこともあった。

フィルルゥは両手を挙げて一歩前に出た。

「そちらがなにもしないのであれば、こちらもなにもしません。大人しく通してくれれば、我々の方からあなたに」

デリュージが三叉槍を突き入れ、シャッフリンの身体を貫いた。フィルルゥは呆然と見ていた。ハートのコスチュームが剥がれ、下からはスペードの10が出てきた。スペードの上にハートを重ね着させていた。

悪意に捕らえられた。

ハートの弱ささえも武器になるという考えで最後の罠を置いていた。

フィルルゥはよろめき、クレーン操作機に肘をついた。しかしこらえきれず、ずるずると身体を滑らせ、やがて身を横たえた。シャッフリンの槍が腹部に突き刺さっている。スノーホワイトのコスチュームに穴が開き、流れ止まらない血で赤く染まっていた。

デリュージが泣いていた。この子は、泣いてばかりいた気がする。

結局、手柄は取り損ねた。だが必要とされることだけはできた。それについては満足だった。

☆シャッフリン

グリムハートは怒りのあまり口がきけないでいる。握った拳がぶるぶると震え、それを見たハートの4がぶるぶると震える拳以上に震え上がった。

パスワード変更は間に合わなかった。パスワードを変更するためには、今のパスワードを知っているグリムハートが必要になる。魔法少女狩りのスノーホワイトを警戒し、グリムハート一人しかパスワードを記憶していなかったことが裏目に出た。

魔法少女達は、この研究所を脱出した。グリムハートは目的を果たせなかった。

グリムハートは文机を蹴り上げ、床に落ちるよりも早く隔壁のパネルを押した。逃げた魔法少女達を追いかけようとブリーフィングルームを出ていく。

ジョーカーはその背中を見た。もう間に合いはしないだろう。

魔法少女達は自由だ。閉じこめておくことができなかった。シャッフリン達はぞろぞろとグリムハートの後をついていく。

グリムハートは高貴な者としての立ち居振る舞いも忘れ、大股で歩いていった。

ジョーカーには末路まで正確に予想できた。こいつはもうダメだろう。ついていけば破滅するだけで得はない。どこまで行こうと終わりは終わりだ。

いったいなにが悪かったのだろうか。シャッフリンは強かった。グリムハートはもっと強かった。だが、逃げられた。魔法少女狩りを甘く見たからか。それとも魔法少女狩りだけでなくこの世界の魔法少女達を甘く見たからか。

モニターを見て溜息を吐いた。同時に苦笑が漏れた。グリムハートの慌てる様がなぜだかとてもおかしかった。シャッフリン達に続き、ジョーカーもグリムハートに続く列に連なった。どうせなら最後まで付き合ってやろう。

こいつと一緒に破滅するのも悪くない。

そういうものだ。

エピローグ

真理子《まりこ》はスーパー前の駐車場に車を停めた。

　寺の近くには大抵仏具屋が店を出している。花はそこで買えばいい、そう考えて出かけたが、仏具屋は無かった。少し離れた所にスーパーがあり、隣で花屋が営業をしていた。

　普段は近所の花屋を利用している。郊外の量販店より広い敷地に所狭しと植物が並んでいる。社員の知識も生半な植物学者が裸足で逃げ出すほど、手入れも知識に基づいてきちんとされている。そういった種類の業者とも取引があるらしく、マニアックな花の種を注文しても外国から取り寄せてくれる。流石に検疫で止められるような物まで取り寄せてはくれなかったが、なにかと便利な店だった。

　今日訪れた花屋はそこまで大きな店ではない。隣のスーパーのおこぼれに与ろうとか、近くに墓地があるから仏花が売れるだろうとか、そうした理由から営業しているのであろうごくごく小さな店だ。取り扱っている品種も少ない。

　だが仏花を買うなら充分だ。蕾の綺麗な一把を選び、レジへ持っていく。

「どーもー、ありがとーございまーっす！」

店員は妙に愛想が良かった。バイトの大学生か、フリーターか、というところだろう。茶色の髪でピアスは左右合わせて六という風体、それに言葉遣いが非常にチャラい。

まあ愛想が悪いより良い方がいいだろう。

「お姉さん、なにかの研究をされてんですか？」

なぜわかるのだろうか。と、そういえば真理子は白衣を羽織ったままだった。

スーツに白衣ならだいたいフォーマルになるだろうと無精に考え、人間の時は、いつもその服装で通している。だが流石に墓地へ行こうというのに白衣は無い。気恥ずかしさを感じながら脱いで畳み手に持った。

「ええ、まあ、一応はそういうことになるかと思います」

「学者さんだったり？　お姉さん、まだお若いのにすごいですよね」

「いえ。けっこうな年齢ですよ」

「またまたー。俺とそんなに変わんないでしょ？　肌綺麗だし。つーか美人だし。髪綺麗っすね。かっけー纏め方してるけど店どこっすか？　やっぱ都会の良い店っすか？」

店員の手元を見た。仏花の長さを整えて縛り紙で包むだけの作業だろうに、なにをそこまで時間をかけているのだろう。リボンでもかけてくれるのだろうか。

「リケジョってやつです？」

「はあ」

真理子は、右手中指で眼鏡の位置を整えた。この仕草を何気なくやってしまう時は、機嫌が悪くなっている時だ。小さく咳払いをした。

「憧れちゃうなあ。いいですよね、頭の良い女の人って」

「いえ、私は別に」

「実験で使うんですか」

「え？　なにを？」

「この花っすよ」

仏花をどういう実験に使うのだろう。

「いえ、そういうことでは」

「ああー、そっかー。そっすよねー、種類が違いますよねー」

「ええ、まあ」

「彼氏さんのお墓参りとか？」

「はあ？」

「悲しいっすよねー」

カツン、とヒールを鳴らした。眼鏡の位置を変える時よりも苛立っている。

真理子は自分のことを誰よりも把握している。立ち居振る舞いや見た目だけで理性的、理知的、そんな呼ばれ方をするが、けして本質を表してはいない。暴力的で衝動的で感情的な本来の自分を隠すことができるのは、真理子を怒らせる者が誰もいない時に限られている。我慢することはできるし、社会性もある。だから滅多に怒ることはない。

だが相手にもよる。

最近こんな男にばかり絡まれている。客のナンパを始めるような質の低い店員がいるような店にくる自分のレベルの低さを恥じろ、とでもいうのだろうか。魔王ならそれくらいいうだろう。しかし高級店の店員でもやるやつはやる。つい先日もやられた。

いったいどれだけ隙のある女に見えるのだろうか。うっかり白衣を羽織ったまま墓参りに来てしまったからにはそれほど否定できないのが悲しい。

「でもそういうのドラマチックっすよね」

「そうですか」

「憧れちゃうなあ」

「そうですか」

「あ、俺もうすぐバイト終わるんですけど、お昼ご飯一緒にどうっすか？　ちょっと美味しい店近くにあるんすよ、穴場的なあれ。ほら、悲しんでるだけじゃ前に進めないし、やっぱここは新たな出会いを祝してってやつで」

もし真理子が怒れば大変なことになる。本当に大変なことになる。社会的な信用を失うのは魔法少女の時だけで充分だ。

こういう時に怒らないためには、自分はもうすぐ怒るかもしれないからあなたもその辺にしておいてくださいねということを相手に伝える。のろのろと仏花を縛っていた店員の襟首を掴んでぐっと引き寄せ、低い声で囁いた。

「仕事しようや、兄ちゃん」

押し退けるようにして店員を突き離してやると、不満そうな表情を隠そうともせずにそそくさと仏花を纏めてこちらに寄越した。黙ってやる、早くやる。その気になればできるじゃないか。真理子は頬の端で笑い、仏花を受け取った。

魔王パムはなるだけ魔法少女でいるように、と教えた。人間でいる時間を減らし、魔法少女で有り続けることによって身体感覚を我が物として忘れず、行住坐臥《ぎょうじゅうざが》の全てを訓練とすることで己をより高みへと導くのだ、という話だ。

魔王らしい傲慢な話だ。

魔法少女になってしまえば戦闘欲求に満たされ日常生活どころではない者のことなど考えてもいない。全てを自分を基準にして話し、例外は考えもしない。

袋井魔梨華《ふくろいまりか》は本能の求めるまま戦い、袋井真理子は発芽時間や必要条件、花の効果、その他様々なものを記録し、研究し、魔梨華がより戦いやすいようにサポートをする。自分一人だけで二人三脚の態勢だ。

そう、一人で二人三脚だ。二人いたこともあった。今は、一人だ。

彼女はなにを考えて袋井魔梨華のような魔法少女についてきてくれたのだろう。真理子が彼女の立場にあれば是が非でも断る。彼女は嫌がり、引きずられるという手順を踏んでいつもついてきてくれた。真理子以上に魔梨華をサポートしてくれた。

死にそうにない者までが死ぬ激しい戦いだった。袋井魔梨華が戦いの最中に意識を失ったことが過去に一度でもあっただろうか。

次に目が覚めた時には救助された後でベッドの上、魔法少女狩りに担《かつ》がれて助け出されたという話を聞かされ、魔梨華はむくれた。シャッフリンとグリムハートは連行中に事故死——どうせ口封じに決まっている。ひょっとしたら逃がされたのかもしれないが——したことで再戦の望みも潰《つい》え、魔梨華はいよいよ不機嫌になった。

美々がいれば、子供じゃないんだからと窘めただろう。

仏花を強く握り、車のロックを解除した。助手席に置いた仏花は早くも包装がバラけかかっていて、真理子は右手中指で眼鏡の位置を整えた。

◇◇◇

人事部門の7753《ななこさん》といえば、呵責《かしゃく》ない評価で魔法少女の出来不出来を報告する辣腕《らつわん》事務官として内外に知られている……という話をマナから聞かされた時は、担がれているのかと思った。

７７５３は自分が辣腕と呼ばれるような存在ではないことを他の誰よりもよく知っている。テプセケメイにさえ「もう少ししっかりすべきだ」と真顔で注意された。人事として情を交え過ぎではないかといったことを悩まし気に話し、「心配だ心配だ」と繰り返し呟きながら換気扇の向こうへと消えていった。

あれは最近見たドラマか映画の再現でもしようとしていたのか、それとも本当に心配されていたのか。

テプセケメイに心配されるような７７５３が辣腕であるわけがない。他所《よそ》では辣腕と呼ばれている、といっているマナも笑いながらで、その辺は承知しているのだろう。

コーヒーを飲みながら録画してあった映画を観ていたマナは、今はテプセケメイの庭いじり――という名目の秘密基地作り――に付き合わされて庭で土をこねていた。

魔法使いの魔法というものは、なにかをじっくり作ろうとする時には、魔法少女の魔法や身体能力よりよほど役に立つ。長年に渡って編み上げられてきた儀式の手順を完璧に要求する繊細さは、見合う結果を与えてくれる。秘密基地作りには最適だ、なんてことをいったらきっと怒られるだろうから胸に秘めておく。

テプセケメイの巣作りに付き合わせて申し訳ないな、と思っていたが、三十分後に様子を見るとマナがテプセケメイに指示を出して庭木を植えかえていた。

頬についた泥を拭《ぬぐ》おうともせず、真剣な面持ちで采配するマナの姿は、全力で楽しんでいる人間のそれで、思っていた以上に幼いのかもしれない。そういえばアルコールにも弱い。

７７５３はシンクでコーヒーカップを洗い始めた。ドイツ製というスポンジは少量の洗剤とほんの少しの力で驚くほどピカピカにしてくれる。

７７５３は辣腕ではない。

だが魔法少女としてのキャリアはそれなりに長い。現在自分がどういう状況に置かれているか、推測することくらいはできる。上司である魔法少女「プフレ」が襲われた。７７５３は……というか人事部門に所属している主だった魔法少女は、全員自宅待機だ。通常業務はやむなく放置している。

考えれば考えるほど、おかしな話だ。

人事部門の長であるプフレが捜査に協力しているといっても、７７５３が休まなければならない理由にはならない。現在、人事部門はほぼ休業状態だ。こうなってから既に一週間が経過している。このままでは魔法少女の人事全てが滞るだろう。「魔法の国」がそんな事態を望んでいるとは思えない。

自宅待機が始まってからすぐにやってきたマナは、捜査の進展については言葉を濁して話そうとしなかった。部外者に話すわけにもいかないのだろうと思っていたが、「一応護衛ってことになってるから」といっていた。

戦うことが得意ではない7753といえど、マナに比べればまだ強い方だ。ましてやテプセケメイは、魔法少女になったばかりの新人でありながら、魔王パム、ソニア・ビーン、プキンといった最強格の魔法少女達と戦い、生き残った本物の強者だ。戦いに関してだけは本当に頼りになる。

「護衛なんて要りませんよ」と笑ったら「護衛という名目だが実質は監視らしい」と返された。現在の7753は軟禁状態にあり、マナはその監視役だという。

もしそうだとしたら、プフレが捜査に協力しているというのはどういうことなのか。マナは監査部門に所属している。他部門がきちんと仕事をしているのか調べ上げるのが仕事だ。その仕事ぶりは峻烈を極め、後ろ暗いサイドビジネスに手を出している魔法少女は監査部門の名を聞いただけで震えあがるといわれている。

――後ろ暗い……。

フレデリカに頼んだ仕事はいったいどうなっているのだろう。あれはどういう種類の仕事だったのだろう。一度遣いを頼まれて以降全く音沙汰がない。二度と会いたくない相手ではあったが、彼女を放置する危険性は痛いほど知っている。

シンクの中でカップとカップがぶつかり、大きな音を立てて7753は我に返った。慌てて確かめると傷にはなっていないようでほっとした。

プフレは異例の早さで出世を果たした。スピード出世には後ろ暗い仕事がつきもの、というのは偏見だろうか。プフレがとびきり優秀な人物であることは知っている。

そして優秀なだけで出世できる業界ではないことも知っている。

もしプフレがなにかしらの悪事をしでかしていたとして、それが表沙汰になった時、人事部門はどうなるのだろう。全てをひっくり返したような騒ぎになって、しかも収拾できる立場の人間はもういない、ときている。

B市での事件はまだ完全には決着していない。あそこでなにがあったのかを知りたい。リップルの遺体だけでも見つけたい。ピティ・フレデリカという外道に引導を渡してやりたい。7753だけでなく、メイもマナもそう思っているはずだ。そのためにはプフレの力も必要になる。プフレならきっと協力してくれる。

B市の事件だけではない。S市で起こった事件についても同様だ。

B市の時とは違い、7753は事件の渦中にいたわけではなかった。事件の渦中にいたのは、彼女だ。天井を見上げた。意識はその先にある二階に向いている。彼女は、今日も布団を被って寝ているのだろうか。

S市では、人造魔法少女を生み出そうという計画に絡んで人死にが出た。人造魔法少女というのがどういうことなのかよくわからなかったが、マナ曰くかなり大変なことなのだそうだ。人造魔法少女として生み出された少女達も大半が死に、今は７７５３が身柄を預かっている魔法少女、プリンセス・デリュージのみが生き残ってた。

この事件には不審がつきまとう。

人造魔法少女の研究所内で発生した殺し合いは、デリュージが逃げ出し、外部へ連絡することで発覚した。証拠と証人が揃い、もはや言い逃れはできない状態となり、実行犯とされた二人の魔法少女が逮捕、連行され……その途中で事故死した。

魔法少女が事故死するものだろうか？　事故死したとして、いったいどういう事故なら命を落とすのだろうか？　魔法少女が死んでしまうような事故であれば、世間を騒がせるものではないか？　たとえばＢ市で起きた電車の脱線事故のように、だ。

そのことについて疑問が呈されることはなかった。口を挟むことが許されなかったのではないか、７７５３はそう考えている。

プリンセス・デリュージは研究所内で発生した事件によって仲間を失った。その中には彼女のクラスメイトも一人混ざっていたという。

７７５３は今でもはっきりと覚えている。Ｂ市で一緒に戦った仲間達のことを。彼女達の顔を写真のように克明に思い出すことができる。きっと死ぬまで覚えているだろう。年をとって、呆《ほう》けて家族もわからないようになっても、彼女達のことだけは忘れたりしない。

家族のために、仲間のために、友人のために、町のために、命を懸けて戦った。その結果、誰も生き残らず皆が殺された。彼女達の大半も、デリュージと同じ中学生だった。

デリュージは、この家に連れてこられた当初、まるで抜け殻のようだった。食事も、入浴も、睡眠も、全てが機械的で人間味が薄らいでいた。

彼女はショックを受けていた。当たり前だ。ショックを受けないわけがない。

しかし、それでも７７５３は伝えてあげたかった。あなたは生きているんだと。

何度か話しかけてみたが反応はなかった。

「スノーホワイトに会ったそうですね。彼女は魔法少女になったばかりの頃に私の研修を受けたことがあるんですよ」

反応は無い。

「今はずいぶん立派になってしまいましたけど、あの時はまだ可愛らしくて」

反応は無い。

「彼女の持っている武器の名前、知ってます？　ルーラっていうんですよ。あれはスノーホワイトが唯一負けたことがある魔法少女の名前からネーミングされているんだそうです。あのスノーホワイトに土をつけるなんてどれだけ強かったんでしょうね」

反応は無かった。

テプセケメイがちょっかいをかけても反応はない。マナが精神を安定させる魔法をかけてあげても反応はない。彼女はなにに対しても反応しない。

窓の外ではいよいよ盛大に土遊びをしていた。二人とも楽しそうだ。

今、二人は笑うことができる。羽菜《はな》を失い怒りに我を忘れていたマナも、泣くことはどうしてこんなに簡単なんだろうといっていたテプセケメイも、なにをする気にもならず無気力に支配されていた7753も、元の生活に戻ってきた。

今は元の生活といい難い状態にあったが、いつまでも続くものではない。いつかは元の生活に戻る。7753、マナ、テプセケメイだけのことではない。プリンセス・デリュージもだ。

7753は二人分のコーヒーを盆にのせ、階段を上がっていった。

◇◇◇

ここ一週間、魚山護《とやまままもり》は新聞をくまなく読むようになった。これは今までに無かったことだ。スポーツ欄、テレビ欄、四コマ漫画、それらを気が向いた時に見る程度で、他の記事や連載を見ることはなく、見ようとも思っていなかった。

庚江《かのえ》のところにはスポーツ新聞や地元紙を含めて合計七紙が毎朝届く。こんなにたくさん契約してなんの意味があるんだ、契約員に押し切られたなんてことがお嬢に限ってあるわけもなし、ただの無駄遣い以上ではない、等々、これまでは庚江に対して批判的なことばかりを考えていた。

その護が、今は、届けられる新聞を全て読んでいる。

有名な作家が小説を連載していて驚き、海外の仰天ニュースで笑い、健康コラムをふむふむと頷きながら目を通し、周囲を見回してからこっそりとスポーツ紙のピンク記事を読む。なかなか興味深い。

読み終わった新聞を畳み、ラックに納め、ついでに窓に顔を寄せて外を見ると、庭には一人の少女が立っていた。彼女もまた魔法少女だ。名前は知らない。手を後ろに組んで胸を張り、表情はきりりと引き締まっている。立ち姿に油断が無い。仕事は真面目に取り組む、そういう人なのだろう。正直、友達にはなれそうにないタイプだ。

十代後半程度の外見年齢、服装はスーツ。

印象としては「高校卒業を控えて就職活動に精を出す学生」といったところだろうか。ただし顔立ちは大変に美しく整っていて、頭には金属製の装飾具をのせている。

魔法少女という生き物は、服だけ世間一般に合わせたところで、やっぱり魔法少女以外になることはできないのだ。

ため息を吐き、ソファーに戻って座り、身体を反転させて、身を横たえた。

ここにいる魔法少女は彼女だけではない。四人の魔法少女が三交代で詰めている。つまり合計十二人もの魔法少女が常駐していた。

全員、プフレが再度襲われた時のために護衛として配置されている、ということになっている。当初は有り難いものだと素直に受け止めていたが、今は不自然さを感じ、その理由についてもわかっている。

庚江、護ともに学校へ行くことさえ叶わず離《はなれ》で生活するよう「お願い」をされ、ちょっとした休暇程度に考えゲームをしたり機械いじりをしたりと気楽に時間を潰していたが、「お願い」は期限を示すことなくどんどんと長くなり、「安全のため自宅待機していてもらう」期間が長くなっていき、離の地下は封鎖され入ることも許されない。

捜査のためという名目で魔法の端末をはじめとしたあらゆる通信機器を持っていかれてしまったため、ネットに接続することができず、そのため友達にメールを送ることもできず、ゲームで遊ぶこともできず、電子書籍を読むためのタブレットも取り上げられ、通信機能があるという理由からカラオケまで許されず、娯楽の九割を失った護は、退屈のあまり新聞を読む習慣を身につけてしまった。

足を上げ、勢いをつけて下ろし、その反動でひょいと起き上がった。もう一度窓によってカーテンを閉め、カーテンの隙間から入口を固める魔法少女に目をやった。

彼女は足を肩幅程度に開き、しっかりと地面を踏み据えて離に向かっている。

そう、離を見ている。離に背を向けているのではない。賊が入ってくるとしたら当然外から来るはずで、だったら門衛役の彼女は外側を向いていなければならないはずだ。

つまりは離が、恐らくは庚江が、見張られている。

カーテンをしっかりと閉めた。隙間から入っていた陽光が完全にシャットアウトされ、光の筋が立ち消える。部屋の中はより暗くなった。だが護の心中ほどではない。

庚江が悪人であることは知っている。悪人は取り締まられるものだということも知っている。襲撃犯を捜査するという名目でなにか別の捜査が行われている。

先ほどのものよりも深いため息を吐き、もう一度ソファーに身を横たえようとした時、ドアがノックされた。

「……どうぞ」

「やあ」

パーティーや祭礼の時に使用される大きな銀製の盆を持った庚江が部屋の中に入ってきた。盆の上に目をやると、そこには将棋、チェス、トランプ、花札、一昔前の据え置き式ゲーム機、各種ボードゲーム、それに漫画と娯楽小説が整然と並んでいた。

「こういう時こそ学業に精を出すべき、と思うが護は天邪鬼《あまのじゃく》だからソファーに寝転がっているのではないかと思ってね。どうせ退屈しているんだろう？　母屋から運ばせたよ」

いそいそとテーブルの上にゲームを並べていく。

「お嬢だってろくに勉強してないでしょう」

「努力は見えないところでですべきだ」

「私だって見えないところで勉強してるかもしれないですよ」

「護の見えないところなんてあるものか」

「それはなんですか。ストーキング宣言ですか」

「主の責務としてきちんと責任をとっているだけだよ」

「ああいえばこういう……」

「で、どれにする？　トランプでもするかい？」

「トランプは好きじゃないんで」

「じゃあ将棋にしようか」

「飛車角金銀桂香まで落としても相手にならないじゃないですか」

「リバーシは？」

「先手をいただけるのなら」

「別に先手有利なゲームでもあるまいに」

「先手有利じゃないですか？」

「護がそれでいいなら」

「ではそれで」

　パチン、パチンと石が並べられては裏返される。まあ先手をとったところで負けはするが、それでも将棋に比べれば勝負の形くらいにはなる。

「しかし災難だった」

「ええ」

「賊もなにを考えて離なんて襲ったのだろう」

「悪い人っていうのはとんでもないことを考えるもんですね」

「おかげでこちらは禁足だ。学校くらい行かせてもらわねば困るね」

「念のためじゃないですか。人小路《ひとこうじ》が襲われるなんていうのはここら一帯じゃ天地がひっくり返るくらいの大事なんですから」

庚江は石を裏返し、肩を竦めた。

「大袈裟な物言いをする」

「それくらいの大事ということですよ。お嬢は外出を禁止されますし、護衛だってつけられます。それに離だって使用も禁止です。当然ですよ」

「酷い話だね」

「酷い話はどこにだって転がっています」

「そうかい？」

「ええ、そうです」

ふと外を見た。護衛の彼女は変わらずに頑張っている。護は護衛の彼女に目を向けたまま声を落とした。

「あの人の頭」

「ん？」

「ちょっと派手じゃないですかね？」

「ああ、そうかもね」

金属製の装飾に大きな宝石が嵌《はま》っていた。他が社会人然としているだけにその部分だけが酷く浮いている。

「どう思います？」

「魔法少女なんて誰でもあんなものだろう」

庚江はぱちんと石を打った。大量の黒石が一度に裏返る。

「調べてもなにも出てこないのにな。彼女達もご苦労なことだよ」

「本当に出てこないんですか？」

「なにか出てくれば面白いんだろうにね。それよりも、君、もう勝ち目はないんじゃないかな？」

「まだわかりませんよ。私を侮《あなど》ると痛いしっぺ返し受けるんですからね。お嬢の鼻づらにレンチ叩きこむくらいはしてやりますから」

「それは怖いな」

「しかも一発じゃありませんよ。二発いってやります」

「本当に怖いな……しかしやはり終わっていないか？」

◇◇◇

外は雨が降りしきり止む気配はない。斜面に掘った横穴の中にまで雨水が入ってくる心配はなかったが、じめじめとした湿気を止める方法はなく、雨に濡れた地面は弱く柔らかくなってじっとしているだけでもじわじわと沈みこんでいく。さらに濡れた下着や服が肌に張りついて数字以上の不快度数を感じていた。

スノーホワイトは武器《ルーラ》を立てかけ傍らに腰を下ろした。

どこかで鳴った雷鳴が穴の中にまで振動を伝え、ルーラが泥の中に倒れたがそのままにしておいた。薙刀と出刃包丁を足して二で割ったような武骨な武器は、泥に塗れたくらいで使えなくなったりはしない。

今回の仕事もいつもと同じだ。死は恋人のように隣にいて離れようとしない。蹴ったり殴ったりして追い立てようとすれば全て自分に返ってくる。

スノーホワイトは魔法の端末を取り出し送受信をオンにした。基本、オフにしてある。最悪なタイミングで着信があれば死はより強い親しみを込めて抱きつこうとするだろう。使うのであれば安全な場所がいい。

アプリケーションを起動しようとして気がついた。メールがエリア外から着ている。スノーホワイトが仕事中であることは知られているはずだ。これは緊急の用件でしかありえない。メールをチェックし、スノーホワイトは息をのんだ。


今回の御礼に一つ教えてあげよう。

人事部門のプフレは今回の事件にもB市の事件にも絡んでいる。

詳細はファイルで添付しておくよ。


雨の音が続く。延々と繰り返される刺激音は脳の活動を妨げる。息を大きく吸い、小刻みに吐き出す。心を落ち着ける術は知っている。メールの差出人はリップルの魔法の端末だ。


B市の事件。リップル。

「どういうことだと思う？」

「前のメールからずいぶんフランクな喋り方になったぽん」

「そういうことを聞きたいわけじゃない」

「胡散臭いぽん」

疑わしい。なにがどう疑わしいというのだろう。そもそもリップルは生きているのか。

それとも違うのか。息を大きく吸い、小刻みに吐く。湿っぽい空気が肺から全身に巡る。

フラッシュバックのように脳裏に映像が浮かんだ。スノーホワイトを守ると誓ったサッカー好きの少年はボロクズのように殺された。死ぬ寸前までスノーホワイトを心配していた少女は通学中に背中を斬られて殺された。

違う。リップルは違う。

リップルはまだ見つかっていないだけだ。自分にいい聞かせた。

雷がまたどこかに落ちた。さっきよりも近い。

リップルが死ぬわけがない。リップルは強い魔法少女だ。事件に巻きこまれたくらいで死んだりしない。スノーホワイトは大きく息を吸い、小刻みに吐き出した。

「……今回の件、これでよかったぽん？」

「研究所でのこと？」

「違うぽん」

メールの送り主は人事部門のトップであるプフレを告発している。

もしB市の事件でなにかをしているというのなら、スノーホワイトにとってプフレは狩るべき相手になるかもしれない。しかし今の自分は本当に魔法少女狩りなんだろうか。そういう思いがスノーホワイトの脳裏をよぎる。

人質が生贄にされ、シャッフリンが補充されていることをスノーホワイトは知っていたが、最後まで誰にもいわなかった。デリュージやインフェルノが自殺的な行動に出てしまうことを防ぐためだった。インフェルノは、テンペストの無事を祈って死んでいった。なにも教えようとしなかったのは他の誰でもない、スノーホワイトだ。朱里《あかり》の手を握り、彼女の想いを、願いを知りながら、真実を話すことなく彼女を見送った。

自分には、悪人を裁く資格があるのだろうか。

「どうしたぽん?」

「なんでもない」

「スノーホワイトはいつもそういうぽん」

「……本当になんでもないからね」

「じゃあそういうことにしておくぽん」

ファルは殊更《ことさら》明るく振る舞おうとしている。本当に心から明るいわけではないことは、スノーホワイトに聞こえてくる。ファルは電子妖精の心をプログラムの結果でしかないというが、スノーホワイトはそうは思わない。ファルだって心の底ではただのプログラムであって欲しくないと願っているはずだ。

――あっ……。

声が聞こえた。幻聴ではない。誰かが困っている。

スノーホワイトは武器を持って立ち上がった。

「ファル、素敵」

「二百メートル以内の魔法少女反応一。この付近にいる魔法少女はあんただけぽん、スノーホワイト」

リップルが死んだわけはない。リップルが死ぬなんてことがあるわけがない。だが、もしも、リップルが誰かにはめられたのだとしたら、スノーホワイトは、魔法少女狩りは、地の果てまで「敵」を追い詰め代償を払わせる。

プフレが絡んでいるというのなら仕事が終わり次第そちらへ向かう。

「このファイル、開けてもいいもの？」

「チェックしておくぽん」

スノーホワイトは息を大きく吸い、小刻みに吐き出した。辺りを注意深く見回すと、ようやく声の主が見つかった。白い魔法少女は、泥の中でもがいているトカゲの尻尾を引っ張り、外に出してやった。

◇◇◇

人小路邸の中は問題しかない。離は論外だ。学校では常に庚江が近くにいる。護が庚江を交えずに誰かと会いたい時、場所を選ぼうとはしない方がいい。選ぶべきは場所ではなくタイミングだ。庚江に客が来ている時間帯を読む。これなら庚江が護と一緒にいるということはない。客については大事な客であるほどいい。

大事な客と会う時、プフレはシャドウゲールを遠ざけようとする。今、プフレは酷く微妙な状態にあるため、来る客の内十割が大事な客だ。

来客を確認し、お茶を出してから魔法少女に変身、素早く屋敷の外に出た。

メールを送って待ち合わせ場所を素早く決定、シャドウゲールはビルの上に駆け上がり、さて待とうと思っていたが待ち人が先に来ていた。

「はじめまして」

「ええ、はじめまして。シャドウゲールと申します」

「スノーホワイトです」

白い魔法少女はこちらを見たままで軽く頭を下げ、彼女の腰に提げた魔法の端末から子供の用に甲高い合成音声が鳴った。

「お久しぶりぽん」

白と黒の球体が立体映像で浮かび上がる。このマスコットキャラクターは二度見たことがあった。一度目は殺し合いを強いられた時、二度目も殺し合いを強いられた時だ。内心思うところもあったが、押し殺して笑顔を見せる。

「ええ、お久しぶり。元気でした？」

「病気になるっていうことはないぽん」

魔法少女「スノーホワイト」と、そのマスコットキャラクター「ファル」のコンビは監査部門に所属している、のだそうだ。実際どんな仕事をしているのかまでは知らなかった。ファルとはある事件で知り合った。その事件を解決したのはスノーホワイトだった、ということになっている。あの事件にはシャドウゲールだけでなくプフレも巻きこまれた。巻きこまれた、というよりは当事者だったのだが。

腕を震わせた。

ビル風が寒かったわけではない。スノーホワイトの目だ。

全てを見透かされてしまうような、そんな目だ。

シャドウゲールが手も足も出なかった魔法少女「キーク」は、スノーホワイトによって処理された。キークの使っていたマスコットキャラクターであるファルも今はスノーホワイトに仕えている。

この人に目をつけられればおしまいだ、と思わされる。それはきっとシャドウゲールだけでなくプフレであっても同じだ。

一挙手一投足に気を遣った。怪しまれないよう、なるだけ堂々と振る舞う。

シャドウゲールは懐から青い球を取り出した。キャンディーのようにも見えるが、青色が食品にしては鮮やか過ぎた。外国製品でもここまで青い物は無い。

「お約束の品です」

一歩、前に出た。それだけで爪先に震えを感じた。

二歩、三歩と足を動かす。なんとか動く。手を伸ばせば触れる距離まで近づき、青い球をスノーホワイトに差し出した。

「プフレがこれからやろうとしていた計画が全て記録されています」

スノーホワイトは黙ってそれを受け取った。視線は動かない。シャドウゲールを見詰めたままだ。ビルの上に風が吹いた。どこからか飛んできたビラが壁に押しつけられた。

「どのように使っていただいてもかまいません」

ファルはなにかしらフォローを入れてくれないだろうか。願っていたが、フォローは無い。そういえばいざという時に役に立たないマスコットキャラクターだった。

せめて気圧《けお》されまいと胸を張った。

「彼女の記憶は全て入手しました。これからは私がコントロールします」

「改心したわけではありませんよね。地位を追われたわけでもない。また同じことをするだけではないのですか？　記憶がなくなっても彼女の本質は変わらない。目的が正しくても犠牲を顧みることがない」

その通りだ。スノーホワイトはなに一つ間違ったことをいっていない。プフレは何度でもやる。良かれと思えば犠牲は厭《いと》わない。善意を食い物にして悪びれない。

記憶の一時保管を命じられた時、チャンスは今しかないと考えた。

プフレはシャドウゲールを甘く見ている。庇護する対象だと思っている。ゲームの世界でもそうだった。シャドウゲールに殴られるなんて考えもしなかったせいで、いざ殴られた時鼻面《はなづら》で受けるはめになった。あの時は全てが終わったと絶望していたが、鼻が潰れたまま偉そうにしていたプフレを思い出すとけっこう笑える。

プフレから預けられた記憶はシャドウゲールが利用する。監査に見られて困るような記憶は全部取り上げて返さない。プフレが今までやった悪事とプフレがこれからやろうとしている悪事を奪い取った。

覚悟はしている。後戻りできない人間を無理やり後戻りさせるのだ。本当ならば、プフレが百人の魔法少女を殺した時にそう決めなければならなかった。シャドウゲールにしかできないことだ。

シャドウゲールは腹の奥に力を入れた。

「私がそうはさせません」

「口約束だけではなんの意味もありません」

「なにかあれば、私を殺してください」

ファルの画像が乱れ、スノーホワイトは眉根を寄せた。

「私が死ねば、プフレがやろうとしていたあらゆることは無意味になります。そうすればプフレは止まります。私を緊急停止スイッチにしてください」

護。自分の名前。

両親から聞かされたその由来を思い出しながら、頭を下げた。

「お願いします」

スノーホワイトはなにもいわず、シャドウゲールを見ていた。ファルもだ。

シャドウゲールはもう一度小さく会釈すると、スノーホワイトに背を向け走り出した。

早く帰らないとお嬢がうるさい。

◇◇◇

フレデリカは死んだ魔法少女の頭髪を蒐集しない。もはやフレデリカの魔法に使用できないという実際的な意味ではなく、もっと情緒的な意味で、フレデリカは死んだ魔法少女の頭髪をゴミ箱へ捨てることにしていた。

魔法少女と魔法少女の頭髪には物語がある。死ぬことで物語は完結する。それ以上頭髪だけで保管するのは蛇足に過ぎない。

あれほど大切にしていた森の音楽家クラムベリーの髪でさえ、彼女が死んでから随分と間を置き悩みはしたものの、結局ゴミ箱に落とした。

では今回の髪を捨てることはできるだろうか。できない気がする。

彼女の髪は物語を抜きにして愛することができた。心を奪われた。神に愛された髪の持ち主だった。別に駄洒落をいいたいわけではない。彼女の髪に比べれば他のあらゆる魔法少女の髪は平凡以下になるだろう。

フレデリカは指先に髪を絡めた。プリズムチェリーが死んだ後もその美しさは衰えない。光り輝き、角度によって感動が新しい。目を傷めるほど眺め続けたのに、まだ新たな喜びが生み出される。

物語の無かった彼女は、物語を手に入れた。フレデリカは止めなかった。プリズムチェリーの紡ぐ物語を最後まで見たかったからだ。

フレデリカは、ジョーカーに殺されようとしているプリズムチェリーを反射的に助け、民宿の中で看護した。占い師モチーフのはずが、最近は医者の真似ごとばかりしている。ジョーカーの鎌による傷は幸いにも致命傷ではなく、魔法の薬液ですぐに癒すことができた。魔法少女の回復力もあり、動けるようになったプリズムチェリーは助けてもらったことに感謝しつつ、研究所に戻りたいと主張した。

フレデリカは彼女を戻さなくても良かった。彼女の友人を助けるならもっと効率の良い方法はいくらでもある。フレデリカ自身が研究所で行われていることを触れ回ってもいいし、なんだったら研究所の中にいる魔法少女を全員助け出したっていい。

だが、しなかった。より良い方法があることを伝えなかった。

恐怖に震え、それでも押し殺し、友人のため立ち上がろうとしているプリズムチェリーの物語を見たかったたからだ。

幸いプフレから受けた仕事は果たしている。

これ以上、約束に縛られることはなかった。フレデリカはプリズムチェリーを送り出し、彼女が戦い、死ぬまでの一部始終を見た。物語を抜きにしても美しかった髪は、より美しく輝いた。

寂寥《せきりょう》感はある。だがフレデリカはそれを含めて物語であるということを知っている。

コンクリート敷の床に足音を鳴らして窓際へ歩み寄った。

フレデリカはブラインドを指先でズラして外を見た。

十センチ先に隣のビルの煤《すす》けた壁がある。それ以外はなにも見えない。建築基準法的にどうなのだろう。民宿も大した風景だったが、それでもやはり民宿は民宿で、泊り客をもてなそうという心意気を感じた。あそこには過ごしやすさがあった。

久々に戻ってきたアジトは、やはりじめついている。外は晴れているのに湿っぽい。寂寥感に満たされたフレデリカの心境を思えばしっくりくる環境といえなくもないだろうか。

「どう思います？」

「なにがですか？」

「このアジトですよ」

「素敵だと思います」

「素晴らしいご意見をありがとうございます」

ソファーに腰掛けたリップルがこくんと頷いた。彼女はいつも通りの忍者風コスチュームで片目を潰され、片腕を落とされている。

「やはり本来のコスチュームが似合いますね」

「本来の？」

「ああ、そうか。ちょくちょく暗示を変えているせいで覚えていませんでしたか」

「なにかあったんですか？」

「なに、大したことではありません。少しだけ違う服を着てもらって、私の左腕を貸してあげていただけですよ」

「楽しそうですね」

「ええ、とても楽しそうでした。やはりですね、ピエロというのは楽しそうでなくてはいけないと思いますよ。悲しそうなピエロなんてお断りです」

フレデリカは懐から魔法の端末を取り出し受信トレイに目を走らせた。

エイミーともな子は既に動き始めている。初代は抱きこんだ。となれば三代目もこちらの陣営だ。他の心当たりも反応は悪くない。

——これならなんとかなりそうです。

スノーホワイトは今回の一件でどれだけ成長しただろうか。わざわざメールを送って呼び寄せたのだからなにかしら得るものがあった、というなら嬉しい。

スノーホワイトをプフレにぶつけて、彼女をより高みへと導こうとした。思想に同調できる部分はあるが、プフレは「正しい魔法少女」とは程遠い。それならばいっそ、スノーホワイトが成長するための糧として利用してやろうとしていた……が、シャドウゲールが先んじたせいで失敗した。まあスノーホワイトの意識は変わったろうしプフレはしっかり排除した。結果オーライ。

本当にプフレはシャドウゲールを見誤っていたのだろうか。ひょっとしたらプフレはシャドウゲールの行動も見越した上で動いていたのではないか。そんな考えがよぎり、考えても無駄だと首を振る。

なににせよ、もう過去の人だ。現在のことは現在の人が決めるべきだ。

スノーホワイトはリップルからのメールをどう思っているだろう。気になっているに違いない。やきもきして仕事が手につかないかもしれない。メールのせいで魔法少女狩りの評判が落ちてしまっては申し訳ないかな、とも思う。

「まあ、でも、なんだかんだしっかりやるでしょう」

「はい。しっかりやります」

「ええ、しっかりやってください。期待していますからね」

リップルの頭を撫でてやると、彼女は嬉しそうに笑った。

あとがき

　お久しぶりです。魔法少女が大好きです。遠藤浅蜊です。今まで登場した魔法少女の中でコミュニケーション能力が十番目に高いのはマジカロイド44です。コミュニケーション能力低そうな人ばかりなのは、だいたい作者の趣味です。

　JOKERSです。大富豪をやるとジョーカーは強いけど最強ではないあたりがバランスとれててってここまで書いてて思いましたけど、ひょっとしたらそれもローカルルールだったりするかもしれないとなってしまうのが大富豪の恐ろしいところですね。

　今回はいつものように前後編ではなく一冊となっております。とはいえボリュームが減ってということはありません。二冊に分けていたものを一冊にまとめました、値段的には大変お得となっております。ぜひぜひお買い求めください。

　あとがきで宣伝したところで意味がないので、他の宣伝もさせていただきます。

　コンプエースさんでのコミカライズがスタートすることになりました。何度も帯に出てきましたが、今度こそ本当にコミカライズのスタートです。

長らく品薄とされていました魔法少女育成計画（無印）が特別編集版として発売されました。こちらは書き下ろし短編、新規イラスト、四コマ漫画等の追加要素がある大変お得な仕様になっています。値段は上がっていません。あんまりお得じゃないように思えるかもしれませんが、そんなことはありません。

そんなことはありませんったら。

特別編集版の方ではあとがきが無かったため、私の中のあとがきパワーは暴走寸前まで蓄積されていました。今ここで解放をし、ＪＯＫＥＲＳのあとがきを通常の倍にまで高めます。これによって私の中に住むあとがきお婆さんも納得し、あとがきパワーの暴発によって世界の平和を乱してしまうこともなくなるでしょう。

とりあえず特別編集版の方に掲載できなかったシークレット情報としては、今まで登場した魔法少女の中で十番目に手先が器用なのはディティック・ベルです。

以下、Ｓ村さんとの話。

締切が近づいてきたある日、こんな会話をしました。

「では〇日までに終わらせてください」

「〇日……もし終わらなかったらどうなるんですか？」

「大変なことになります」

「大変な……」

「大変なことになります」

大変なことにはなりませんでした。良かったです。


新作を書くにあたって儀式のようにこんな会話をしています。

「さて、次の魔法少女育成計画ですが……」

「一つお聞きしたいことがあるんですがよろしいですか？」

「なんでしょう？」

「おっさんの魔法少女を登場させても」

「ダメです」

「いえ、普段はおっさんだけど変身すると魔法少女というギャップをですね」

「ダメです」

「ですから」

「ダメです」

「聞いてください」

「ダメです。誰得です」

私が得なんです（力説）

こんなことを話したこともありました。

「遠藤さん、漫画家か小説家のお知り合いはいませんか?」

「え?　いませんけど」

「イラストレーターの方とかいませんか?」

「いや、いませんよ」

「いないのかー。それは残念ですね」

「えっ、なんですか?　なにかあるんですか?」

「いえ、帯に推薦文書いていただける方はいないかな、と」

推薦文ってこういうシステムになってたんですね。


こんな会話をしたこともありました。

「表紙に出すキャラクターなんですが、希望はありますか?」

「この子なんかいいですね」

「いや、でもそのキャラクター、一番初めに脱落しますよね」

「いやでもデザイン的に一番好みなんですよね」

「なんだかんだ理屈つけて読者びっくりさせたいだけじゃないですか?」

ああ、自分はこんなにも信頼されてるんだなあと心温まりました。

サブタイトルというものも考えなければなりません。

「では今回もサブタイトル案を出していただきます」

「いやー、でも私が出したサブタイトル採用されたことないじゃないですか」

「今まではそうでした。ですから今回こそは頑張ってください」

「頑張るっていってもなあ」

「とにかくたくさん候補を作っていただければありがたいです。お願いします」

皆さん薄々お気づきかもしれませんが、今回も採用されませんでした。


キャラクターというのも大事です。

「色物が多過ぎます」

「いや、色物といってもですね」

「色物は多くて四人までです」

「でもなるだけバリエーションを増やそうとするとどうしても」

「いいですか、よく考えてください。魔法少女というのは一人一人が主人公なんです。主人公として登場した時、あなたはこのキャラクターを愛することができますか？　主人公になることができない魔法少女を増やしても意味が無いんです」

「な、なるほど」

熱弁されました。


私の声も聞き入れていただけるのが大変ありがたいです。

「ではそういう要望があったというふうに伝えておきます」

「ありがとうございます」

「いえいえ、そういうことはきちんといっていただいた方がこちらも助かりますから」

「面倒な作家だと思われたりしませんかね？」

「大丈夫です」

「ええ、もっと面倒な方がたくさんいますから」

だ、大丈夫なんですか？


あとがきについても協力していただけます。

「最近なにか面白いエピソードとかありませんでした？」

「面白いエピソードですか？」

「ええ、なにか」

「面白い……うーん……そうだなぁ……」

「どんなものでもいいんですが」

「そうですねぇ。今、三日間徹夜してるのが面白いエピソードですかね」

「……」

「いやー会社から全く外に出ていなくてですね」

「す、すいませんでした……！」

次からはもっと早くあげます。


削る削らないで議論になることもあります。

「ちょっといいですか？」

「はい、なんでしょう」

「この墓を踏み潰すシーンなんですが、要らなくありませんかね？」

「いえ、このシーンはぜひとも書きたかったんです。ここで恩人の墓を踏み潰すことによってこのキャラクターの人間性を読者にも知らしめ、さらにインパクトある登場によって存在を印象付けてですね……」

「なるほどなるほど……わかりました。では削らない方向でいきましょう」

「ありがとうございます」

（一週間後）


「ちょっといいですか？」

「はい、なんでしょう」

「この墓を踏み潰すシーンなんですが、削っちゃっていいですよね？」

ええ、削りましたよ。


本編だけでなくあとがきにもチェックを入れていただきます。

「遠藤さん、このあとがきですが」

「なにか問題ありました？」

「○○について書くのはアウトです」

「あ、ダメなんですか。じゃあ書き直しますね」

「それとこの団体についてもアウトです」

「あー、これもダメですか。わからないように書いてもダメですか？」

「ちらっとでもわかってしまうとダメです」

「本当に誰が見てもなんのことか絶対わからないように書きますから」

「そこまでわからないんだったら他の事書きましょうよ」

まったくです。


忠誠を誓います。

「ええ、宝島社さんに拾ってもらえなければ、私はまずデビューできなかったでしょうし恩義を感じています」

「いや、むしろ宝島社というよりこのラノ文庫編集部じゃないですかね？」

「ああ、そうですね。確かにそうかもしれません。編集部さんが無ければデビューは絶対にできなかったと思います」

「いや……むしろ私がいなければ遠藤さんデビューできませんでしたよ」

はい、S村様に忠誠を誓います。


はい、というわけでご指導いただきました編集部の皆様、特にS村さん。

特にS村さん！

ありがとうございます。おかげ様で無事にJOKERSも発売されました。

マルイノ先生、ありがとうございます。特別編集版でもありがとうございました。特別編集版の全員集合ピンナップは枕の中に入れて寝ております。今回の一番好きなデザインの魔法少女は、カフリアとアンブレンです。一番が二人いる自由もあると思います。

読者の皆様。お買い上げいただきありがとうございました。コミカライズも含め、魔法少女育成計画をなにとぞよろしくお願いします。

クェイクはきっと
デッサン上手な人ですね。
クェイクに魔法少女のかき方を
教わりたいなと思いました。
クェイクに負けないように
魔法少女を素敵にかける
ようになるぞ――
ありがとうございました!!
マルイ

本書に対するご意見、
ご感想をお待ちしております。

| あて先 |

〒102-8388　東京都千代田区一番町25番地
株式会社 宝島社　編集2局
このライトノベルがすごい!文庫 編集部
「遠藤浅蜊先生」係
「マルイノ先生」係

このライトノベルがすごい!文庫 Website
[PC] http://konorano.jp/bunko/
編集部ブログ
[PC&携帯] http://blog.konorano.jp/

このライトノベルがすごい!文庫

魔法少女育成計画JOKERS

(まほうしょうじょいくせいけいかくじょーかーず)

2014年8月23日　第1刷発行
2015年9月24日　第2刷発行

著　者　遠藤浅蜊《えんどうあさり》

発行人　蓮見清一
発行所　株式会社 宝島社
〒102-8388　東京都千代田区一番町25番地
電話：営業 03(3234)4621 / 編集 03(3239)0599
http://tkj.jp
振替：00170-1-170829 (株)宝島社

印刷・製本　株式会社廣済堂

ISBN978-4-8002-3070-6

ら見逃せない
っぱい!!
計画』を
特設サイト
育成計画』は
WEB」内で
読者参加企画!
書き下ろし小説!
シリーズ最新情報!

このライトノベルがすごい!文庫
最新情報は公式サイトをチェック!
http://konorano.jp/bunko/
新刊情報、書き下ろし新作短編など、随時更新中!
このライトノベルがすごい!文庫"スペシャルブログ"には書き下ろし外伝、新刊試し読みなどコンテンツ盛り沢山!
http://blog.award2010.konorano.jp/
編集部からの最新情報は、"編集部ブログ""公式twitter"にて!
編集部ブログ http://blog.konorano.jp/
公式twitter @konorano_jp
このライトノベルがすごい!文庫 発売日は10日ごろ!